サバイバーズ

SURVIVORS

ひとすじの光

エリン・ハンター
井上 里 訳

小峰書店

SURVIVORS 3
DARKNESS FALLS

by Erin Hunter

サバイバーズ　ひとすじの光

目次

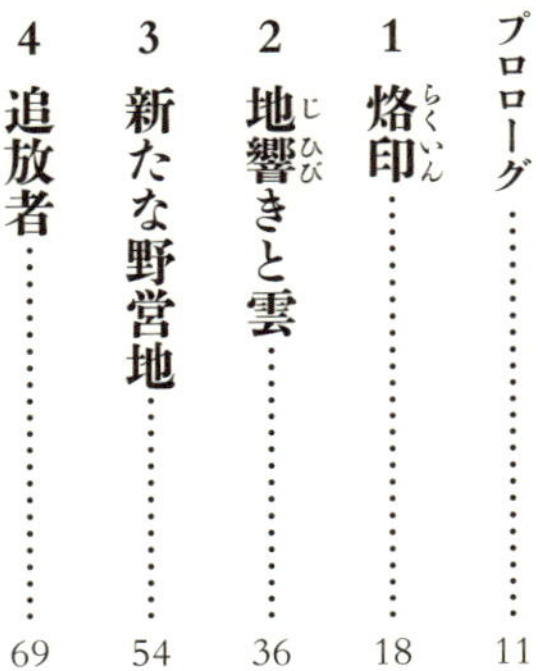

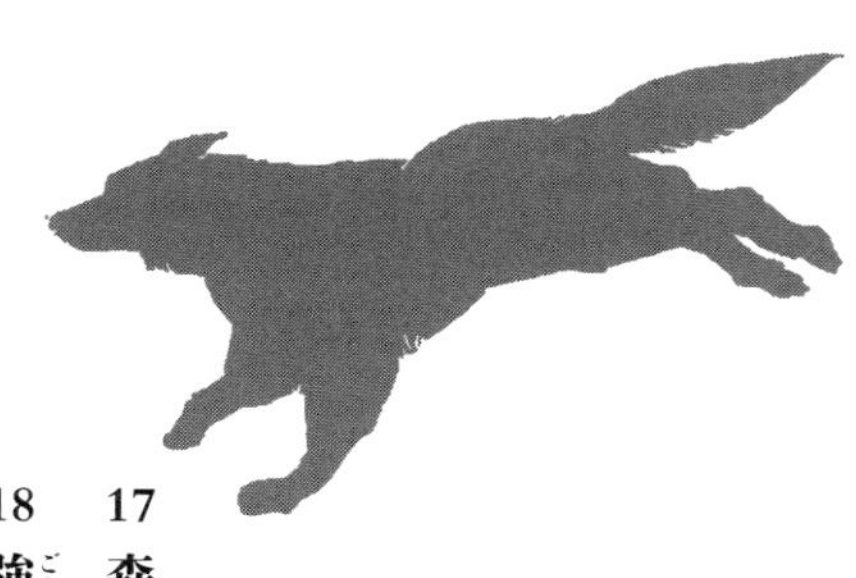

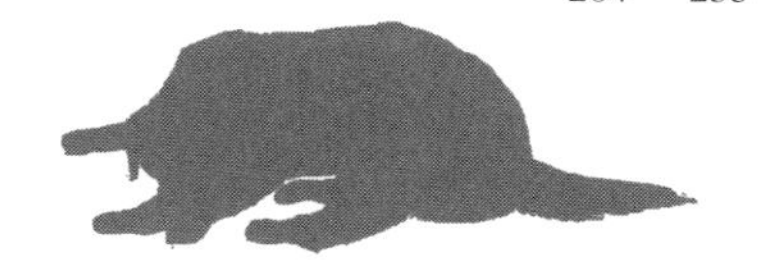

サバイバーズ
おもな登場キャスト

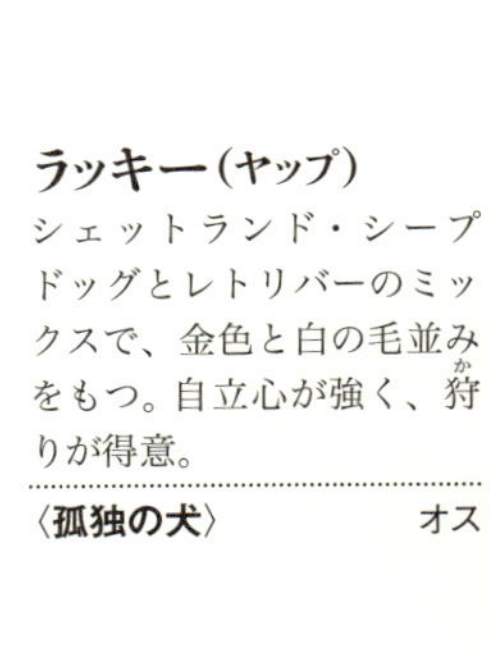

ラッキー（ヤップ）

シェットランド・シープドッグとレトリバーのミックスで、金色と白の毛並みをもつ。自立心が強く、狩りが得意。

〈孤独の犬〉 オス

ベラ（スクイーク）

ラッキーのきょうだいだが、ニンゲンに育てられた。仲間おもいで、勇敢。犬の本能が目覚めはじめている。

〈囚われの犬〉 メス

ミッキー

白黒まだらの牧羊犬（ボーダー・コリー）。群れをまとめること、狩りをすることに長けている。

〈囚われの犬〉 オス

デイジー

父犬はウェスト・ハイランド・ホワイト・テリア。母犬はジャック・ラッセル。短い足と毛むくじゃらの顔が特徴。

〈囚われの犬〉 メス

マーサ

黒くやわらかな毛並みの大型犬。ニューファンドランド。おだやかな気性で、いつも仲間を気にかけている。泳ぎが得意。

〈囚われの犬〉 メス

サンシャイン

白く毛足の長い小型犬。マルチーズ。陽気な性格のいっぽう、臆病な一面も。鋭い嗅覚をもつ。

〈囚われの犬〉 メス

ブルーノ

母犬はジャーマン・シェパード。闘犬。長い鼻と硬い毛並みが特徴。

〈囚われの犬〉 オス

アルファ

オオカミの血を引く大型犬。その姿は優雅であると同時に力強い。規則を重んじ、野生の群れを厳しく統制している。

〈野生の犬〉　オス

ベータ（スイート）

短くなめらかな毛並みでほっそりとした体つき。足が速く、身のこなしが軽い。群れで生きることを大切と考えている。

〈野生の犬〉　メス

オメガ（ホワイン）

ずんぐりとした体躯に、しわくちゃの顔と小さな耳。群れの最下位、弱き者として下働きを担当している。

〈野生の犬〉　オス

フィアリー

がっしりとした首と力強いあごをもつ黒い大型犬。猟犬たちをまとめている。ムーンの子犬たちの父親でもある。

〈野生の犬〉 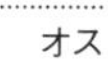 オス

ムーン

白黒まだらの牧羊犬。三匹の子犬の母親（一匹は死別）。敵の足跡をたどること、においをかぎつけることに長けている。

〈野生の犬〉　メス

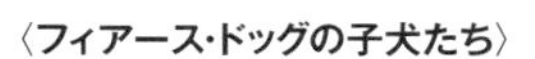

〈フィアース・ドッグの子犬たち〉

グラント　オス

リック　メス

ウィグル　オス

〈野生の犬〉

スナップ　メス

褐色と白の小さな猟犬。

スプリング　メス

長い耳をした黒と褐色の犬。トウィッチとはきょうだい。

ダート　メス

茶色と白の小柄なやせた猟犬。

トウィッチ　オス

長い耳をした黒と褐色の毛並みの犬。少し前足を引きずっている。

装画／平沢下戸
装幀／城所潤・大谷浩介（JUN KIDOKORO DESIGN）

プロローグ

鋭い稲光が宙を切りさき、はるかかなたで雷鳴が響いた。滝のような雨が天空から降りそそぎ、窓ガラスを勢いよく伝いおちていく。ヤップは母犬の腹に顔をうずめ、くーんと声を上げた。きょうだいのスクイークは、ヤップに体を押しつけて震えていた。

「ほらほら、あなたたち。怖がることなんかありませんよ」母犬は子犬たちの耳をなめてなだめた。

ヤップは母犬のおだやかな声をきいて少し安心し、鼻先をあげた。そのとき、一瞬目がくらんだ。また、稲光がひらめいたのだ。それから、あたりはふたたび闇に沈んだ。首の毛がざわっと逆立った。きょうだいたちはきゅうきゅう鳴き、不安そうに体をぎゅっと丸めた。

母犬は大きな前足で子犬たちを抱きよせると、そっと押さえつけ、力強く舌を動かして体を洗った。「こわい音だけど、あれはただの嵐よ。〈天空の犬〉とライトニングがじゃれあっているの。ただの遊びなのよ」

ふたたび空に稲光が走り、続いて雷の音がとどろいた。風がうなりを上げながら吹きあれている。遊んでいるようにはとても思えない。

「だけど、けがはさせないんでしょ？」ヤップは、仲良く遊びなさいといういつもの母親の言葉を思いだしていた。

「ええ、絶対に。ただふざけてるだけなのよ」母犬は子犬たちを順ぐりに鼻先でなでた。「〈天空の犬〉たちはみんなきょうだいなの。あなたたちと同じよ。そして、ライトニングはそのお友だち。友だちやきょうだいというのは、どんなときも仲たがいしないものなの」

「だけど、あのいぬたち、すごくおこってるみたい」ヨウルが心細そうにいった。

「ほんとにふざけてるだけなの？」スニップも横からいった。

「ええ、ほんとうよ」母犬はきっぱりいった。「さあ、子犬たち。もう眠る時間よ。〈天空の犬〉たちも、じきに寝床へいくわ」

その声のなにかが引っかかり、ヤップは母犬の深い茶色の瞳をのぞきこんだ。ほかのきょうだいたちは体を寄せあい、おだやかな鼓動がきこえる母犬の心臓のそばに集まりはじめた。

母犬はヤップの視線を避けてガラス越しに外をみた。少し前から〈月の犬〉は姿を消し、あとには黒くぬれた夜空だけが残っていた。いま母犬の顔に浮かんでいたのは不安だろうか？　それとも、自分のかんちがいだろうか？

　きょうだいたちのふんふんいう鼻息やいびきをきいているうちに、ヤップの頭もだんだん重くなってきた。母犬にもっと〈天空の犬〉のことをたずねたかったが、押しよせる眠気には勝てなかった。やがて鼻先が下に落ち、まぶたが閉じた。

✦

　ヤップが目を覚ましたとき、すでに嵐はしずまり、静かな雨がたえまなく降っていた。夜はまだ明けていない。きょうだいたちはヤップのまわりで、やわらかく温かな体をくっつけあって眠っていた。ヤップははっとした。母犬の姿がない。母犬のにおいを求めて空気をかいでいると、すぐ近くにいるのがみえた。窓ガラスに影が浮かびあがっている。

　母犬は天をあおぎ、ガラスにぱらぱらと当たる雨をながめていた。まるで番をしているようにみえる。ヤップが近づいていくと小さくしっぽを振り、おいでというかのように振りかえった。今度はヤップにもわかった。母犬の目に浮かんでいるのは、まちがいなく不安だ。

　ヤップははねるように母犬のほうへ駆けていったが、数歩手前で立ちどまった。「まま、さっきのは、あそびなんかじゃないんでしょ？　なんだかほかのことみたいだった。わるいことがおこってるみたいだった」

母犬は鼻先を下げてヤップに顔を近づけた。「ヤップ、あなたは鋭いのね。子犬にしては鋭すぎるくらい」二匹は少しのあいだガラス越しの外をみあげていたが、みえるのは真っ暗な夜空だけだった。「嵐なら何度もみてきたわ。この嵐だってこれまでと変わらないはずよ。なのに、なんだか、空気が……息苦しいの。〈天空の犬〉たちの遠吠えも、いつもより低いわ。ほんとうに、ただふざけてるだけなのかもしれない。でも、もしかしたら……」

ヤップは、つぎの言葉を待って母犬の顔をみつめた。

「……もしかしたら、怒っているのかもしれないわ」

ヤップは身ぶるいした。「どうしておこってるの？」少し考えて、こう続けた。「だれにおこってる？」

母犬はため息をついた。「わからないわ、ヤップ。どこかの犬が〈天空の犬〉たちを怒らせるようなことをしたのかもしれない。だからあの犬たちは、自分たちの力をわたしたちに思いださせようとしてるのかもしれないわ」

ヤップは目を丸くした。「あんなにおこらせるなんて、なにをしたの？　それに、らいとにんぐは、いぬのともだち。ぼくたちにわるいことなんてしない。そうでしょ？」

「そのとおりよ。ライトニングも〈天空の犬〉たちも、わたしたちを守るためにいるの。だから、もっと別のことかもしれない。〈精霊たち〉ほど鋭い本能を持つ犬はいない。もしかしたら、危険をかぎつけたのかもしれないわ。あの遠吠えが、わたしたちへの警告だということもありえるわ」

「きけん？　でも、まま、しんぱいしなくていいっていった！」ヤップは不安げにしっぽを垂らした。「どうして、こわがらなくていいっていったの？」

「これはママの当てずっぽうよ。お天気が荒れてるだけかもしれないのに、あなたたちを怖がらせてもしかたがないでしょう？」母犬はかがんでヤップの顔をなめた。

ヤップはぱっと体を引いて、母犬の目をまっすぐにみつめた。「だけど、わるいことがおこるなら、しっておいたほうがいいでしょ？　どうやってじぶんたちをまもればいいの？」

母犬はなおも首を振った。「むやみに怖がってもいいことはないわ。なにがあろうと、〈天空の犬〉たちが守ってくれる」

窓のむこうの暗闇から、空気を震わせるごう音がきこえてきた。ふたたび風が強まり、滝のような雨が降りはじめた。ヤップはきゅうきゅう鳴き、母犬の前足のあいだに顔を隠した。これまで、ライトニングはいつだってヤップの憧れだった。勇敢で忠実な、〈天空の犬〉たちを仲間にしている犬。いま、ヤップの心は揺れはじめた。もしもライトニングが怒っているのだとしたら？　おびえているのだとしたら？

「心配ないわ、ヤップ。きっと、〈天空の犬〉たちはじゃれあってるだけなのよ。危険なことはなにもないわ……」

母犬の言葉を信じたわけではなかったが、ヤップは言いかえそうとはしなかった。自分たちは安全だし、〈天空の犬〉たちもじきにおだやかな眠りにつくだろう。そう信じていたかった。

「あのいぬたち、おおさわぎしてあそぶんだね」

母犬は鼻先でヤップの顔をそっとつついた。「そうですとも。〈天空の犬〉たちは力持ちだもの。仲良く遊ぶなんてとてもむりよ」母犬はきょうだいたちのいるほうへヤップを連れていった。それから、いつもどおり、ていねいに円を描いて寝床を定め、子犬たちのそばに体を横たえた。ヤップは最後にもういちどだけ窓の外に目をやった。ふたたび強まった雨がガラスをたたいている。それから、スクイークのとなりに寝そべった。スクイークは小さく鼻を鳴らしたが目は覚まさなかった。

風がうなり、ガラスをがたがた揺らす。ヤップは首の毛が逆立つのを感じながら目を閉じた。母犬が案じていたもうひとつのことを思いだすと、体が震えた。母犬は、〈天空の犬〉たちは警告のために遠吠えをしているのだといった。
力持ちの〈天空の犬〉が警戒するとは、いったいどれほど大きな危険なのだろう？

1 烙印

ラッキーは凍りついた。足が震えている。円を描いて集まった犬たちは静まりかえっていた。群れの〈アルファ〉の残忍そうな大きな顔にはなんの表情も浮かんでいない。犬たちを率いるオオカミ犬は岩の上ですっと立ちあがり、ふたつの群れを見下ろした。そばの草の上には、美しいスウィフト・ドッグのスイートがいる。群れの二番手、〈ベータ〉だ。ラッキーはスイートの視線を感じたが、目を合わせる勇気はなかった。

ひしゃげたような鼻の小さなホワインは、だらしなく舌を垂らして大きく口を開いた。「どうです、おれがいったとおりでしょう！　〈街の犬〉は〈囚われの犬〉のためにスパイをしてたんです。あいつはあの犬に会ってました。ほら、あいつにそっくりなあの犬に！」ホワインはベラのほうを向いたが、きつくにらみ返されると、たちまちたじろいで、ちぢこまった。

「この目でみたんです……」その声はだんだん小さくなっていった。

ラッキーは必死でしっぽを上げていた。降参してしっぽを垂れることはできない。それは弱さの証だ——このどう猛な〈野生の群れ〉の前で弱さをみせれば命取りになる。

全員がラッキーの釈明を待っていた。だが、なにがいえるだろう？　自分はホワインがいったとおり、〈野生の犬〉たちをスパイしていた。だが、もちろん、ベラが自分の与えた情報を利用して〈野生の群れ〉を攻撃するとは思ってもいなかった。

ラッキーは円になった犬たちの表情をうかがった。

どうすればいい？　〈囚われの犬〉たちに味方すれば、きっともう片方の群れに殺される。だけど、みんなを裏切ることはできない。ベラはぼくの家族なんだ……。

ラッキーはたくさんの困難を〈囚われの犬〉たちとともに乗りこえてきた。だが、〈野生の群れ〉もまた、自分を仲間として受けいれてくれた。〈グレイト・ハウル〉の時間には全員で遠吠えをし、〈精霊たち〉が目の前を駆けまわるのをみた。野生の犬たちの絆の力をはっきりと感じたのだ。たとえ、アルファが定める厳しい階級制に賛成できないとしても。

それに……スイートのほうを盗みみると、目が合った。その目には苦しみととまどいが浮かんでいたが、希望もまじっていた。

スイートは鼻先を上げた。「ラッキーは、キツネから子犬を守ろうと勇敢に戦ったわ。いまはわたしたちの群れの一員よ」そういうと、美しい耳を小さく動かして目をそらした。力強い言葉とはうらはらに不安そうな声だった。

スイートはそう信じたいんだ――ラッキーは考えた。ぼくがそういう犬だって信じたがってるんだ……。

自分がどちらの群れに属しているのかはわからなかったが、それでもラッキーは感謝をこめて吠えた。

きょうだいのいるほうに視線を向ける。ベラは厳しい目つきでラッキーをみつめ、小さく首をかしげていた。

ベラは、スイートの言葉が真実だとわかってるんだ。たしかにぼくの一部は、〈野生の群れ〉にも忠誠を感じてる。

一瞬、ラッキーはうしろめたくなった。だが、すぐに思いなおした。そもそもぼくが〈野生の群れ〉に加わったのはベラのためだ！　そこへキツネを連れこんできたのもベラだった！　あんなずる賢いケダモノを信用するなんて、どうかしている。キツネたちは野営地にやってくるなりベラを裏切り、ムーンに襲いかかり、子犬を食べてやると脅した。あのとき、ふたつの群れは、子犬をキツネから守るためにすぐに争いをやめた――最初にデイジーとマルチが。それから、全員が。犬たちはひとつになり、卑劣なキツネたちを撃退した。まるで、ひとつの大きな群れのように動いた。

ラッキーは、ムーンとフィアリーがみんなと少し離れたところに立っているのに気づいた。スカームとノーズは――生きのこった子犬たちだ――、両親のあいだで鼻をすり寄せるようにして立っている。ラッキーは悲しみで息が苦しくなった。あの恐怖、あの混乱、逆上した犬たちの吠え声。そして、戦いを切りぬけることができなかった犬たち。小さく無力なファズと、かわいそうなマルチ。

アルファはのどの奥で低くうなった。「ラッキーはしばらくこの群れのために尽くしていた。だが、だからといって裏切りを許すわけにはいかない。〈街の犬〉、どう言い訳するつもりだ？」

ラッキーはキツネにかまれた足をなめながら時間を稼いだ。これまではいつも自分の機転に救われてきた。だがこのときばかりは、自分を守るような言葉がなにひとつ頭に浮かばなかった。

〈孤独の犬〉だったときはもっと気楽だったのに。一匹でいればだれに問いつめられることもない。だけど、このまま昔の暮らしにはもどらない運命だとしたら？

ラッキーはごくりとつばを飲んだ。のどがからからだ。「ふたつの群れのために動いていたのはほんとうです」ラッキーは話しはじめた。だれかがうなり声を上げた。引きしまった体に茶と白の毛皮。猟犬のダートだ。すぐに、別のだれかがうなった。長い耳を持つトウィッチとスプリングのきょうだいだった。これまで、三匹はラッキーの仲間だった。ところがいまは、そろって憎々しげにラッキーをにらみつけ、首の毛を逆立てていた。ラッキーは、うしろを向いて森へ逃げこみたくなる衝動を必死で抑えた。そんなことをすれば二度ともどってくることはできない。ひるんではならない。

「ぼくは、きみたちみんなのことを知るようになった。そして、こんなふうに考えたんだ……〈野生の群れ〉に加わるという任務は、もしかしたら運命だったんじゃないだろうか。〈大地の犬〉はうなり、〈川の犬〉は〈囚われの犬〉たちをきれいな湖へと導き、〈森の犬〉はこの野営地をめざすぼくを守ってくれた。そして、いろんなところで、ぼくは友だちに出会った。保健所ではスイートに会い、そのあと、きょうだいのベラに再会した。〈天空の犬〉と〈月の犬〉までが、ぼくをこの地へ導いたみたいだった」

ダートはまだうなっていたが、ほかの二匹は静かになっていた。ラッキーはみんなが自分の話に耳をかたむけているのがわかった。

「考えてほしいんだ。ふたつの群れが団結してキツネたちと戦ったことを」ラッキーは続けた。

「すべての犬に役割があった。フィアリーやマーサのように大きな犬だけじゃなくて、スナップやデイジーのように小さな犬にも。過ごしてきた環境はまるでちがっていたっていうのに。片方は野生の犬、もう片方はニンゲンに飼われていた犬……」ラッキーは言葉を切り、集まった犬たちをみまわした。「きみたちはおたがいのことを知らない。それでも、全員がひとつの目的のために勇敢に戦った。もしかして〈精霊たち〉は、ふたつの群れを団結させるために、ぼくをこの地へ導いたのかもしれない」

アルファは顔をゆがめて脅すようなうなり声をあげた。だがスナップは――〈野生の群れ〉の白と褐色の猟犬だ――、考えこむような顔になった。ムーンとフィアリーはいまも少し離れたところに立ち、生き残った子犬たちに寄りそっていた。ムーンは、フィアリーとちらりと視線を交わし、前に進みでた。

「〈囚われの犬〉が助けてくれなければ、わたしたちは子どもを三匹とも失っていたわ。小さなファズだけではすまなかった」

アルファはつかのまムーンをみつめ、ふたたびラッキーのほうを向いた。オオカミ犬の黄色い目はえぐるように鋭かった。「だからといって、この犬がわたしたちをだましていた事実に変わりはない。ラッキーはわれわれの野営地に危険と死をもたらした」アルファは刺すような視線を〈囚われの犬〉たちに向けた。「キツネたちとの争いのあいだ、わたしの群れの犬たちはこの弱虫どもに何度となく足を引っ張られた。まさか、赤子のようにひ弱な犬どもを助けるはめになるとは」

この侮辱をきくと、デイジーは毛を逆立て、ミッキーはニンゲンのグローブをおいた地面の草を前足で引っかいた。

そのとき、ベラが前に進みでた。

ラッキーは心臓がしめつけられるような気分になった。ベラがアルファに挑発的な態度を取れば、事態は悪くなるいっぽうだ。アルファは自分を殺し、ベラへのみせしめのためだけに〈囚われの犬〉たちを追いだすかもしれない。だが、ベラは頭を低くした。目を伏せたまま、うやうやしい口調でアルファに向かって話をはじめる。

「キツネたちをあなたの野営地へ連れてきたことは謝ります。おろかで、あさはかなふるまいでした」ベラは尾を垂れていた。「わたしはだまされ、キツネたちが立派に戦うだろうと思いこんでしまったのです。あんな過ちは二度と犯しません。わたしたちがほんとうに望んだのは、あなたたちが持っているものを分けてもらうことだけでした。あなたの群れに害を加えるなんて、そんなつもりはなかったんです」

アルファはうなり声をあげた。耳をまっすぐに立て、上くちびるをめくりあげて牙をむき出しにする。

ラッキーがことのなりゆきを見守っていると、驚いたことにベラは、服従のしるしとして伏せの姿勢を取った。ひと声くーんと鳴き、あおむけになって腹をみせる。「アルファ、わたしは群れを代表して固くお約束します。ここに置いてくれるなら、〈囚われの犬〉たちはあなたに忠実にお仕えします。あなたの命令に従い、あなたとともに戦い、あなたの群れがより強くなるよう努めます。わたしたちはみかけよりも優秀な猟犬です。群れの仕事を手伝いたいと心から思ってるんです。こちらからのおねがいは、あなたたちの食糧と水を分けてもらうことと、ラッキーの命を救ってくれることだけです。ラッキーにはあなたたちを傷つけるつもりなんてなかったんです。わたしたちの計画のことは知りもしなかったんですから。ほんとうです。それにラッキーは、キツネに襲われた子犬たちを全力で守ったわ。母犬もそういっていたでしょう？」ベラはちらっとムーンに視線をやり、ふたたび鼻先を下げた。

ムーンは、そのとおりだといいたげに鳴いた。フィアリーは生きのこった二匹の子犬たちに寄りそい、前足にもたれかかってくる二匹の頭をなめた。

ラッキーは誇らしさで胸がいっぱいになった。怒りが消えていく。ベラのことだ。ふたつの群れの前でアルファに謝罪することは大きな苦痛だったはずだ。残忍なオオカミ犬に仕えるなど、絶対にしたくないはずだ。それでも、ベラは犠牲を払った。自分の群れを守り、ラッキーを助けるために。

ベラはぼくを見捨てたりしなかった。

子犬のころのベラが思い出される。まだスクイークと呼ばれていたあのころ、ベラは元気がよく、いばりんぼうで、そして誠実だった――いつだって誠実だった。

アルファは毛むくじゃらの灰色の体を振り、大きくとがった耳を鋭い爪でかいた。自分の群れをながめまわし、服従を誓うベラの話を仲間がどう受け止めたのか見定めようとしていた。ダートはまだ首の毛を逆立たせているが、トウィッチとスプリングは表情をやわらげ、スナップは口のはしから舌を垂らして笑顔になっていた。ホワインは顔をそむけていたが、ムーンとフィアリーはしっかりと立ち、アルファをまっすぐに見つめかえしていた。

ラッキーは息を詰めてアルファの判決を待った。

「おまえたちを迎えいれてやってもいい」とうとうオオカミ犬はいった。「だが、低い地位につかせる。パトロール担当として訓練し、一番きつい仕事を与えよう。名誉ある猟犬に加わりたいのなら、厳しい仕事をこなし、正式な決闘によって勝ちとらなくてはならない。それがこの群れの掟だ」

マーサとブルーノとデイジーは反射的にラッキーのほうをみた。ラッキーの忠告に従うことが習慣になっているからだ。ラッキーは口をなめた。ほかにどんな選択肢があるというのだろう？　アルファの許しがなければ、食糧もきれいな水も得られない。どちらも〈野生の群れ〉のなわばりにある。

ラッキーが口を開くより先に、アルファが話を続けた。「あの犬の指示をあおぐとはおろかな犬どもだ。ラッキーは新しい群れでは最も下の地位につく。そんなこともわからないのか？あれは最下級の〈オメガ〉になるのだ」

アルファは、挑むように〈囚われの犬〉たちをにらみつけた。だが、言い返す勇気のある犬はいなかった。ホワインはにやにや笑い、醜い顔をしわくちゃにしていた。ラッキーはうつむき、うなり声がもれそうになるのをこらえた。ホワインが群れの最下級の犬としてどんなに屈辱的な扱いを受けていたかははっきり覚えている。

だが、アルファの話にはまだ続きがあった。「新しいオメガには、群れを裏切った証拠として、永久に残る烙印を押す――わき腹に傷をひとつ。そうすれば、やつのしたことは決して忘れられないだろう」

ラッキーは声をあげた。マルチのことを思いだす。マルチは、定められた順番を守らずに獲物を食べた罰として――自分とホワインが罠にはめたのだ――、オメガに降格された。あのときアルファはマルチに襲いかかり、爪と牙で引っかき、肉をえぐった。スイートはアルファに加勢し、傷だらけのマルチに容赦なくかみついた。

「ああ、アルファ」マーサが悲しげな声をあげた。水かきのついた足を持つ、大柄な〈囚われの犬〉だ。「おねがいですから！」

そのとなりで、小さなデイジーもきゃんきゃん吠えた。「おねがい。ラッキーはあなたのいうことはなんでもするわ。わたしたちが約束する。だからそんなことしないで」

ラッキーが感謝をこめて小さく鳴くそばで、トウィッチとスプリングも反対の声をあげた。「おれたちもそう思います」トウィッチは吠えた。「罰はオメガへの降格で十分でしょう」

フィアリーはアルファに問いかけるように首をかしげていた。スイートでさえ顔に迷いを浮かべていたが、なにもいわなかった。

アルファはすべての声をかき消すような遠吠えをした。オオカミの吠え声が、きゅうきゅういう鳴き声やかん高い吠え声を切りさいて響きわたった。「新参者たちを受けいれるのなら、この群れにはより厳しい掟が必要になる。烙印は、裏切りとペテンを働いたラッキーが受けるべき罰だ」

ラッキーは、これまで以上に厳しい掟など想像もできなかった。アルファの群れは完ぺきにまとまり、猟と食事の権利はきちんと定められている。眠る場所さえ、地位によって決められているのだ。

ラッキーは命がけでキツネたちと戦った。それなのに、この〈野生の群れ〉のアルファは、自分を傷つけ、さらし者にしようとしている。足がずきずき痛みはじめた。頭が重く、かすみがかかったようにぼんやりしてくる。あの激しい戦いのことが思いだされてきた。

犬たちはうなり、吠え、ラッキーの運命をめぐって言い争っている。

「待ってくれ！」牧羊犬のミッキーがひときわ大きな声をあげた。ニンゲンのグローブを前に置いてまっすぐに立ち、耳を寝かせてはいるが、頭はしっかり上げている。「ケンカなんて時間のむだだ。わたしたちはこの変わってしまった世界を生きぬかなくてはいけない。群れの中でだれがえらいかなんて、そんなことを言い争うために体力をつかってはだめだ」ミッキーは、無意識に前足でグローブをたたいた。「ベラとデイジーは優秀な猟犬なんだ。二匹の力は群れにとってプラスになる。なのに、どうして二匹を役立てない？」

「順序ってものがあるのよ」スナップがいった。〈野生の群れ〉の白と褐色の雑種犬だ。「あんたが気に入るかどうかなんて関係ないわ。順序を無視すれば群れは機能しない。そういうものなの」スナップは怒りも悪意もまじえない声でたんたんと説明した。

ミッキーは両耳をぴくっと立てた。「〈大地のうなり〉は物事を測るものさしを完全に変えてしまった。〈囚われの犬〉が群れに加わったのなら、〈群れの犬〉だって変わらなきゃいけない。階級制が必要だとは思えないよ――これからは。そんなものは、いろいろなことをただ複雑にしてしまうだけだ」

ミッキーがこんなに長く話すことはめったになかった。

スナップは牧羊犬をみつめ、その言葉について考えこんでいた。ところが、スナップがもういちど口を開くより前に、アルファがミッキーの前にとびだした。アルファは、すくみあがった白黒まだらの牧羊犬の前に立ちはだかり、恐ろしい声でいった。「〈大地のうなり〉が起こって以来、慣例と伝統を重んじることがいよいよ重要になった。いま、世界はかつてないほど危険に満ちている。わたしたちに必要なのは規律であって、ろくに訓練も受けていない怠けもののペットではない」アルファは鼻を高く上げた。黄色い目は氷のように冷ややかだ。

ほとんどの犬たちは頭を垂れ、オオカミ犬の怒りを買わないように注意していた。だれもが押しだまっている。

アルファは犬から犬へと視線を移し、最後にラッキーをにらみつけた。「烙印の儀式をはじめる。そいつを押さえておけ」

全身にパニックが駆けめぐった。足が震え、肉球に汗がじわりとにじむ。あたりをすばやく見回し、だれが襲ってくるのかみきわめようとした。〈囚われの犬〉たちは鳴くばかりで、思い切って声を上げようとはしない。さっきは立ちあがったベラでさえ、いまはだまっていた。

ふいにスイートが前にとびだした。うろたえて悲鳴をあげるラッキーの背にとびかかり、その肩を前足でつかむようにして押さえつける。片方の肩が地面を強く打ち、けがをした足にうずくような痛みが走った。全身が恐怖と混乱でびりびり震えた。スイートは、ラッキーとともに保健所から逃げだしたころよりも力が強くなっていた。スナップが力を貸すために駆けよってきた。ラッキーに体当たりし、強く押さえこむ。ラッキーは声をあげた。スイートの歯が首に食いこんできたのだ。

「力をぬいて」スイートは、頼みこむような声で、足をけったり体をねじったりしているラッキーにいった。「おとなしくしたほうが、あなたのためなのよ」

胸の中では心臓が激しく音を立てていたが、激しい混乱に襲われて、一瞬ラッキーは凍りついた。目のはしに、すくみあがった〈囚われの犬〉たちがみえる。サンシャインがかん高い声で吠えはじめた。マーサは悲しげな声をひとつあげ、ラッキーから目をそむけた。

ベラはようやく声を出せるようになった。「おねがいだからはなしてあげて。こんなの不公平よ！　なんの意味があるっていうの？　ひどいケガをさせたら狩りもできなくなるし、わたしたちを守ってくれることもできなくなるじゃない。なんの得になるの？」

アルファはいらだたしげにうなった。「オメガの仕事はもっと卑しいものだ。致命傷を与えるつもりもない」アルファは牙をむき出して踏みだした。ラッキーはふたたび暴れはじめ、スイートとスナップを振りほどこうともがいた。「一度だけかむ。決して忘れられないほど強く」

犬たちはおびえ、興奮し、アルファが進むにつれて激しく吠えた。ラッキーの体の上に、アルファの暗い影が落ちた。

アルファは大声を上げた。「覚悟を決めろ、裏切り者。報いを受けるときがきたのだ」黄色い目が光を帯び、舌が口をなめた。

いやだ！　そんなことさせるもんか！　ラッキーは全身に怒りをみなぎらせ、胸の中で叫んだ。ぼくに触るな！

ラッキーは自由になろうと体を激しくくねらせた。とうとう、スイートが首をくわえていた口をゆるめた。ラッキーはすかさず、うなり声をあげながら前足で思いきりスイートをつきとばした。スイートがふいをつかれてよろめくと、体をひねってスナップをうしろへ押しのけた。大急ぎで立ちあがり、円になった犬たちのあいだを駆けぬける。

息を切らしながらさっとうしろをみた。オオカミ犬には予想外の反撃だった。アルファの荒々しい吠え声をききながら、ラッキーはベラとデイジーのそばを走りすぎた。二匹ともラッキーを止めようとはしなかった。スイートはぼう然としている。どうすればいいかもわからないようだった。

スイート、ごめんよ。だけど、こんなところはもうまっぴらだ！

だが、ためらっている時間が長すぎた。スナップが二度目の攻撃を仕掛けてきたのだ。ラッキーがスナップを振りはらおうとしたそのとき、がっしりした犬が体当たりしてきた。視界が黒いぶちのある茶色く厚い毛皮にさえぎられ、顔をあげると、そこにはブルーノのとがった顔があった。重くたくましい体がラッキーを地面に押さえつける。ラッキーはきゃんと吠えた。痛みよりもショックのほうが大きい。

そんな！　ブルーノは〈囚われの犬〉じゃないか！

信じられなかった。一瞬遅れてスイートが加わり、前足でラッキーの首元を強く押さえた。三匹の犬に取りおさえられては逃げられるわけもない。

犬たちは興奮して吠えたてた。サンシャインはパニックを起こし、はねるようにぐるぐる駆けまわっている。ミッキーは数歩うしろに下がり、ニンゲンのグローブを守るようにしっかりとくわえていた。

影がラッキーの上に落ちた。アルファが近づいてきたのだ。牙がぎらりと光る。

「裏切り者をみつければ」アルファは口を開いた。「しきたりに従い、その者は烙印を押されなければならない。すべての犬に、その罪を知らしめるために。アルファであるこのわたしが、おまえに烙印を押そう」

ラッキーは目を閉じ、心に誓った。痛みがどんなに激しくても、ほかの犬たちには絶対に苦しんでいることをさとられたくない。アルファの牙がこのわき腹に食いこんできても、鳴き声も、悲鳴も、吠え声も、絶対にあげるものか――そんなことでアルファを満足させたくない。

アルファはラッキーの耳元に顔を近づけ、ささやきかけるようにいった。「いま、おまえは自由を失うのだ。生きているかぎり裏切り者と呼ばれることになる。いかなる群れも、おまえを信用するという過ちを犯すことはない」

オオカミ犬は頭を下げ、ラッキーの体に牙をつきたてようとした。そのとき、ガラスが砕けるような大きな音が響いた。急にあたりの温度が下がったような気がした。

アルファはぴたりと動きを止めた。音はしだいに大きくなり、耐えがたいほど鋭くなり、ラッキーの頭の中に爪を立て、血を凍らせた。体にのしかかってくるスイートの鼓動が速まっていくのがわかった。スナップは不安そうにきゅうきゅう鳴いている。ブルーノでさえ、うろたえたようにひと声吠えた。

ラッキーは目だけ動かして空をみた。目をこらしても、みえるのは夜明けの淡い色の空だけだった。そのとき、別の音がとどろいた。街のほうからきこえてくる。雷の音に似ているが、もっと長く、低く、不吉だ。犬たちのあいだに、不安げな鳴き声がさざ波のように広がった。

「嵐だわ！」スイートが吠え、心臓をどきどきいわせながら、すがるようにラッキーにしがみついた。

なにかが砕けるような音がさっきよりも大きく響き、振動でラッキーのひげが震えた。空が落ちてきそうなごう音だ。つぎの瞬間、耳をつんざくような鋭い音が響きわたり、犬たちの激しい吠え声さえもかき消した。

恐怖でめまいがした。みぞおちがしめつけられ、わき腹が波打つ。空はまるで、手負いの犬のように必死に鳴いているようにみえた。これはいつもの嵐ではない。

荒々しいこの音は、〈天空の犬〉とはなんの関係もない。

2 地響きと雲

スイートはラッキーをはなして、よろめくようにあとずさり、スナップとブルーノもそれにならった。悲しげな鳴き声のような鋭い高音があたりにこだましている。ラッキーはほっとして体を振った。首も足もずきずき痛む。

「これは嵐よね？」スイートが心細そうにいった。

ラッキーにはわかっていた。これは嵐ではない。なにかが壊れるような音やかん高い音がひげを震わせているが、空は明るく晴れわたっている。雨が降りそうなにおいもしない。

「〈大地のうなり〉と関係があるんだと思う」スイートを怖がらせたくなかったが、うそをつくこともできなかった。あの低い地響きは、保健所が崩れてきたときにきいた音とそっくりだ——だが、あのときよりもさらに大きく、はるかに危険なにおいがする。

まわりの犬たちは不安げにちらりとラッキーをみた。また、雷鳴とはちがうごう音が響き、数匹の犬がびくっと体をすくませた。デイジーは怖がってきゃんきゃん吠えている。ラッキーは神経を集中させようとした。五感を研ぎすませ、空気のにおいをかぐ。風に運ばれてきた奇妙なにおいがする。鼻をつく土のにおい、ジドウシャが飲むジュースのような不快なにおい。毒の川のことが思いだされた。あの川にはぬらぬら光る緑色の水が流れていた。前に踏みだし、口を小さく開けて首をのばし、両耳をぴんと立てる。

ベラがそばにきた。「いやなにおいだわ」

「ああ」ラッキーはうなずいた。悪臭で鼻が痛いほどだった。

ほかの犬たちもにおいに気づきはじめていた。幼い犬たちはぐるぐる駆けまわりながら吠えている。ラッキーは足が震えた。逃げだしたくてたまらない。だが、どこへ？　あの音とにおいが、どこからくるのかさえわからないのだ。

ずっと遠くでふたたび大きな音が響き、犬たちは取り乱してきゃんきゃん吠えた。ラッキーはアルファを振りかえり、群れをしずめないのだろうかとふしぎに思った。オオカミ犬は、身じろぎもせずに空をにらんでいる。

「あれはなんだ？」ミッキーが叫んだ。みると、なにか黒いものが森のむこうに立ちのぼっていた。ラッキーははっと息を飲んだ。嵐の雲のようにもみえるが、もっと黒い。どちらかというと、街でみたもうもうと立ちこめる雲に似ていた。ジドウシャの群れが通りで衝突すると、激しい炎に包まれながらこんな雲が立ちのぼった。

　このいやなにおいは、街からただよっているのだ。〈大地のうなり〉が起こったときのように、また地面が裂けたのだろうか？　だが、〈大地の犬〉が震えているようすはない……。一匹また一匹と、犬たちは声をなくしたように静かになっていった。黒い雲に気づいたのだ。

ミッキーはとがった耳をぴたりと寝かせている。「あの雲は危険だろうか？」

ベラは足から足へ体重を移動させた。「でも、すごく遠くにあるわ」

「不安なのはいや」サンシャインが吠えた。「こんなとこ離れなきゃ」

「どこへいくっていうの？」スナップがムーンと子犬たちを目で指した。「野営地を変えるなんてむちゃよ」

「ここが安全だとは思えない」ミッキーは不安そうな声を出した。黒い瞳は、遠くに立ちのぼる雲にぴたりとすえられている。

　スプリングが――長い耳の黒と褐色のメス犬だ――ミッキーをにらみつけた。「あんたみたいなペットは好きなとこへいけばいいわ！　ここはわたしたちのなわばりよ。捨てるもんですか！」

「わたしはあんな雲怖(こわ)くないわ」茶色と白の毛皮のダートがいった。だがその声は震(ふる)え、しっぽはだらりと垂れていた。

スイートはそわそわと足を動かした。「あんな雲、みたことがないわ。アルファ、どうお考えです？」遠くの黒い雲から群れのアルファへ視線を移す。

アルファはさっきと同じ場所に立ちつくしていた。尾(お)は垂れ、わき腹は波打っている。一(いっ)瞬(しゅん)ラッキーは、オオカミ犬の変わりように目を見張った。

アルファはどうすればいいかわからないんだ。それなら、だれかがこの場を収めなくちゃいけない。

もういちど空をみる。真っ黒な雲は、いまも森のかなたに立ちのぼっていた。

ベラはダートとトウィッチに向きなおった。「ラッキーがここを離れたほうがいいと考えるなら、わたしもそれに賛成だわ」

「ラッキーはアルファじゃない」トウィッチが不満げな声をあげた。「あんただってちがう」

ラッキーは、黒い雲が渦(うず)を描いて空に立ちのぼっていくのをみていた。鼻がひりつくような悪臭(あくしゅう)が神経を逆なでする。「あの雲は悪い空気でできてる。ぼくたちはきっと病気になってしまう」

「ラッキーの直感はたしかよ」だまって見守っていたスイートが口を開いた。雲からアルファへ、アルファからラッキーへ視線を移す。堂々とした口調で、その場にいる全員に語りかけるように話した。「わたしにはわかるの……これまでの経験から。ラッキーがここを危険だと考えるなら、わたしはそれを信じるわ」

それをきいて、ラッキーはしっぽを上げた。ほかの犬たちの顔をみる。「トウィッチ、スプリング、きみたちきょうだいはだれよりも鼻が利く。あの雲が危険だとは思わないかい？」

犬たちは二匹のほうを向き、返答を待った。アルファは立ちつくしている。さげすむようにくちびるをめくり上げているが、足は震え、目はいっぱいに見開いていた。

トウィッチは空気のにおいをかいだ。スプリングはそのとなりで深々と息を吸いこみ、顔をしかめた。「そうね、たしかにすごくいやなにおい。みんなもわかるでしょ？　これは自然のにおいじゃないわ」

トウィッチはもういちどにおいをかぎ、耳を寝かせた。「おまえのいうとおりだ。危険なにおいがする」

円になっていた犬たちは、これをきくとふたたび不安そうな鳴き声をあげた。

ラッキーは、そのとおりだと吠えた。「新しい野営地をみつけなくちゃいけない。ここから離れるんだ。雲がこっちに流れてきたときのために、安全な隠れ場所のある野営地をみつけたほうがいい。出発しよう、いますぐに！」

犬たちはそろって賛成の声を上げた。トウィッチでさえそうだった。アルファの顔色をうかがって、意見をあおごうとする者はいない。アルファのおびえを感じ取ってるんだ――。ラッキーは気づいたが、だからといって喜んだわけではなかった。ラッキーにわかるのは、この新しい群れが生きのびなくてはならないということだけだった。どこへいけばいいかはわからないが、街へ近づいてはいけないことはたしかだ。ラッキーは緑の茂る丘をみあげた。そこは、恐ろしい音がきこえてきた場所から十分に離れている。高い木々が生えた丘のてっぺんならきっと安全だろう。

「ぼくについてきてくれ！　急ごう！」ラッキーは野営地のむこうにある丘をめざして駆けはじめた。新たに裂けた大地から、そこから吐きだされる黒い息から、遠ざからなくてはならない。スイートがすぐあとに続き、スプリングとスナップがその横に並んだ。ムーンはスカームを、フィアリーはノーズをくわえて運ぶ。〈囚われの犬〉たちも動いていた。先頭はベラだ。ラッキーはちらっとうしろを振りかえり、アルファが立ちつくしていないか確かめた。オオカミ犬が群れについてきているのがわかると、ほっと息をもらした。だが、アルファは群れと少し距離を置いている。

ラッキーは高い木々のあいだをぬうようにぬけ、やがて岩の転がる荒地へ出た。小石に足を取られながら、岩の上をすべるように駆けていく。左側は深い谷になっていた。ラッキーはぶるっと身ぶるいした。目のはしに谷底が映ったのだ。とがった岩が転がり、ねじ曲がった切り株がひとつあった。うしろではねるように走るスイートの小さな足音がきこえた。

「足を止めるな」ラッキーは犬たちに呼びかけた。「この丘を越えるんだ——下をみるな！」

斜面を駆けあがって右へ続く急カーブを曲がると、足元の地面が少しずつやわらかくなっていった。低い枝からはイガのある木の実が垂れさがっている。ラッキーは全速力でその実の下をかいくぐっていった。トゲが毛皮にからみつくと厄介だ。そのあたりまでのぼると走るのも楽になり、足の爪で草やコケの生えた土をしっかりと捕えることができた。

とうとうラッキーは頂上にたどり着いた。その先には森がみえ、深く茂った緑の葉のかぐわしい香りがする。ラッキーは振りかえり明るい声をあげた。スイートとベラはすぐそばにいたが、ほかの犬たちはまだずっとうしろのほうにいる。急カーブのほうへ少しもどってみると、サンシャインが岩の上で足をすべらせているのがみえた。〈野生の群れ〉の犬たちも苦労している。なかでも、鼻のつぶれたホワインのような小型犬や、足の不自由なトウィッチのようにケガを負った犬たちは遅れを取っていた。ラッキーは、はうようにしてふたたび丘を下っていった。途中でアルファとすれちがった。オオカミ犬は大きな歩幅で静かに歩いていた。まっすぐに前をにらみ、耳はぴたりとうしろに寝かせている。

近くまでいってみると、サンシャインはうしろへずるずるすべりおちそうになっていた。小さな前足で小石を必死に引っかいても足がすべるばかりだ。そのとき、前足のそばの大きな石がひとつくずれ、ごろりと転がったかと思うと谷底へ真っ逆さまに落ちていった。サンシャインはきゃんと吠え、あわてて谷のふちから離れた。息を吸って毛を逆立て、勇敢にももういちど丘をのぼろうと身がまえた。ラッキーはサンシャインの首の毛皮をそっとくわえて引っぱり、一番のぼりづらい岩を越えるのを手伝った。ラッキーが口をはなすと、サンシャインは胸を張って体をぶるっと振った。

「ありがとう、ラッキー。あたしだけでもだいじょうぶだったと思うけど……でも、助けてくれてうれしいわ」

「もちろんだよ」ラッキーはいった。サンシャインはラッキーの鼻をなめると、ほかの犬たちを追って走っていった。ラッキーはそのうしろ姿を見送りながら、サンシャインは〈大地のうなり〉が起こったときに比べるとほんとうに成長した、と考えた。

長い耳のトウィッチが軽くラッキーをにらみ、首をくわえて引っぱられるなんてまっぴらだ、と目で伝えた。そこでラッキーは、仲間のうしろに回りこみ、丘をのぼりきるまで押してやった。フィアリーはノーズを地面におろしてラッキーのようすを見守った。ムーンはスカームをノーズのそばに引きよせた。スカームは目を丸くしてラッキーをみている。

「なにしてるの？」スカームがきいた。

ムーンは子犬の耳をなめながら答えた。「仲間を助けてるのよ」

フィアリーが軽く押してやると、ホワインは岩場の中でも一番の難所をあっというまに越えることができた。短足で鼻のつぶれたホワインは、口の中でもごもご礼をいうと、ぎこちない歩き方でふたたび丘をのぼっていった。わき腹が激しい呼吸で波打っている。

フィアリーはラッキーに向かってひと声鳴き、ノーズのほうへもどっていった。子犬をすくい上げるようにしてくわえ、ムーンと子どもたちと丘をのぼっていく。

ラッキーは、黒い雲のほうを振りかえった。雲は野営地のほうへ広がりつつある。見晴らしの利くその場所からは、低く広がる森のむこうの谷から雲が立ちのぼっているのがわかった。おそらく、街からはそう遠くないはずだ。黒い雲は地面近くに垂れこめ、頭の上に浮かぶふつうの雲とはちがっていた。だが少なくとも、自分たちはあの雲から離れつつある。すぐにもっと遠くへいき、新しい野営地を作れるだろう。
丘に向きなおると、一番うしろを歩く犬たちもずっと先へ進んでいるのがみえた。そのとき、恐ろしい悲鳴がきこえた。

デイジーだ！　デイジーは、ぐっと右へ折れるカーブのあたりにいた。ラッキーは急いで駆けよった。

「ミッキーが大変なの！」デイジーは叫んだ。

白黒まだらの犬は丘の頂上近くで足を踏みはずし、谷底へ向かってすべりおちそうになっていた。うしろ足の片方は谷のふちから危険なほどはみ出し、もう片方は爪だけでどうにか地面に踏みとどまっている。

デイジーは必死になって吠えた。「ミッキー、がんばって！　だいじょうぶよ！　丘によじのぼるだけなんだから！」

ミッキーは両方の前足で節くれだった木の幹にしがみついていた。前足から力がぬけていき、いまにも木から離れそうになっている。それと同時に、木の根元から土ぼこりがあがりはじめた。根がゆるんできているのだ！　ミッキーは目をむいて顔をそむけたが、くわえたグローブは絶対にはなそうとしなかった。

ラッキーが駆けよる前に、ミッキーのもう片方のうしろ足がすべった。ダートとスプリングは、ラッキーがどこへいくのかたしかめようと振りかえり、ミッキーのようすに気づくとはっとして悲鳴をあげた。

ラッキーは気を落ちつけ、ミッキーの首輪をしっかりくわえた。友だちの体を谷底へつきおとしてしまったり、ミッキーの前足を幹からはなしてしまったりしないように注意する。全身の力を振りしぼり、ラッキーはミッキーを丘の上に引きもどした。このときばかりは〈囚われの犬〉たちがどうしても首輪は付けておくと言い張ったことに感謝した。体の大きなミッキーを首の毛皮だけで引っぱりあげるのはむずかしい。サンシャインのときのようにはいかない。

乾いた土の上に折りかさなるように倒れこみながら、ラッキーは最後にもういちど力をこめ、ようやくミッキーを安全な地面の上に引っぱりあげた。

ミッキーはグローブを横に落としてラッキーの顔をなめた。「もうダメかと思ったよ」牧羊犬はもつれる舌でいった。体が震えている。

ラッキーは牧羊犬の首に鼻先を押しつけ、相手が息を整えるのを待って立ちあがった。「さあ、いこう」なにごともなかったかのように声をかける。「みんなに追いつこう」

ふたたび群れの先頭に向かいながら、ラッキーはスナップに目を留めた。マーサを手伝って、トゲだらけの枝から黒いしっぽを外してやろうとしている。丘の急カーブを曲がったときに引っかけたのだろう。自由になると、マーサは優しい顔立ちの大きな顔を下げてスナップの鼻をなめた。それからくるっとうしろを向き、森の中を駆けていった。

アルファの姿がみえない。ずっと先にいるのだろう——ラッキーは考えた。どうしてほかの犬たちを助けないのだろう？

ミッキーは犬たちのあとを追い、高い木々のあいだをはねるように駆けていった。ラッキーも、かぐわしい森の香りを吸いこみながら、そのあとに続いた。遠くから、低い地鳴りがきこえてくる。黒い雲はその音とともに立ちのぼっていた。ふたたび鋭い地響きがきこえたとき、ラッキーは全速力でミッキーを追いぬいた。木々のあいだをじぐざぐにぬいながらほかの犬たちのにおいをたどっていくと、やがて道のようなものが現れた。ムーンとフィアリーのそばを駆けぬける。二匹は子犬を運んでいたので歩みが遅かった。ベラとスイートは親子のそばについて、キツネやシャープクロウのような敵が近づいてこないか目を光らせていた。ラッキーは少しのあいだ立ちどまり、胸を打たれてそのようすをながめていた。犬たちはいま、おたがいに対する敵意を忘れて、無力な子どもたちを守っている。

ミッキーがそばを駆けぬけていった。うしろにデイジーが続く。犬たちは一心に先を急いでいたが、ラッキーはそのまま足を止めていた。体の小さな犬たちが岩を越えられずに苦労していたことを思いだしたのだ。置いていかれそうなものがいないか注意していなければならない。森の入り口のほうへ引きかえすと、〈野生の群れ〉の茶色と白のメス犬、ダートの姿がみえた。目を大きく見開き、木の下でちぢこまっている。

ラッキーはゆっくりとダートに近づいた。「ダート、こっちだ。みんなのところにいこう」

ダートはびくっと体をすくめ、ラッキーからあとずさりながら、ぶきみな暗雲のほうをちらりとみやった。「野営地が……」弱々しい声でいう。

「野営地ならほかにもある。もっといい野営地がみつかるよ。そこにはきれいな空気とおいしい水があるんだ。ぼくを信じてくれ」

ダートは耳をぴくっと立てた。ラッキーのほうへゆっくりと踏みだす。「森の中はほんとうに安全だと思う？　だって、きいたことがあるわ」そういうと、不安をいっぱいにたたえた目で、暗い木立をさっとみわたした。「子どものころ、母犬がしょっちゅう毛むくじゃらの獣の話をしてた。犬の十倍も大きくて、枝みたいに長い爪はシャープクロウの爪くらいとがってるんだって」

ラッキーはぞっとしたが、自信たっぷりの声を作っていった。「ここにはそんな怪物はいない。群れについていけばきっと安全だよ」

ダートは納得したようすで顔をまっすぐに起こし、深く息を吸ってしっぽを小さく振った。

それから森の中を走っていき、パトロール仲間のトウィッチに声をかけた。

ダートのあとを追おうとしたとき、ラッキーはアルファの影に気づいた。大またで数歩離れたあたりに生えた太いカバノキのそばにいる。オオカミ犬は完全に落ちつきをなくしていた。そわそわ歩いたかと思うと、根が生えたように立ちつくす。耳は頭に押しつけられ、目にみえてわかるほど震えていた。立ちどまるたびに、谷のほうをじっとみつめる。

ラッキーのうしろから足音が近づいてきた。ベラのにおいがする。

「どこにいるかと思ったわ……」ベラはアルファに気づいてふと口をつぐみ、ラッキーのあとについてオオカミ犬に近づいた。ラッキーは、あれほど恐れられていた〈野生の群れ〉のリーダーが、ここまで神経質になっていることが信じられなかった。ケガでもしているのだろうか？　どうしたのだろう？

あのアルファが頼りなくみえる……。

ラッキーは、目の前のこのオオカミ犬は、自分をオメガに降格しようとした冷酷な獣なのだと思いだそうとした。自分に烙印として永遠に残る傷を付けようとした相手なのだ。

アルファの視線をたどると、その先には渦を描く黒い雲があった。絶対に目をはなそうとしない。ラッキーは、ぴたりと動きを止めた。自分がみているものが信じられない。雲がふくらみ、空中でねじれはじめていた。

ぼくの目がおかしいのだろうか——。

奇妙な黒い雲から、長い足が四本伸びてくるのがみえたのだ。すぐに、首と、太く黒い尾が生えてきた。その首から、長く黒い耳のある頭がとびだした。少しのあいだその雲は、すすできた醜い犬のようにみえた。

アルファが、のどを詰まらせたような低い声でいった。ほとんど独り言のようだった。「〈天空の犬〉だ。邪悪な〈天空の犬〉だ……」

ベラはアルファのそばに近づき、目をぐっと細めて雲をみた。「〈天空の犬〉はみんな善良だと思ってたけど」

「〈大地の犬〉にも同じことがいわれていた」アルファは弱々しい声でいった。「〈大地の犬〉は親切で心が広い、と。どんなときもわれわれを保護しめんどうをみてくれる、と。だが、〈大地のうなり〉を起こしたではないか」オオカミ犬のふさふさした尾が足のあいだに垂れた。

アルファの無力さは、ラッキーには思いもよらないものだった。いうべき言葉がみつからない。ふたたび空に目をやると、雲の形はすでに変わっていた。もう犬のようにはみえない。地平線の上に浮かぶただの黒っぽい染みにもどっていた。

「あれはただの雲だ」ラッキーは二匹にいった。「心配することなんかない。変な意味があるわけでもない。ほかの犬たちのところへいこう。追いつかないと――」

森の中から大きな遠吠えがきこえた。傷を負った犬の叫び声だ。三匹はさっと振りかえった。ベラが声のしたほうへ急いで走りだし、ラッキーとアルファが続いた。犬たちのかん高い声が宙を切りさいてきこえてくる。三匹は木々のあいだを走りぬけてふたつの群れに追いつき、わきを回りこんで先頭へいった。

そして、はっと足を止めた。トウィッチが、円を描くようによろよろ歩いている。そこはまっすぐな松の木に囲まれた空き地だ。トウィッチは苦しげに遠吠えをしていた。変形した片方の前足を体に引きよせ、きゅうきゅう鳴きながら、おぼつかない足取りでどうにかまっすぐに立とうとしていた。きょうだいのスプリングは吠えていたが、ほかの犬たちはおびえたようにだまりこみ、ただみているだけだった。

「なにがあったんだ？」ラッキーがたずねた。

スイートが近づいてくる。「少し先に湿地があるの。じめじめしてやわらかくなった、歩きづらい場所よ。トウィッチはそこを横切るときにうしろ足を取られて倒れてしまったの。前足をひねったみたい」

トウィッチの波打つわき腹をみて、ラッキーは、足をひねっただけではなく、ずっとひどいケガをしたのではないかと不安になりはじめた。ふと、スイートがまだ自分をみていることに気づいた。やわらかい耳を寝かせている。スイートはほかの犬たちからそっと離れ、低い枝が作る陰に入っていった。ラッキーもあとに続いた。

「ケガをしたのはもともとうまく動かなかった前足のほうだろう」ラッキーは声を低くしていった。「片足をかばって動くことには慣れてる。だから、だいじょうぶだろう?」

スイートは、ちらっとトウィッチのほうをみた。哀れっぽい鳴き声はいまも続いていた。

「だいじょうぶとはいえないわ。確信は持てないけど、骨が折れる音をきいた気がするの」

スイートが話しているあいだに、トウィッチはわきを下にして倒れこんだ。ケガをした足はかばうように上げたままだ。くんくん鳴きながら前足をなめ、全身を震わせた。

ラッキーはうしろを振りかえった。谷は森に隠れてみえない。木々のむこうの空には黒い雲が浮かび、じわじわと広がりながらいくつものかたまりに割れていく。雲から遠ざかったいまもラッキーの気はまったく晴れなかった。

アルファが正しかったとしたらどうだろう？　あの黒い雲が、怒った〈天空の犬〉だとしたら？　トウィッチのケガが〈大地の犬〉の与えたものだったとしたら？

これまでは、〈精霊たち〉が群れを守ってくれていると考えて、心をなぐさめることができた。自分たちを危険から守ってくれているとばかり思っていた。いま、ラッキーは迷いはじめていた。

〈精霊たち〉が自分たちに牙をむきはじめたような気がしてならなかった。

3 新たな野営地

犬たちは森をぬけていった。枝や枯葉が足の下でかさかさ音を立てる。トウィッチに合わせて進むいま、群れの歩みは遅かった。ケガを負ったトウィッチは、だまりこくったまま仲間のうしろで足を引きずって歩いていた。傷ついたほうの前足をしっかり胸に引きよせている。スプリングは、力を貸そうとトウィッチに申し出るとかみつかんばかりの勢いでどなられ――「じゃまをするな！」――数歩うしろからついていった。

群れの後方に下がっていきながら、ラッキーは目のはしでトウィッチのようすをうかがっていた。この垂れ耳の犬が新しい野営地までたどりつけるのかどうか心もとない。たどりついたとしても、はたして生きのびることができるだろうか。あの前足は、今回ケガをする前からトウィッチの重荷だった。これからはもっと苦しむことになるだろう。ラッキー自身、キツネとの戦いで負った傷がまだうずいていた。うっかり体重をかけすぎると、鋭い痛みが走る。トウイッチはどれほどつらいだろう？
ベラがラッキーと並んで歩くためにうしろに下がってきた。トウィッチを心配そうにみている。ラッキーと同じことを考えているのだ。群れが黙々と進むあいだ、〈太陽の犬〉は天空を駆けあがっていった。頭上の枝が陽だまりに影を落としている。

ラッキーは木陰にじっと目をこらした。胸騒ぎがする。なにかがはいまわっているような、暗がりで待ちぶせしているような気がしてしまう。この場所が悪いんだ。ラッキーは自分にいいきかせた。いもしない生き物がみえるような気がするなんて。

少し先では群れが歩みを止めていた。ラッキーとベラはようすをみにいった。

先頭にブルーノがいる。そこで森はふいに途切れていた。一行は湖をまわりこみ、岸辺にたどり着いていた。なみなみと水をたたえたかがやく湖に沿って地面は弧を描いている。むこう岸には大きな岩肌がみえた。

「さて、どこへいく？」ブルーノがラッキーをみてたずねた。

ラッキーは怒りがこみあげた。アルファが裏切り者の烙印を押そうとしたとき、自分を押さえつけたのはこの犬だった。もしもあの黒い雲が出ていなかったら、永遠に消えない傷を負うはめになっただろう。それなのに、ブルーノは素知らぬ顔をしている。平気で助けを求めている！

「アルファ、あなたのお考えは？」スナップがたずねた。

ラッキーはオオカミ犬を振りかえった。だが、アルファは群れから少し離れたところに立ちつくし、森から目をはなそうとしない。黒い雲がわいていたほうだ。

「あそこはどう？　水辺に大きな岩があるところ」ベラがラッキーのそばで吠えた。ほかの犬たちが二匹のうしろに集まってくる。

ラッキーにも、岸辺に大きな岩がいくつか張りだしている部分がみえた。「いいと思う。雲が迫ってきたとしても、岩が守ってくれるはずだ」

「でも、すごく遠いじゃない」サンシャインが情けない声を出した。長く白い毛はもつれ、あちこちにトゲがくっつき、しっぽはだらりと垂れている。前足の肉球のそばに引っかかったトゲを口でむしり取ろうとしているが、思うように取れない。ラッキーは、街を離れたときのことを思いだした。あのときは犬たちをなだめすかし、一歩一歩進ませなくてはならなかった。あんなことはもうごめんだった！　こんなにいろいろなことが起こったあとだというのに。

「夜のあいだだけここにいたらどうだい？」ホワイトが割って入った。「もし天気が荒れても木が守ってくれるだろうし、黒い雲はここまでやってきっこない。あの岩は遠すぎるよ」

「もっと歩くなんてむりよ。トウィッチがかわいそう」サンシャインが付けくわえた。

ケガを負った犬が、足を引きずりながら近づいてきた。「みんなに遅れを取ったりするもんか」、誇りをこめて鼻を鳴らす。

スイートは森の中に目をこらした。「先を急いだほうがいいわ。深い森は獣のすみかだもの。獣たちは夜になると出てくるのよ……。暗くなる前にここから出ましょう」

ラッキーは心を読まれたような気がした。顔をあげると、本能的に首筋の毛が逆立った。空は暗い青に染まり、陽は沈みつつある。「すぐに暗くなるな」

ベラが一歩踏みだした。「じゃ、ぐずぐずしてるひまはないわね」

✷

〈太陽の犬〉が湖に沈みかけるころ、群れの犬たちは岩肌の上に着いた。ベラとラッキーは並んで斜面を駆けおり、小石の転がる岸辺に勢いよくすべりおりた。地面は湿り、ざらざらした土がまじっている。土は小さな塊になって毛皮にくっついてきた。スナップが二匹のあとから小走りで駆けおり、ほかの犬たちをはげますように吠えた。あれほど長い旅をしてきたあとでも、まだ仲間に対する思いやりを忘れないのだ。

つぎはマーサの番だった。大きな体には意外なほど優雅な身のこなしだ。水かきのついた足で斜面をおりる姿は、川の流れに身を任せているようになめらかだった。岩壁のふもとに着くと、ぶるっと体を振った。ずんぐりした犬たちの足取りはおぼつかなかった。丘をのぼっていたときに比べればまだしっかりしていたが、ほとんどはバランスを取ろうと四苦八苦している。

　ブルーノは半ばとびおり半ば転げおちるようにして砂利の上に着地すると、ざらざらした地面の上で前足を必死に動かした。フィアリーは、口にくわえたノーズを危うくはなしそうになった。ムーンは岩の下でスカームといっしょに待っていたが、それをみて不安そうに激しく吠えた。ノーズがおりてくると、ムーンは鼻先でつついてスカームといっしょに守るように引きよせた。

　ラッキーは湖に向きなおった。「ここの水はきれいみたいだ」岸辺に導くと、一行は待ちかねたように水を飲んだ。

　冷たい水でひと息ついた犬たちは、疲れきった体で水辺を離れ、つきだした岩に守られた陰へ入っていった。群れには暗い雰囲気がただよっていた。首がこわばり、足はいまもずきずき痛んでいたが、ラッキーはようやくすわることができてほっとしていた。

　スプリングはしっぽにできた傷をなめ、怒りをこめてマーサをにらんだ。「この傷、あんたが付けたのよ」マーサはうなだれ、しょんぼりとデイジーのそばへ逃げていった。

頭上に張りだしたこの岩があれば、どんなに雨風が激しくなろうと安全なはずだ。それでも、このすみかは居心地がいいとはいえない。地面はきめの粗い土におおわれ、じめじめ湿っている。トウィッチは足を引きずりながら新しい野営地のすみへいき、ケガをした前足をかばいながらぐったり寝そべった。

「移動は大変だったけど、しばらくはこれでなんとかなるわ」スイートが湿った地面を歩きながらいった。

スプリングがいらだたしげにきゃんきゃん吠えた。「じゃまっけな足手まといがいなかったら、移動ももっと楽だったのに」非難がましい視線を、並んで立ったサンシャインとホワインに投げかける。「あの二匹は、ちびすぎて狩りも戦いもできないじゃない。なにか群れの役に立つわけ？　置いてけばいいでしょ。ただのお荷物なんだから」

「置いていくものですか！」スイートがぴしゃりといった。「すべての犬に役割があるのよ」

スナップが加勢した。「全員が狩りや戦いをするわけじゃないんだから。サンシャインとホワインは、群れの目と耳になれるわ」

「サンシャインの嗅覚はすばらしいんだ」ミッキーが仲間の肩を持った。「優秀なパトロール犬にだってなれるくらいだ。ずっとむこうにある危険だって嗅ぎつけるんだからな」

「そのとおりよ」スイートがいった。「パトロールのあいだ、野営地を見張っていてもらいましょう」

スプリングは顔をゆがめた。ホワインはびくびくしながら、ことのなりゆきをみまもっている。短いしっぽはぎゅっと足のあいだにはさみこまれていた。

サンシャインはだまっていなかった。「お荷物だなんて、そういうあんたは何様なの？」スプリングをにらみつけてうなる。「キツネと戦ってたときは、いまみたいに強気じゃなかったくせに。きゃんきゃん大騒ぎしてるけど、はっきりいって――」

「いったわね！」スプリングは大声をあげ、牙をむいてサンシャインのほうへとびだした。

スイートが二匹のあいだに割って入った。「そこまで！　二匹ともいい加減にしなさい！」

スプリングは引きさがった。毛は逆立っているが、頭を垂れている。「ベータ、ごめんなさい」群れの二番手を怒らせたくはないらしい。そのとき、アルファが岩陰から現れ、ゆっくりと犬たちのほうへ歩いてきた。さげすむようにスプリングをみやる。

「くだらん。むだな争いをするな」オオカミ犬は顔をそむけ、軽べつをこめて軽く尾を振った。

ラッキーは驚いてアルファをみつめた。これほど態度が変わるとは信じられなかった。なにもなかったみたいな振るまいじゃないか――。

サンシャインは言葉をのみこんでスプリングをにらみつけたが、相手はべつのところをみていた。

「あいつ、どこにいくつもり?」スプリングは大声で吠えた。

みると、ホワインがこっそり野営地から出ていこうとしている。ホワインはうしろめたそうに振りむいた。

「逃げようとしたわけ?」スプリングは非難がましい声でいった。「臆病なやつ!」

「臆病者! 臆病者!」かん高い声がいくつか続いた。くたくたに疲れた犬たちは、不満をぶつける相手を求めていた。

ブルーノは、横をこそこそ通りすぎようとしたホワインにかみつき、そのわき腹に牙を立てた。激しいかみかたではなかったが、ホワインは悲鳴をあげ、あわてて岩の下に逃げこむと壁ぎわでちぢこまった。

「やめなさい!」ベラに吠えられ、ブルーノはホワインから引きさがった。

ラッキーは耳を寝かせてことのなりゆきを見守っていた。異様な音と、遠くにたなびくいやなにおいの雲におびえていたあいだは、序列も敵意も関係なく、全員が野営地から安全に逃げられるように協力しあっていた。ところがいま、犬たちはふたたび争いはじめている。ひとつの群れとしてあんなによくまとまっていたことはすっかり忘れている。

トウィッチは相変らず仲間に近づこうとはしなかった。しっぽを地面にだらりと垂らし、ケガをした前足をしきりに気にしている。ラッキーは、ダートがスイートになにか話しているのに気づいた。二匹とも険しい顔をしているが、話の内容まではきこえなかった。スイートがちらりとラッキーのほうをみた。警戒するような、不安そうなまなざしだ。ラッキーは首をかしげた。

スイートは、ぼくが〈囚われの犬〉を助けていたことを許してくれるだろうか。

ムーンは子犬たちに乳を飲ませていた。フィアリーは家族のそばに立ち、気が立った犬たちがそばにこないよう目を光らせていた。アルファが一家を押しのけて前に進みでた。

「落ちつけ！　おまえたちの泣き言には飽き飽きだ」アルファのこの言葉は、ブルーノとほかの数匹に向けられたものだったが、フィアリーは毛を逆立てた。

ノーズがアルファの大声におびえ、震えながらきゃんきゃん吠えはじめた。子犬たちは乳を飲むのをやめてしまい、ムーンが優しい声でなだめても効き目はなかった。困りはてたムーンは、黒い目を大きく見開いてフィアリーのほうをみた。

ラッキーは、二匹のあいだに、ある感情がよぎるのがわかった。フィアリーがアルファに向きなおった。「気をつけてください」うなり声をあげる。「子どもたちが怖がっています。あなたのせいで乳を飲めなくなってしまいました」

オオカミ犬は顔をあげ、フィアリーをぴたりと見すえた。がっしりした茶色の大型犬はその視線を受けてまっすぐに立ち、両耳を前に倒してしっぽをぴんと立てた。リーダーに襲いかかろうとするかにみえた。

ラッキーは不安で胃が焼けるように痛んだ。危険な展開だ。アルファが群れの一員と対立している――とくに、相手はフィアリーのような屈強な犬だ。地位もアルファのすぐ下だ。この二匹が争えば、群れの調和は大きく乱れてしまうだろう。

群れへの忠誠が引きさかれ、戦いがはじまり、血が流される……。

アルファとフィアリーはしばらくにらみ合い、ほかの犬たちは息を詰めて見守っていた。やがて、フィアリーが目をそらし、頭を垂れた。アルファは警告するようにうなり、フィアリーは逆立てていた毛をしずめて一歩うしろに下がった。オオカミ犬は満足げに鼻先をあげ、挑むようにまわりの犬たちをにらみつけた。目を合わせようとする者はいない。

デイジーがラッキーのそばにそっと近よってきた。「どうしてこんなに大変なことばかりなの？　居場所をみつけると、絶対になにかが起こって移動しなくちゃいけなくなる。ここは寒いわ。それに、もう丸一日なにも食べてないのよ」耳を垂れ、悲しげにラッキーをみる。

ラッキーはデイジーの耳をなめてなぐさめた。「前向きに考えるんだ。たしかにここは居心地はよくない。だけど雲からは十分に離れてるし、きれいな水もすぐそばにある。明日はもっといい日になるよ」

それをきいていたミッキーが暗い声で鳴いた。「わたしたちのしていることといえば、逃げて隠れることだけじゃないか。野営地を作ってもすぐにそこを離れるはめになる。いつも目にみえない危険におびえてうしろを気にしている。街にいるときはこうじゃなかった」

「だけど、街は一番危険なんでしょ」デイジーが泣きそうな声を出した。

ミッキーは前足で革のグローブをぽんとたたいた。「もう安全になっているかもしれないよ。あの黒い雲をみただろう？　あれはただの雲じゃなかった」

ラッキーは耳をぴくりと起こした。ミッキーにも、空に浮かぶ犬の姿がみえたのだろうか？

「あのとき、おかしなことに気づかなかったかい？」ミッキーはしっぽを振りはじめた。「あれは巨大なニンゲンの形をしていた。飼い主が指をさしている姿だった！」

〈囚われの犬〉たちは、熱心に耳をかたむけながら、少しずつミッキーのまわりに集まってきた。ラッキーは、あの雲はニンゲンのようにはみえなかったと思ったが、口をはさむのはひかえておいた。

「川辺に安全な洞くつをみつけたときも、同じようなことがあっただろう」ミッキーは続けた。「これはサインなんだ。ニンゲンたちが、街へもどる道を示してくれたんだ」ミッキーの声は興奮のあまり大きくなり、しっぽは激しく宙を打った。「家にもどってきてほしいんだよ。もしかしたら、ニンゲンたちが帰ってきたのかもしれない！」

　アルファは大またで歩きながら犬たちを押しのけ、群れの一番前に出た。ラッキーは釈然としない気持ちでアルファをみていた。あの自信は、一番必要だったときにはどこかに消えてしまっていた。さっきは黒い雲をみたまま立ちすくんでいたじゃないか――。それなのに、いまのアルファはえらそうに歩いてる。うろたえていたことなんか忘れたみたいだ。

「ニンゲン、ニンゲン、ニンゲン――おまえたち〈囚われの犬〉ときたらそればかりだ！　どれだけおろかしくみえるかわかっているのか？　そこの牧羊犬、とくにおまえだ」アルファはさげすむようにミッキーをにらんだ。「なぜおまえは、得体の知れないニンゲンの持ち物を持ちあるいている？　いい加減捨てたらどうだ」アルファがグローブに鼻を近づけると、ミッキーは大事な宝物をさっとくわえてあとずさり、自分の体にぐっと引きよせた。アルファはくちびるをめくり上げてうなった。「それほど主人のもとへ帰りたいのなら、さっさと街へ逃げかえればいい。〈囚われの犬〉などここには必要ない」

　ミッキーは前足のあいだにグローブを置いて〈囚われの犬〉たちを振りかえった。

「それはいい！　そろそろ街へもどるころだと思う。わたしたちのニンゲンたちを探すころだ。いっしょにくるかい？」ミッキーは仲間をみまわした。数匹の〈囚われの犬〉がくーんと鳴いたが、ほかの者たちはミッキーの視線を避けていた。マーサはやわらかい尾をなめながら、残っていたトゲを取った。デイジーは張りだした岩の下から静かな湖面をみつめている。長い沈黙が続いた。ラッキーは前足に目を落としたまま、なにをいえばいいだろうかと考えあぐねていた。

　ミッキーはさっと耳をうしろにそらせた。「きみたちがどう考えようと関係ない。わたしにはニンゲンたちが帰ってきたことがわかる。たとえ一匹でも、わたしは街へもどる！」そういうとグローブを拾いあげ、湖の岸に沿って歩きはじめた。〈太陽の犬〉が眠りにそなえて湖のほうへおりてきていた。あたりは暗くなりつつある。

　ラッキーはミッキーの前に立ちはだかった。「そんなことしちゃだめだ。ぼくたちはたくさんの危険からやっと逃げてきたばかりじゃないか。それなのに、わざわざ街にもどろうっていうのかい？　みんなで移動してたときだって無傷じゃいられなかった」ラッキーは、悲しい気持ちでアルフィーのことを思いだしていた。アルフィーは、崩れたニンゲンの家の下敷きになりかけ……、そして、群れと群れの争いの最中に殺されてしまった。アルファに殺されたのだ。

デイジーが二匹に追いつき、きゅうきゅう鳴いた。「おねがいだからいかないで」

ミッキーの決心はかたかった。グローブを置いて口を開く。「ここにはいられない。言い合いも、群れの生活で起こるもめごとも、性に合わないんだ。いかなくては。わたしのニンゲンがきっと待っている。感じるんだよ」

ラッキーはうなった。「一匹で旅をするなんて危ない。いかせないぞ！」そういうと、まだらの毛皮を持つ犬に向かって攻撃の姿勢を取った。ミッキーが身がまえる。

「わたしを止めることはできないよ」ミッキーに押しのけられ、ラッキーはなす術もなく尾を垂れた。ふと、ミッキーは立ちどまり、うしろを振りかえった。表情はおだやかで、茶色い目は優しげだった。

ラッキーはよろこんでしっぽを振った。

考えなおしてくれたんだ――！

ミッキーは一歩踏みだし、グローブを地面に落としてラッキーの鼻先をなめた。それからマーサとデイジーに向きなおり、同じしぐさを繰りかえした。

ちいさなサンシャインがきゃんきゃん吠えながら、岩の陰から駆けだしてきた。ミッキーは頭を低くして、サンシャインの白い耳をなめた。「きみのことを忘れたりするもんか」小さな声でいう。

ラッキーはしっぽを力なく垂らした。「やっぱりいくのかい？」

ミッキーはまっすぐにラッキーをみた。「ああ、いかなくちゃいけない」

ラッキーはそれ以上止めようとはせずに、マーサとデイジーのあいだでミッキーを見守った。

牧羊犬はグローブを拾いあげて群れにしっぽを向け、そして遠ざかっていった。

これでお別れなんだ――。鋭い寂しさが爪のように体の中を引っかいてくる。

すぐに、牧羊犬の姿は少しずつ濃くなる闇の中にまぎれた。数匹の〈囚われの犬〉はそのまま立ちつくしていたが、ラッキーは岩の下の野営地へもどった。ぐったりと地面に横たわり、遠ざかっていく友だちの足音に耳を澄ました。岩の転がる斜面で砂利を踏む音は、ミッキーが上へいくにつれて小さくなっていった。やがて、きこえるのは湖面に立つさざ波の音と、冷たい夜風の音だけになった。

4 追放者

犬たちがうなり、つばをとばしあいながら吠え、荒れくるう暗い空の下でたがいののどにかみついた。

これは、群れと群れの争いではない。仲間がたがいに牙をむいているのだ。犬たちは、てあたり次第にそばにいる犬と戦い、相手かまわず仲間に爪を立てている。

〈アルファの嵐〉がはじまったのだろうか？　よりにもよって、群れの犬たちが仲間割れをしているこんなときに？

ラッキーは必死で吠え、影のような犬たちに争いをやめてくれと頼みこんだ。

ぼくたちは団結しなきゃいけないんだ！

だが、争いはいつまでもやまず、大地は味方と敵の血にぬれていった……。

✷

ラッキーははっと目を開け、耳をまっすぐに立てた。激しいうなり声に目が覚めたのだ。あたりをみまわしながら、自分がどこにいるのかわかるまでに少し時間がかかった。〈太陽の犬〉は谷間のうしろからのぼりはじめ、遠くの湖をきらきらかがやかせている。

岩の下は陰になっていて寒かった。犬たちはまだ眠り、体を温めるために寄りそいあって丸くなっていた。ラッキーはあくびをしながら立ちあがり、伸びをした。体がこわばっていて重い。キツネたちとの戦いで傷を負った頭と足も痛かった。

そのとき、うなり声がきこえた。岩のすぐむこうにベラとスイートがいる。なにを話しているのかはわからないが、二匹の姿勢をみれば、友好的な関係が早々と終わってしまったことは明らかだった。ラッキーは眠っている犬たちを慎重に避けながら、夜明けの弱い光の中へ踏みだした。

ラッキーが近づいていくあいだも、スイートはベラにうなっていた。「あなたの群れは問題を起こしてばかり。わたしたちのなわばりに入ってきてからずっとよ。大変なことが起こる前に消えてちょうだい！」

ベラは一歩も引かなかった。「トウィッチが出ていったのはわたしのせいじゃないし、わたしの群れのせいでもないわ。わたしたちはトウィッチのためにゆっくり歩いたもの。力も貸したわ。トウィッチがケガをしたのは、あなたといっしょにいるときでしょ」

スイートはこれをきいて激しくうなったが、ラッキーが二匹のあいだに割って入った。

「トウィッチがどうしたんだい？」

スイートは冷たい目でラッキーをみた。「真夜中にいなくなったわ。どこにいったのかはだれも知らない」

ラッキーはぞっとして身ぶるいした。前足をケガした、あのかわいそうな犬のことを考える。昨夜はやっとのことで森の中をぬけ、湖畔の斜面では転げおちないように必死になっていた。この荒野でいったいどう暮らしていくつもりだろう。森には、キツネやほかの獣がうろうろしているのだ。どうやって狩りをし、生きのびるつもりだろう？

物思いにふけっていたラッキーは、スイートの吠え声ではっと我に返った。「いい？　仲間が消えてしまったのよ」ベラに詰めよりながら、ほっそりした体をこわばらせて牙をむき出す。

「でも、ある意味では、トウィッチはどうするべきかをわたしたちに教えてくれたんだわ。この場所をみて。朝から生き物の姿なんてほとんどみなかったわ。草地は荒れて湿ってる。ここには全員にいきわたる食糧がないのよ」スイートはとがめるようにデイジーとマーサをにらみつけた。二匹はしっぽを垂れ、数匹の〈野生の犬〉たちとともに岩の陰からスイートとベラを遠巻きにながめていた。「前の野営地なら、あなたたちのめんどうをみることもできたかもしれない。でも、ここはこんなに狭いのに、群れの数が多すぎるわ」スイートはベラに向きなおった。「あなたたちが自立するときがきたのよ。旅を続けて自分たちの野営地を作りなさい――どこか別の場所で」

デイジーとマーサは不安げな視線を交わした。そのうしろでは、ブルーノとスナップ、フィアリーがことのなりゆきを用心深くうかがっている。

ベラはほかの犬のことは無視していた。スイートの言葉におびえたようすもない。「ベータ、ずいぶん思いあがってるんじゃない？　黒い雲に気づいたのはラッキーだし、群れを安全な場所に連れてきたのもラッキーよ――忘れてるみたいだから教えておくけど、ラッキーはわたしたちの仲間ですからね。あなたのほうこそ、〈囚(とら)われの犬〉が必要なんじゃないかしら」

ラッキーは居心地が悪くなって毛を逆立てた。自分を巻きこむのはずるい。スイートに、自分の裏切り行為を思いだしてほしくなかった。

岩陰(いわかげ)から、アルファが灰色の毛におおわれた体を現した。犬たちのほうへ向かって大きくとび、ベラとスイートのあいだに着地する。二匹(ひき)は驚(おどろ)いてあとずさった。

「争いはなにも解決しない」アルファは頭をまっすぐに起こし、ベラとスイートのあいだで円を描くように歩いた。その声は静かで落ちついていた。「群れが大きくなったいま、不安を抱(かか)えた犬は多い。群れの中でも力のある犬たちが対立して、仲間が勇気づけられると思うか？」

ラッキーは驚(おどろ)きを顔に出さないように気をつけた。アルファに、勇気について話す資格があるのか？　あんな姿をみせたあとだっていうのに？

「覚えておくがいい」アルファは続けた。「地位が下の犬たちはおまえたちを尊敬している。おまえはわたしのベータだ。群れはおまえに敬意を抱(いだ)いている」そしてアルファは試すような目でベラをみた。「〈囚(とら)われの犬〉たちもおまえを尊敬しているはずだ。おまえたちは、勇気と分別を示さなくてはならない。軽はずみで自分勝手なふるまいをして、仲間の安全をおびやかすべきではないのだ……オメガのように」

ラッキーは凍(こお)りつき、尾(お)をこわばらせた。なにがいいたいのだろう？

アルファは肩(かた)をそびやかした。黄色と青の目は自信に満ちて光っている。「この群れが耐(た)えてきたあらゆる災難は、すべてオメガが現れてから起こったものだ」オオカミ犬はラッキーを振(ふ)りかえり、とがめるように目を細めてみせた。「わたしたちはひとつに結びつけば強くなる。だが、街の犬がここにいるかぎり、それはむりだろう」

「でも、あの雲はラッキーのせいじゃないわ」ベラが落ちついた声でいった。

アルファはベラをみてうなるようにいった。「ラッキーではなく、正式な呼び名をつかえ。オメガがあの雲に関係していようがいまいが、あれは〈天空の犬〉の姿をしていた。それはまちがいない。おまえもみたはずだ！」

スイートはアルファをみつめた。「〈天空の犬〉ですって？　なんのこと？」スイートは、ベラとアルファとラッキーが犬の姿になっていく雲をみていたとき、その場にはいなかった。アルファが、邪悪な〈天空の犬〉が不運をもたらしたのだとおびえていることも知らない。

「あの黒い雲は〈天空の犬〉だった」アルファは吠えた。「精霊の怒りももっともだ。ふたつの群れを争わせた卑劣なオメガに罰を与えようとしているのだ」

ラッキーは血の気が引き、はっと息を飲んだ。〈精霊たち〉が犬に牙をむくという話はきいたことがある。小さなころ、母犬がそんな話をしていなかっただろうか？

あれは自分のせいなのか？　ラッキーはさっと空をみあげたが、黒い雲は森の陰に隠れてみえなかった。

遠巻きに見守っていた犬たちが、岩の陰から少しずつ近よってきた。なにが起こっているのか知りたがっている。アルファは、犬たちに向きなおって話しはじめた。

「わたしは結論を下した。約束は約束だ。〈囚われの犬〉たちを追放するのはやめておこう。

それぞれに群れの役割を与えてやる。いまわたしたちの前に立ちはだかっているのは、危険な未知の世界だ。群れが団結すればより安全になる」アルファの口調はおだやかだったが、力強くもあった。まるで、優しい父親が、無力な子犬たちを教えさとしているかのようだった。

「だが、ラッキーをこの群れに迎えいれることはできない。オメガとしてもむりだ。やつがどれだけの騒ぎを引きおこしたか考えてみろ――まるで尾のように、ラッキーのうしろには災いがついてまわるのだ」

アルファはスイートとベラに向きなおり、二匹がラッキーと視線を交わしたことはあからさまに無視した。「先ほど、おまえたちはオメガの肩を持った。まるであいつが自分たちの仲間であるかのように。だが、おまえたちが絶えず言い争いをしているのは、まさにあいつのせいではないか。ふたつの群れの調子を狂わせた元凶はオメガにある」

ラッキーの心に一瞬浮かんだ迷いはすぐに消えた。あの黒い雲が現れたのは自分のせいなどではない。実体がなんであれあの雲は、この奇妙な世界になんらかの関係があるのだ。〈大地のうなり〉があとに残した、この変わり果てた世界に。アルファは、ぼくを追いだしたいからあんなことをいってるだけなんだ！

ラッキーはわき腹がかっと熱くなるのを感じた。呼吸が速くなり、怒りで耳がちくちく痛む。

犬たちはラッキーとアルファを取りかこんでいた。アルファのからいばりも、今度ばかりは通用しないだろう。犬たちはみんな、自分たちの〝リーダー〟が黒い雲にうろたえる姿をみていたはずだ。いくら恐ろしい牙を持っていようと、口先がうまかろうと、あのオオカミ犬は臆病者なのだ。災いが起こったときになにをすべきなのかも、どう生きのびればいいのかも、なにひとつわかっていない。アルファに任せていれば、犬たちは、毒の雲が近づいてくるあいだもあの野営地に残っていただろう。雲が襲いかかってきたときには手遅れになっていたはずだ。そして全員が――。

「群れのために」アルファがふたたび吠えた。「〈街の犬〉は去らなければならない」

「ぼくがいなかったら、きみたちは一匹たりとも生きて森を出ることはできなかった」ラッキーは、怒りを抑えながら厳しい声でいった。「あの野営地から離れる道をみつけたのは、ぼくだ。丘をのぼるきみたちを導いたのも、ぼくだ。あなたがみたとかいう〈天空の犬〉とやらは、毒の雲だ。アルファ、あなたはあの雲をみてすくみあがっていたじゃないか！　そして、群れを逃がす努力もしなかった」

アルファは牙をむいてラッキーに迫った。「裏切り者め、現実をみろ――おまえは災い以外の何物でもない。おまえの名は残酷なジョークだ。おまえも、おまえの不運も、ここでは望まれていない」

デイジーがきゅうきゅう鳴きながらラッキーのそばに駆けよった。

心の優しいマーサが大きな体で一歩前に進みでた。「ラッキーはいい友だちよ。〈囚われの犬〉たちのためにいつも一生懸命動いてくれた。絶対にわたしたちを見捨てようとしなかった」

「ラッキーはわたしたちの群れのためにもよく働いてくれました」情に厚いスナップも声をあげた。「丘をのぼるときは小さい犬たちを助けてくれたし、森をぬけるときは道を教えてくれたわ」

続けてホワインがいった。「スナップのいうとおりです。おれたちはオメガに感謝するべきです」ずんぐりした小さな犬は、反対の意を示しておずおずと前足で地面をたたいた。ホワインにとって、凶暴なオオカミ犬に反抗するのは勇気が必要だったにちがいない。「オメガの助けがなければ、とても切りぬけられなかったと思います。アルファ、どうか考えなおしてください」

ラッキーはため息をついた。これまでホワインから親切な言葉をかけられたことは一度もない。一瞬、いまになって心を改めたのだろうかと思ったが、おそらく自分の身を心配しているだけだろう。ラッキーがいなくなれば元の地位にもどってしまう。いまの地位は、キツネたちとの戦いの前に、ラッキーを脅し、マルチをだましてようやく手に入れたものなのだ。

だが、ラッキーが消えればふたたびオメガに逆戻りだ。

ホワインは、アルファのうなり声をきくと悲鳴をあげ、大急ぎでうしろに下がった。オオカミ犬はスナップとマーサに牙をむいた。二匹は服従のしるしに頭を低くした。

ラッキーは信じられない思いで犬たちをみていた。あんなことがあったのに、それでもアルファに従うのか！　ぼくを群れから追いだすつもりなのか！

アルファは一歩前に踏みだすと、ぐっと胸を張った。ラッキーを見下ろすように立ち、うなりながらくちびるをめくりあげる。「裏切り者、罰をまだ受けていないことを忘れたのか？」

ラッキーは相手をにらみ返したが、なにもいわなかった。怒りのあまり声が出なかったのだ。あれだけ助けられておきながら、みんなはこれ以上ラッキーをかばうつもりはないらしい。

アルファは自分の群れを見回しながら、おだやかに語りかけた。「わたしたちが耐えしのんだ厳しい試練、そして野営地を去るときにオメガが示した多少の勇気に免じて、烙印を押すことは勘弁してやろう。追放だけで許してやる」

「アルファのいうとおりよ。オメガは群れを去ったほうがいいわ」そういったのは、スイートだった。大きな茶色の瞳には痛みが浮かんでいた。まばたきをしてスイートをみつめかえす。失望させたことが悲しかった。自分を許してくれたのだろうか？　たとえ許してくれたのだとしても、二度と会えないのならそれがなんの役に立つだろう？　だが、ラッキーの表情のなにかが、スイートを怒らせたようだった。スイートは牙をむき出した。「あなたは両方の群れを裏切ったのよ」はっとするほど冷たい声だった。「あんなうそをついた犬を信じられるわけがないでしょう？」

ラッキーは体をこわばらせた。耐えられずに目をそむけ、ベラのほうをみた。そもそも〈野生の群れ〉をスパイするというのはベラの計画だった。ラッキーはそれを実行に移したにすぎない。犬たち全員が獲物となわばりを分けあえる道がみつかるのではないかと思ったからだ。あんなことはしたくなかった――だが、きょうだいであるベラが、それが〈囚われの犬〉を救う方法だと言い張ったのだ。

ベラの顔にはなんの表情も浮かんでいなかった。なにもいわない。

「ベラ？」ラッキーが声をかけると、ベラは目をそらしてうつむいた。どういうつもりだろう？

ほかの犬たちは立ちつくし、前足に視線を落としていた。小さなデイジーでさえ、となりできゅうきゅう鳴くだけで目を合わせようとはしない。

みんなアルファに従うつもりなんだ……〈囚われの犬〉もみんな！

見捨てられたと知って、ラッキーは深く傷ついた。心のどこかで、みんなに期待していた。あんなにたくさんのことを、ともに切りぬけてきたのだ。だが、忠誠心はかけらもみつからなかった。

一瞬、ベラと目があった。悲しそうではあったが厳しい目だった。ラッキーはひと言もいわずに犬たちに尾を向け、岩棚をのぼり、森へ続く道をもどっていった。

進む道は自分でみつければいい。べつの野営地がみつかるかもしれない。ウサギを狩り、清水を飲み、暖かく乾いた寝床をみつければいい。

もういちど自由になるんだ。ラッキーは自分にいいきかせながら、しっぽを振ろうとした。だが、しっぽは力なく垂れたままだった。

自由が欲しい――。

これまでラッキーはそう思っていたし、それは本心だった。だがいま、その言葉は胸の中でうつろに響くだけだった。自分は〈囚われの犬〉と同じものを望むようになったのだろうか？仲間、友情、そして群れを？

まさか。ラッキーはつぶやいた。これこそ、ぼくがあるべき姿だ——自分だけで、独りきりでいること。足手まといになるような群れなんかに加わらないで、ほんものの〈孤独の犬〉になること。

ひと声鳴き、ラッキーは高い木々が生えたほうをめざして斜面をのぼっていった。だが、心の中では気づいていた。自分にいいきかせた言葉は、もう真実ではない。

ぼくは〈孤独の犬〉ではない。ほんとうの意味では、もうちがう。

ぼくは追放者だ。

5 黒い雪

日が高くのぼるころ、ラッキーは森の中へもどっていた。あたりの木々は高くそびえ、弱い風が枝葉をゆらしている。湖から遠ざかるにつれ、道はゆるやかなのぼり坂になっていった。下生えの中からは小動物たちの足音がきこえ、頭の上からは鳥たちのさえずりがきこえる。空腹で胃がむかむかした。鳥を捕まえるのはまずむりだ。地面にいる小動物も動きがすばやすぎる。葉やつるに隠れて、ねらいを定めるのがむずかしい。開けた場所へ出て、思いきり走ることができるようになるまで待つしかない。

〈森の犬〉よ、食べ物をみつけられるように、ぼくに狡猾さをお授けください。安全な道をみつけられるように、知恵をおさずけください……。

ラッキーは思わず声をあげた――安全な道だって？　その道をたどってどこへいく？　行き場なんてないじゃないか。

群れを去ったはいいが、どこへ向かえばいいのかよくわからなかった。自分は〈孤独の犬〉として生まれたのだと何度もいいきかせてはみたものの、いまではラッキーも気づいていた。森とはまるで勝手がちがう。街にいたとき、〈孤独の犬〉には選択肢があった――どこにでも雨風をしのぐ場所があり、ニンゲンたちが、いらなくなった食べ物を金属の大きな入れ物にいっぱい詰めこんでいった。森ではなにもかもがちがった。隠れる場所は木陰しかない。食べ物の入っている缶はどこにもない。

街なら、〈孤独の犬〉はあたりをうろうろしていれば生きのびることができる――だが、ここは森だ。怒りと恐怖で毛が逆立った。自分にはどこにも行き場がない。

ラッキーは森のさらに奥へとつきすすんでいった。木々のあいだを歩き、水のにおいと音をたどっていく。頭で下生えをかき分けると、そこは川岸だった。〈囚われの犬〉たちは、この川をわたって〈野生の群れ〉のなわばりへ入ってきた。ラッキーは、川に近づきながら、湿った空気を深く吸いこんだ。甘い土のにおいがする。ブルーノを襲ったぶきみな緑色のへどろは消えてしまったようだった。川面をにらみながら、ほんの少しだけ鼻先をつけてみた。冷たく、澄んでいる。銀色の魚が一匹、誘いかけるように流れをよぎっていった。

川がきれいになっていることをたしかめると、ラッキーはむさぼるように水を飲んだ。気がすむまで飲むと岸にすわり、前足をなめながら考えごとにふけった。

ミッキーは、ニンゲンたちは街にもどっているはずだと確信していた。もしそれがほんとうなら、むかしのように食べ物をあさることができる。そうすれば、ぼうぼうに茂った草むらでウサギを追いまわすこともない。

街で生きる術ならよく知っている。急げばミッキーに追いつけるかもしれない。ラッキーは元気を取りもどし、これから取るべき行動に意識を集中させた。街へいく道のひとつは、丘をこえて〈野生の群れ〉の野営地をぬけていくというものだ。だがその道を選べば、あの黒い雲の真下を通るはめになる。雲がまだ空に残っているとは考えたくない。森に隠れてみえないが、ほおひげや鼻の奥で、いまもあのにおいを感じとることができた。

街へいくには、もうひとつ、川をわたるという道がある。ラッキーは、水が岩のあいだを走り、白く泡だちながら小石の上で渦を描くのをながめた。マーサが〈川の犬〉とどんなに強く結びついていたかが思いだされる。胸が詰まり、しっぽが垂れた――マーサがそばにいてくれたらどんなにいいだろう。マーサにも、群れのほかの犬たちにも会いたかった。みんなのことを考えると、くーんという鳴き声がもれた。声が森の中でこだましているようにきこえた。

どうしてぼくを裏切ったりしたんだろう？　あんなにたくさんのことをいっしょに乗りこえ

てきたのに。

　ラッキーはさみしさを振り払って立ちあがり、川に近づいた。片方の前足を水につけてみる。そのとたん、流れにさらわれそうになってバランスを崩した。ラッキーは水から足を引きぬいてあとずさった。どう考えても、ぶじに向こう岸へわたるのはむりだ。川をまわりこむ方法をみつけなくてはいけない。

〈囚われの犬〉たちは、川の上流ならどうにかわたることができていた。ラッキーは川沿いに歩きながら、流れが比較的浅くなっているところを探しはじめた。のどの渇きが治まったおかげで少し気分がよくなったが、胃が痛くなるほどの激しい空腹感はあいかわらずだ。

　ハエが一匹、ひげのあたりをとびはじめた。ラッキーはかみつきたくなるのをがまんした。ハエを食べるほど困ってはいない。頭を下げ、地面に積もっていた落葉に鼻先をもぐらせる。何枚かくわえてかんでみた。葉っぱの苦味がのどの奥を刺した。飢えがやわらぐのも少しのあいだだろうが、それでも気がまぎれた。

　ふいにかん高いカラスの鳴き声が響き、ラッキーはとびあがった。あわてて空をみあげながら、夜に現れるカラスのことを思いだしていた。〈野生の犬〉の野営地では同じカラスを何度もみかけた。だが、ラッキーの目が釘付けになったのは、こずえの上に消えつつあったつややかな翼ではなく、空に浮かんでいたべつのものだった。毒の雲がこちらにただよってきている。黒い血だまりのようにぎらぎら光っている。鼻を刺す悪臭がかすかにした。そのにおいは街にいたころにもかいだことがあった。ジドウシャ同士が激しく戦い、傷を負ったジドウシャから血が流れるとこんなにおいがした。そういう争いのあとでは、きまって黒い雲が空に立ちのぼった。においのせいで胃がむかむかした。自然のものとはかけ離れた悪臭だ。だが、あれがジドウシャの戦いで生まれた雲だとは考えられなかった。大きすぎる。

雲はだんだん近づいているようにみえた。首の毛が逆立ち、のどからうなり声がもれる。それでも、ラッキーはむりやり雲から目をはなし、森の中を進みつづけた。開けた場所へ出れば、それだけ早くあの異様な雲から遠ざかることができる。ラッキーは鼻を地面に近づけて息を吸い、悪臭をやわらげようとした。湿った葉やコケや草のにおいを吸いこんでいるうちに、少しずつ心が落ちついていった。

そのとき、思いもよらないにおいに気づいた――ほかの犬のにおいだ！

ラッキーはぴたりと足を止め、深く息を吸いこんだ。このにおいはよく知っている。

トウィッチだ！

ラッキーはにおいをたどって両耳をまっすぐに立て、しっぽを高くあげた。やがて、からみあったつると、おいしげった草のむこうに、トウィッチの姿が小さくみえた。足を引きずりながら、ぎこちない歩き方で慎重に進んでいる。太い木の幹の陰に隠れたが、少しすると反対側からゆっくりと姿を現した。

ラッキーは、みぞおちが震えるようなあわれみを覚えた。トウィッチは自分より先に群れを離れていた。ケガをしていなければ、いまごろラッキーの二倍の距離を進んでいたはずだ。だが、長い休息を取って力をためなければ、歩きつづけられなかったのだろう。足の痛みが耐えがたいときには止まるしかなかったはずだ。この速度では、森をぬけるのに最低でもあと一日はかかってしまう。

どこへ向かっているんだろう？

ラッキーは、低木のあいだから、耳の垂れた犬を見守っていた。自分がいることを知らせようかとも考えたが、トウィッチはラッキーにみつかれば怒るかもしれない。群れの仲間が眠っている夜中に去ったということは、独りになりたいのだろう。

ラッキーは不安で苦しくなった。ケガをした犬がどれだけ危険な存在かは知っている。だがトウィッチは弱っていた――助けを必要としていた。ラッキーはそろそろとトウィッチのあとをつけはじめたが、近づきすぎないように注意した。トウィッチは落葉の山をおぼつかない足取りでこえ、いきなりぴたりと足を止めた。

ラッキーも立ちどまった。ぼくのにおいに気づいたんだ。その場でようすをうかがったが、トウィッチはじっとしている。その距離からは、相手の気分まではわからなかった。

横から近づいていったほうがいい。うしろからだと挑発していると思われるかもしれない。ラッキーは大きく弧を描いて木々のあいだをぬけ、トウィッチの左側に近づいていった。ところがトウィッチは数歩右へよけ、身がまえるような姿勢を取った。その胸の奥から、ぐるぐるという威嚇するような低いうなり声がきこえた。

きっと放っておいてほしいんだ。だが、荒野に足をケガした犬の居場所はないということが、トウィッチにはわからないのだろうか。仲間に守ってもらわなければ、生きのびる望みは薄い。

ラッキーはもう一歩前に進んだ。だが、トウィッチは首を振ってきびすを返し、痛めた足をできるだけ速めて森の中へ消えていった。ラッキーは、追いかけようと考えながら動けなかった。どうすることもできない。むりに連れていくわけにもいかない。これがトウィッチの決めたことなら、ラッキーはそれを尊重しなくてはならない。たとえそれが、トウィッチの死を意味することになろうとも。

ラッキーはしっぽを力なく垂らし、来た道を引きかえした。トウィッチのにおいはすぐに、木の葉と小動物のにおいにまぎれていった。

木々のあいだから風が立ちのぼり、枝や葉をかさかさと揺らした。〈太陽の犬〉が空を移動していくにつれ、濃紺の空の色が次第に深くなっていった。白い雲が長くたなびき、空気が湿って感じられた。雲のあいだを、あの黒い雲が流れていく。まるで空に浮かぶ湖のようにみえた。ラッキーはしっぽを腰にきつく巻きつけ、くーんとひと声鳴いた。

〈森の犬〉よ、あなたの存在を感じます。あなたは森のすべてを見守りながら、ぼくのことも見守ってくれている。どうか、〈太陽の犬〉が休むまで、ぼくをお守りください。

暗くなりつつある空をみあげたとき、鼻先に水滴が落ちてきた。まばたきをするまもなく、つぎの一滴が目に入った。ラッキーは小走りに急ぎ、雨宿りをしようと大きな木の下に駆けこんだ。幹は太く、四方八方にのびた根はまるでヘビが土にもぐっていくようにみえる。ラッキーは、その根のあいだで、できるだけ居心地よくうずくまった。

雨あしが強まった。滝のような雨は枝のあいだからもしたたり、葉っぱをぽたぽた伝いおちてきた。ラッキーはぬれた前足をなめながら、みじめな気分で考えた。どうしてこんなことになってしまったんだろう？　長く寂しげな鳴き声をひとつもらし、あごを地面の上に寝かせる。

大きな雨粒がひとつ、ラッキーの目のすぐ上に当たった。ほかの雨粒とはちがって、落ちたところにそのまま残っている。ちくちくするような熱が、毛皮から皮ふにまでじわりと伝わってきた。ラッキーは吠えた。体を揺すり、気味の悪い熱を振りはらおうとする。前足で頭を払いながら顔をあげたそのとき、黒い物体が落ちてきたのがみえた。根の上に張りついて動かない。重く、べたりとしていて、そこから立ちのぼる蒸気でそばの空気がゆがんでみえた。黒い雪のようにもみえた。あの暗雲と同じ色をしている。

物体は、腐葉土におおわれた森の地面につぎからつぎへ落ちてきた。黒い雪が触れると、草はしおれて元気がなくなるようにみえた。ラッキーは立ちあがった。胸の鼓動が速くなる。

黒い雪だって？　なにが起こってるんだ？

そのとき、鼻がひりひりするような強烈な悪臭に気づいた。まるで、みえない炎に鼻の奥を焼かれているようだ。目に涙があふれてくる。においは木という木から発散されているように思えた。さっきは強い雨にまぎれていたが、いまでははっきりとわかる。

黒い雲のにおいは、危険な敵のようにラッキーを取りかこんでいた。

奇妙な雲から降ってきたのは水ではなく、いやなにおいの蒸気を放つ黒い雪だ。ラッキーは、舞いおちてくる物体から逃げようと、急いで枝の下にとびこんだ。かん高い鳴き声をあげて体を振る。早くもっと広い場所へ出たかった。

黒い雪は、雨のように均一な降り方はしない。熱いかたまりになって落ち、くるくる回り、枝にぶつかり、地面に落ちるとそこから蒸気が立ちのぼる。

ラッキーは恐ろしくなって声をあげた。あの黒い雲が地面に落ちてきてるんだ！

雲が数え切れないかけらになり、ゆっくりと地面に降ってくる。空の黒い雲はどこか、ニンゲンたちが外で火を焚いて料理をするときに出る、真っ黒な雲に似ていた。食べ物はおいしそうなにおいがするが、あの火にはどこかおかしなところがあった――においが、つんとして不自然なのだ。

この黒い雲も火から立ちのぼったものなのだろうか？

ラッキーは、降ってくる黒い雪をぼう然とみつめた。それなら、想像を絶するほど大きな炎にちがいない。どこで燃えているのだろう？　この黒い雲はどこからきたのだろう？

ミッキーは、あの雲はニンゲンの形をしていたと確信していた。ニンゲンが自分たちの目的地を示してくれているのだ、と。アルファは、あの雲は怒れる〈天空の犬〉の姿をしていたと考えていた。いま、ラッキーは、どちらもまちがっていたことがはっきりわかった。

あの黒い雲は〈大地のうなり〉に関係している。崩れゆく大地と砕けちる空、毒に汚された水と悪臭に関係しているのだ。なにかを暗示しているとすれば、絶対によいものではない――

〈うなり〉以来、世界はこれまでになく危険な場所になってしまった。

だんだん、ラッキーの確信は強まっていった。ニンゲンたちはもどってなんかいない。きっと、街はぼくたちが離れたときとなにも変わってない。荒れはてたままなんだ。

ミッキーのことを考えた。きっといまも、真剣な目で期待に胸をふくらませ、口にはしっかりとニンゲンのグローブをくわえている。もう街に着いたころだろうか。着いたらどうするのだろう？　死んだアルフィーがしたように、ニンゲンの家に入ろうとするだろうか？　有毒なガスや崩れてくる建物に襲われて死んでしまうことだってありえる。そうでなかったとしても、どうやって生きのびるというのだろう？　あそこには食べ物もきれいな水もない。それに、街で死んでしまった動物やニンゲンはどうなったのだろう？　埋めてやる者はだれもいない。ラッキーは身ぶるいした。

かわいそうなミッキー。一生懸命グローブを守っていた。ニンゲンにあまりにも忠実すぎた。いつも〈囚われの犬〉たちのよき友で、どんなときもラッキーの味方をしてくれた。ミッキーには、ラッキーが追放された責任はない。そんなことは知りもしないのだ……。

ミッキーをあんな危険な場所に放りこむわけにはいかない。

ラッキーは木陰からとびだすと、すばやく方向を変えながら黒い雪をよけた。せいいっぱい速く走る。足がぬれた地面の上でぱちゃぱちゃ音を立てた。茶色い泥がわき腹に筋をつけ、毛皮はあっというまに雨でびしょぬれになった。それでもラッキーは、元気よく吠えた。いまでは使命がある。森を去る理由がある。街へいくのだ。いまのラッキーには目的地がある。

できるだけ急いでミッキーをみつけなければならない。

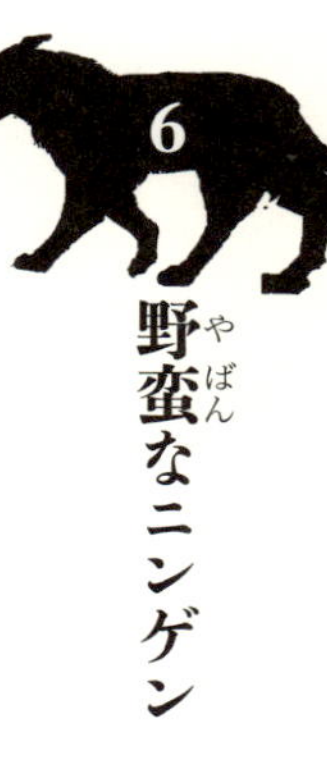

野蛮なニンゲン

ラッキーはウサギの肉の最後のひとかけらを飲みこみ、のんびりした気分であくびをした。満たされた腹の底からため息をつき、心の中で感謝をのべた。〈森の犬〉よ、あなたはいつだってぼくを見守ってくれている。おいしいウサギに感謝いたします。

野原に出る前に狩りができるとは思っていなかった。だが、木々のあいだに小さく開けた場所に出てみると、そこにウサギがいた。じっと空をみあげていた。獲物を捕まえられたのは、あの黒い雲のおかげかもしれない。

ラッキーは口をなめながら、自分にいいきかせた。二度目があると思ってはいけない。実際、自分だけでウサギを捕まえるのには苦労した。こんなふうに、木の幹や枝が小道を隠してしまうところではむずかしい。小動物には隠れる場所がたっぷりある。

それでも、雨はやんでいた。黒い雲は小さな灰のかたまりのようになり、ばらばらになったいまも、頭上の空でぶきみに舞っていた。ラッキーは一刻も早く森を出たかった。

先を急ぎながら、坂になった部分をのぼっていく。〈太陽の犬〉が空を横切っていくにつれ、あたりは少しずつ薄暗くなっていった。やがて地面が平らになった。これはよいしるしだ。起伏がなくなったということは、それだけ街に近づいているということだった。ミッキーに近づいているのだ。

ところがラッキーは、トゲのような不安に首筋をちくちく刺されていた。この場所を知っているような気がする。だが、どんな場所だったのかも、なぜ知っているのかもはっきりとは思いだせない。つんとにおう灰のせいで、感覚と記憶力がにぶくなってしまっていた。背すじを走る震えは気にしないことにした。いまは先を急ぎ、ひたすら進みつづけなければならない。たとえ〈太陽の犬〉が眠りについても、足を止めてはいけない。ラッキーは倒れていた大木をとびこえ、川をめざしていった。

しばらくいくと、山のように積もった黒い灰が行く手をさえぎり、鋭いにおいが鼻をついた。ひと声叫び、急いできびすを返す。落葉の上で足をすべらせたはずみに、低いところにとびだしていた長い枝にぶつかった。はね返った枝が勢いよく灰の山につっこんでいく。枝に押された灰は無数のかたまりに分かれて斜面をすべり落ちた。まるで、悪臭を放つ黒い雪のなだれのようだ。

ラッキーは、あわてて灰から離れた。川をわたるにはべつの道を探さなくてはいけない。

斜面をのぼっているうちに、また毛が逆立ってきた。本能的に、尾と両耳がまっすぐに立つ。ごくかすかだが、気になるにおいがした。よく知っているにおいのようでもあり、危険なにおいのようでもある……。

ラッキーは心の中で黒い雪に悪態をついた。強烈なにおいのせいで、ほかのにおいがすっかり隠れてしまっている。坂をさらにのぼっているうちに、突然自分がどこにいるのかわかった。あのにおい、光景、記憶が、洪水のように押しよせてくる。この丘にも、丘の下の谷間にも見覚えがあった。恐怖で背筋が震えた。ここは〈フィアース・ドッグ〉のすみかのすぐ近くだ。こんなに近づくべきではなかった。あのどう猛な犬たちのことを考える。がっしりした筋肉質の体、とがった耳、かがやくような黒い毛皮。かつてラッキーは、あのぶきみな基地に忍びこみ、あの犬たちが自分たちのなわばりを見回るのを見張った。一度は出しぬいて逃げだしたとはいえ、二度と会いたくない。パニックが腹を震わせる。ラッキーは凍りついた。

遠くのほうから吠え声がきこえた。低く不吉な声だ。鼻を地面に近づけてにおいをかぎ、灰の悪臭に気を取られないように集中する。そのとき、ラッキーは気づいた――血のにおいに。

全力で逃げだしたくなる衝動を抑える。なにが起こっているのかつきとめないうちには、逃げるわけにはいかない。ラッキーは鋭い目でうしろをたしかめた。〈フィアース・ドッグ〉たちが、ラッキーが逃げたあの穴をみつけたのだとしたら？　基地のまわりをパトロールして、この丘にまできているのだとしたら？　いまこの瞬間にも暗がりから自分を見張っているのだとしたら？

そのとき、宙を切りさくような遠吠えが下の谷間からきこえ、ラッキーは思わず声をあげた。風下から出ないように用心しながら、忍び足で〈フィアース・ドッグ〉のすみかに近づく。灰が自分のにおいを消してくれますようにと祈っていた。

数分後、基地のフェンスに着いたころには、あたりはしんと静かになっていた。そのとき、あの悲しげな吠え声がふたたびきこえてきた。苦しんでいる犬が哀れっぽく慈悲を乞う声だった。近づかないほうがいいのはわかっていた――傷ついた〈フィアース・ドッグ〉ほど危険なものはない。

ラッキーはフェンスに沿ってはうように進みながら耳をそばだてた。中にいるほかの犬たちのにおいがする。あの犬たちはまちがいなく仲間の苦痛に気づいていない。気にも留めていないか、わざと苦しめているか、どちらかだろう。どちらにせよ、ラッキーが現れたことを喜ぶはずはない。

小枝がぱきりと音を立てるのがきこえた。音がしたほうをみると、かなり離れた暗がりに、一匹(ぴき)の〈フィアース・ドッグ〉がいた。大きくがっしりしたオス犬で、首は太く、鼻はとがっている。いまその犬は、地面をかぎながら左右をみわたしていた。

フェンスの外にいる！　ということは、〈フィアース・ドッグ〉たちはぬけ穴をみつけたのだ。あの犬は獲物(えもの)を探しているのだろうか。それとも、侵入者(しんにゅうしゃ)だろうか。

ラッキーは息を詰(つ)めた。走れ！　あいつがぼくをみつけて仲間に知らせる前に！

傷ついたあの犬にしてやれることはなにもない——ラッキーは自分に強くいいきかせた。音を立てないようにあとずさり、来た道をもどっていく。坂をのぼりながら葉を踏(ふ)まないように注意した。このあたりをうろついて、みすみす見つかるようなまねをするのはおろかな犬だけだ。〈フィアース・ドッグ〉たちににおいをかぎつけられれば、まちがいなく八つ裂(ざ)きにされてしまう。

街へ向かって走れ。おまえが助けなくちゃいけないのはミッキーだ。いまならまだまにあう。

基地のほうから、また悲痛な叫(さけ)び声がきこえた。ラッキーは刺(さ)すような罪悪感を覚えながら、坂をのぼる足を速めた。子犬のころのおぼろげな記憶(きおく)がよみがえる。母犬がオオカミと犬の違(ちが)

いを話してくれたことがあった。オオカミはずる賢く卑劣だ。だが、犬は気高く、べつの犬を見殺しにすることは決してない、と。

〈森の犬〉よ、ごめんなさい。助けてあげたいのですが、できないのです……あの〈フィアース・ドッグ〉をどうかお守りください。

世界はほんとうに変わってしまった。ラッキーは、自分がこんなまねをするようになるとは思ってもいなかった。

✷

ラッキーは思いきり体を振って水を払った。闇の中を歩きつづけ、浅瀬を探して川をわたり終えたところだ。〈川の犬〉は、キツネにかまれた首と足の痛みをやわらげてくれた。まるで、氷のように冷たい舌で傷口を力強くなめてくれたような気がした。冷たい水は、疲れた体に新しいエネルギーと活力を与えてくれた。いまは足を止める気になれない――街に着くまでは進みつづけなければならない。ミッキーはもう着いているかもしれない。ミッキーがゆっくりと死に向かって飢えていき、それでも頑として街を離れようとしない姿が思いうかんだ。もどってはこないニンゲンたちを待ちつづけるだろう。

高い木々が密集して生えた部分は起伏が激しかったが、しばらくすると、森の一番高い地点にたどりついた。足を止めてあたりを見回す。〈太陽の犬〉は、やわらかい朝の光を投げかけながら大地の上を走っていく。空にはねじれた白い雲が浮かび、空気は澄んでしっとりと湿っていた。

遠くのほうでは、こずえが描くぼんやりした線のむこうで、湖がきらきらかがやいていた。湖の一番はしのほうに、〈野生の群れ〉が捨てた野営地がある。さらにその先の、ごつごつした岩が集まっているところに、別れてきた仲間がいた。ラッキーはきょうだいのベラのことや、ほかの〈囚われの犬〉たちのことを考えた。みんな、大きくなった群れでうまくやっていけるだろうか。アルファがつらくあたらなければいいのだが。スイートの姿と、大きな黒い瞳を思いえがいた。裏切られたといいたげなあの目を思いだすと、胃がしめつけられるように痛くなる――。

ラッキーは開けた野原をめざした。その先から、ゆるやかな下り坂が続いている。坂の下は〈囚われの犬〉たちの最初のなわばりだ。みんなはあの場所で狩りを学び、団結して働くことを学んだ。さまざまなことがあったにもかかわらず、ラッキーは仲間を思うと誇らしさでいっぱいになった。街を離れてから、ずいぶん遠いところまできた。

新たにエネルギーをたくわえたラッキーは、木々のあいだを一気に駆けぬけた。野原に出ると、とうとう、ニンゲンたちの家々が空を背景にじぐざぐに並んでいるのがみえてきた。まるで草のように天に向かってのびている。ラッキーは、土をかぶったやわらかな草地から、かたくひび割れた道路へ踏みだした。

　街へ入ると歩みをゆるめ、汚染された空気の気配が感じられないかにおいをかぎ、ジドウシャのごう音がきこえてこないか耳を澄ませた。だが、あるのは静寂だけだった。ジドウシャは、砕けたガラスの破片に囲まれて、生気をなくしたまま静止している。つぶれた鼻先の下では、ニンゲンたちに飲まされていたジュースがもれて乾いていた。

　ジドウシャたちは血を流していたんだ――。

　道路はひび割れていた。ラッキーは、地面を流れるいやなにおいの水をとびこえなくてはならなかった。水はぎらつき、油っぽい膜が、頭上にのぼった〈太陽の犬〉の光を照りかえしていた。

　街はいまも荒れはてたままだった。ニンゲンたちはもどってきていない。

　奇妙な気分だった。またここにもどってきて、足の下にかたい石を感じることになるとは。自分でも意外なほど、草を踏む感触に慣れていたようだ。ふいに、昔の生活が恋しくなった。街で食べ物をあさり、仲間たちとくつろぎ、だれにも頼らない生活。だが、その生活がすでに終わってしまったことも事実だ。たぶん、永遠に。
ラッキーが捨てたこの街は、いまもまだ元にはもどっていない。ここで暮らす日は二度とこないだろう。

静まりかえった通りをすりぬけるように進み、〈囚われの犬〉たちの家を探す。まわりの建物には見覚えがあったが、どれもさま変わりしていた。前庭に生えた草はラッキーの背丈くらいの長さになり、手入れをするニンゲンたちがいなくなったいま、つる植物が塀をおおうように伸びていた。なにもかもが古び、さびれていた。

やがて、〈囚われの犬〉たちが〈大地のうなり〉の前に住んでいた通りに着いた。ほかと同じように、建物はかたむき、打ちすてられた庭の植物は伸びほうだいになっていた。ラッキーは遠くから家々をながめ、空気のにおいをかぎ、ミッキーはどこにいってしまったのだろうと考えた。喜んで吠えながら駆けよってくる姿を期待していたが、牧羊犬はどこにもみあたらない。

ここにいないのなら、一体どこにいったんだろう?

気持ちが沈んだ。自分はどうすればいいのだろう。街を探索するべきだろうか。いや、ここにはもうなにもない。むかしは食べ物をあさったものだが、いまは食べかすひとつ落ちていない。体をぶるっと振って深く息を吸い、もういちどにおいをかいでみた。すると、ミッキーのにおいがした。まちがいない——すぐ近くにいる。どうして姿がみえないのだろう？

ラッキーはひび割れた地面に鼻をはわせた。ひげがぴりぴりする。しばらくするとジドウシャの陰に白と黒のまだらもようの毛皮がちらりとみえた。ミッキーがうずくまっている。牧羊犬のにおいと、その姿勢のなにかがラッキーを不安にさせた。ミッキーに近づきながら体を低くし、威嚇していると思われないように注意した。

「ミッキー？　ぼくだ、ラッキーだよ。きみを探してたんだ」

ミッキーはぴくっと耳を動かしたが、目は前をみたままだった。その視線はラッキーを通りすぎ、道のむこう側に向けられていた。

ラッキーは立ちどまった。「どうかしたのかい？　なにから隠れてるんだい？」

「隠れているものか！」ミッキーはうなった。「わたしは待っているんだ。ほら、みろ」

ラッキーはミッキーの視線をたどった。通りのずっと先でなにかが動いた——ふたりのニンゲンだ。角のそばの家から出てくるところだった。

街のむこうの野原で会ったニンゲンたちとはちがって、このふたりは、口のない黒いマスクも付けていなければ、てかてかした黄色い服も着ていない。ふつうのニンゲンたちと似たようなかっこうをしているが、服はやぶれ、そこからのぞく体は汚れていた。ラッキーがみていると、ふたりはなにか大きな物を家の中から引きずりだそうとしていた。平たく、乾いた木でできていて、足が四本ついている。

本能的に、ラッキーはジドウシャの陰に隠れた。あのふたりをみると、〈大地のうなり〉が起こる前にみたニンゲンたちのことが思いだされた。街路を放浪していたころのことだ。たいていのニンゲンたちとはちがって、この種のニンゲンは群れを作らない。外で暮らし、ぼろぼろの汚れた服を着ている。火を点けると燃えるジュースのにおいをぷんぷんさせ、いつもどなり合い、ケンカをし、ほかのニンゲンには追いはらわれる。

だがいま、ふたりのほかにニンゲンたちの姿はみえない。

ラッキーとミッキーは、ぼろをまとったニンゲンたちのようすを見守った。彼らは家の中の物をつぎつぎに運びだし、ぼうぼうに茂った草の中に積みあげていった。乱暴に放りだすような運び方だ。ふと、そのうちのひとりが身を乗りだし、歩道につばを吐いた。遠くにいるラッキーにさえ、つばが黄ばんでいることや、ニンゲンの口のまわりに黄色がかった泡がついていることがわかった。顔はやつれて土色で、首元の骨はくっきりと浮いてみえる。ラッキーは、ニンゲンは空腹になるとおかしくなってしまうことを知っていた。そして、こんなに腹を空かせたニンゲンはみたことがなかった。

あのふたりには近づかないほうがいいだろう。

ニンゲンたちはとなりの家に移動し、扉を押しあけると、転がるように中に入った。なにかを引きずったりこわしたりする音がきこえてくる。

ミッキーの呼吸の音に、小さなうなり声がまじりはじめた。腰を下げ、耳を平らに寝かせて、じっとようすをうかがっている。「卑怯なやつらめ」ミッキーはうなってわずかに身動きしたが、それでもジドウシャの陰にうずくまっていた。

「わたしのニンゲンの家に近づいたらただじゃすまさないぞ。ちょっとでもそんな気を起こしてみろ！」

ラッキーには、ニンゲンたちの考えがいまいちわからなかった。食べ物はみつからないはずだ――〈大地のうなり〉から、すでに長い時間がたった。ラッキーは、ミッキーから目を離さないように気をつけていた。そのあいだもニンゲンたちは家から家へと移動し、中に姿を消してはふたたび外に出てきた。出てきたときには、さまざまな品物を抱えていた。

少しずつ、少しずつ、ニンゲンたちはミッキーのむかしの家に近づいていった。

あのふたりは、ふつうのニンゲンよりも……野蛮にみえる。ラッキーは、〈囚われの犬〉たちが乗りこえてきたことを考えた。生きのびる術を学んでいなければ、まちがいなく、この変わりはてた奇妙な世界で飢え死にしていたはずだ。あとに残されたニンゲンたちにも同じことがいえるのだろう。あのふたりも、街から逃げていった仲間たちに忘れられてしまった。ちょうど、〈囚われの犬〉たちが、飼い主たちに見捨てられてしまったように。

ミッキーがぱっと立ちあがり、うしろ足に力をこめた。低くうなりながら、自分がむかし住んでいた家の前で足を止めたニンゲンたちをにらむ。ニンゲンたちは大声で口論していたが、ひとりは前かがみになって咳きこみ、もうひとりは家の壁にぐったりもたれかかっていた。

「ミッキー、だめだ」ラッキーは声をひそめていった。「あのニンゲンたちは危険だ。なにをたくらんでるかわからない」

ミッキーはさっと振りかえった。「わたしにはニンゲンの家を守るという使命がある」耳をとがらせ、目をぐっと細める。「きみにはわからないだろう。きみは〈大地のうなり〉が起こる前から〈孤独の犬〉だったんだからな。だいたい、ここでなにをしている？　最近のきみはすっかり群れの一員になっていたみたいじゃないか」

ラッキーはむっとしたが、なおもいった。「きみのニンゲンたちはずっと前にいなくなったんだぞ！」

「あそこはいまも飼い主たちの家だ」ミッキーはうなった。「わたしの家でもある。生まれてからずっと、あの家を守るように育てられてきたんだ。わたしには、あのこそ泥たちを止める義務がある！」ミッキーはニンゲンのほうへ向きなおると、耳をぴたりと頭につけて激しく吠えはじめた。ラッキーは身をすくめたが、ニンゲンたちは気にもとめず、家の前でどなり合いを続けていた。

やがて、ひとりが扉をけやぶり、ふたりは家の中へ消えていった。ミッキーはすがるような目でラッキーをみた。

ラッキーは、ミッキーにとってこれがどれだけ大切なことなのか気づいた。「わかった……いうとおりにしてくれ。ぼくがするとおりにするんだ」そういうとラッキーはくちびるをめくりあげ、牙をむき出しにした。ミッキーも同じようにする。うなり声をあげながら、ラッキーは家の玄関に入っていった。ニンゲンたちはつぎつぎに部屋を回っている。ひとりがちらっとラッキーをみたが、していることを止めようとはしなかった。

ミッキーがふたたび吠えはじめた。「無視する気か！　思い知らせてやる！」

「ぼくを信じてくれ」ラッキーは友だちを押しとどめながら、ある犬のことを思いだしていた。硬い毛をした小型犬で、とがった鼻をしていた。〈大地のうなり〉が起こる前に街で知りあった犬だ。あの犬は体こそ小さかったが、そばを通りすぎるニンゲンたちを怖がらせていた。吠えたりはねたりするのではなく、身じろぎもせずに立ってうなるだけだった。重要なのは、自信があるようにみせかけることだ。

ニンゲンたちは犬がなにを考えているかわからない――だから、怖がるんだ。

やがてミッキーはコツをつかみ、ラッキーのしぐさをそっくりまねした。牙をむき、うなり声をあげ続ける。二匹はじりじりと家の奥へ進み、ふたりのニンゲンがあわただしく物をかき集めている小さな部屋へ近づいていった。部屋の入り口に立つと、ぴくりとも動かずに低い声でうなった。

ニンゲンたちは犬に目をやると、動きまわるのをやめた。ひとりが両手を宙に振りあげ、犬に向かってどなりはじめた。ラッキーは一歩も引かず、ミッキーもそれにならった。四肢をふんばり、うなり続ける。

ニンゲンたちは、今度はたがいにどなり合いをはじめた。間近でみると、黄色っぽいつばが口のまわりにたまっているのがみえる。唇はむらさき色になっていた。ラッキーはそれをみて、ブルーノを病気にした毒の川を思いだした。ラッキーたちを追いだそうとしたほうのニンゲンは、下あごに濃いピンクのかさぶたができていた。そちらは一歩引きさがったが、もうひとりはガラス製の深い皿をつかみ、目の前にいるラッキーに向かって振った。背中の毛穴がふつふつと開き、恐怖が体中を駆けめぐった。急に肉球が汗ばんでくる。だが、それでもラッキーはふんばっていた。ニンゲンが投げた皿がラッキーの頭をかすめて激しく壁に当たった。ラッキーは身をすくめたが、それでもうなるのをやめなかった。ミッキーのうなり声はさらに大きくなった。

そのとき、低いうめき声がきこえ、ラッキーはぴくっと耳を動かした。家が声をあげたのだ！　体に力が入る。動いているのだろうか？　崩れるのだろうか？

皿を投げたほうのニンゲンが、まわりにある物を手当たり次第に犬たちに投げはじめた。ラッキーは、ミッキーが攻撃に備えて体をこわばらせたのを感じとった。牧羊犬は、なにか重い物が耳をかすめていったときも、鳴き声ひとつもらさなかった。ラッキーはその姿に感心した。

「その調子だ！」ラッキーは声をかけた。「むこうは怖がってる！」

ミッキーは、足をしっかりふんばってうなりながら、うれしそうにしっぽをひと振りした。

ニンゲンたちは不安そうに視線を交わし、小さな部屋の壁のほうへじりじりとあとずさっていった。そのとき、家が大きなうなり声をあげ、ほこりがシャワーのように降ってきた。片方のニンゲンが咳きこみはじめる。ラッキーはふたりに向かって吠えた。

「出てけ！　ここはおまえたちの場所じゃない！　追いだされる前に出てけ！」

吠え声はせまい部屋の壁に当たってラッキーのほうへはね返ってきた。振動でさらにたくさんのほこりが落ちてきたようだった。降ってくるほこりはまるで白い幕のようだった。

ニンゲンたちはちぢみあがり、壁ぎわへ追いつめられた。ラッキーはふたりの恐怖のにおいをかぎつけ、満足感でいっぱいになった。きっと、犬たちと争おうとはせずに、隙をみて逃げだすだろう。ミッキーを振りかえったとき、足元で床が揺れはじめ、また家がうめき声をあげた。悲鳴のような音が響いたかと思うと、壁に長い傷口がぱっくりと開いた。傷は天井に向かって伸び、ほこりとがれきが血のようにとびちった。

ニンゲンたちは震えあがって叫び、かき集めた物を床に放りだすと、先を争うように部屋の出口へ急いだ。咳きこみながら犬たちのそばを走りぬけ、玄関から表へとびだす。

ラッキーはミッキーを押した。「急ごう！」

ミッキーは目を見開き、さっと部屋を見わたした。

「だが、わたしのニンゲンたちが――」

「はやく！」ラッキーは厳しい声を出した。

耳をつんざくような音とともに、部屋の両側の壁が沈みはじめ、ついで天井が揺れはじめた。

家が！　ラッキーは心のなかで叫(さけ)んだ。家が崩(くず)れはじめている！

7 奇妙な鳥

ラッキーとミッキーは転がるように表に出ると、道路をつっきって、べつの家の前庭に駆けこんだ。二匹が振りかえったそのとき、ミッキーがかつて住んでいた家は崩れはじめた。家を支えていた内部の構造が壁の割れ目から噴きだし、芝生の上に雨のように降っていく。なにかが裂ける音や割れる音がした。壁は内側に崩れ、中に残っていたものを押しつぶしていった。

ミッキーは震える体で小さく円を描いて歩きまわり、絶望したようなかん高い声をあげた。

ラッキーは、ミッキーの必死の形相に気づいて大声をあげた。「やめろ！　下がってろ！　きみのニンゲンたちはもう遠くにいるんだぞ」

ミッキーはわき腹を波打たせながら地面に伏せた。「わかっている」悲しげな声だった。「それでも……わたしは、家を守らなくてはいけないんだ！」

ラッキーは、友だちの鼻をなめてなぐさめた。「もう守るべきものはないいんだ。きみのニンゲンたちは、ずっと前にここを去ったんだから」

ふたたび大きな音がきこえ、玄関の扉がとびだすように手前に倒れてきた。開いた玄関口から、崩れおちた建物のがれきがなだれのように流れだし、入り口をふさいだ。

「あと一秒でも長くあそこに残っていたらきみは死んでた。ぼくたちはどっちも死んでた」

ミッキーは、わかっていると吠えた。二匹は肩で息をしながら、芝生の上で体を低くしていた。騒音はしずまりつつあった。いまでは、なにかが地面に落ちたり割れたりする音がときどき響いてくるだけだ。建物のまわりには白っぽい砂ぼこりが渦を巻いている。

だしぬけにミッキーが立ちあがり、天をあおいで遠吠えをしはじめた。「いいニンゲンたちはみんないなくなってしまった！　ひとりもいない！　ここには悪いニンゲンだけが残った！」

ミッキーは二、三歩前に進み、また吠えはじめた。今度は去っていったニンゲンたちに呼びかける。「どうしてわたしを見捨てたんです？　わたしは絶対にあなたたちを見捨てたりしなかった！　どうしていってしまったんです？」

ラッキーはだまって見守っていた。全部吐きだしてしまえばいい――そう思ったのだ。

ミッキーの吠え声はだんだん高まっていった。「あなたたちはわたしを二階に上げてくれて、おやつをくれた……広い公園に連れていってくれて、いっしょに遊んだ……ひとりで家に残るときには、あなたたちが帰ってくるのを待っていた……いつだってあなたたちのことを考えていた。どうしていっしょに連れていってくれなかったんです?」

やがて、牧羊犬は静かになった。力つきたように芝生にすわりこむ。目は家に向けられたままだ。

「きっともどってくると思っていたのに」ミッキーの耳は小刻みに動いてた。「わたしたちは、べつのニンゲンたちに……あの悪いニンゲンたちに牙をむいた。うなり声と牙で脅した。恐怖のにおいがわかったよ。前はこんなんじゃなかったんだ。ニンゲンを脅かすなんて、一度もしたことはなかった」

「〈大地のうなり〉が起こって世界は変わってしまったんだ」ラッキーはいった。

「それが問題なんだ。傷ついて変わってしまったのは大地だけじゃない」ミッキーは打ちひしがれたように鳴いた。「その上を歩く犬までが変わってしまった」そういって、地面のにおいをかぐ。「〈大地の犬〉よ、あなたになにがあったんです?」ミッキーは少しのあいだ地面を引っかいていたが、やがてため息をつき、つややかな黒い瞳をラッキーに向けた。「群れを去ってここにもどってくるなんて、ばかなまねをした。ようやく気づいたよ。いまのわたしたちが頼れるのは仲間だけなんだ」ミッキーは首をかしげた。「ラッキー、きみがここにきたとき、あんな態度を取ってしまって悪かった。あの憎らしいニンゲンたちのせいで気が立っていたし、それにきみが急に現れたからおどろいてしまった。それだけだ。きみに会えたのはうれしいが……どうしてここにいる？　きみも群れを去ったのかい？」

　ラッキーは目をそらし、友だちのうしろに広がる風景をみた。倒壊した家のまわりには、いまも土ぼこりがただよっていた。

「ぼくは、群れを離れなくちゃいけなかったんだ」ラッキーは、アルファにどんなふうに追いだされたかを思いだして身ぶるいした。仲間の中には、オオカミ犬にあらがって自分の意見を守りとおす犬は一匹もいなかった。〈囚われの犬〉の中にさえ。いまはその話をする気になれなかった。

「わかってるわかってる。きみは〈孤独の犬〉だもんな。だが、きみだってわたしたちと同じくらい、ニンゲンたちを頼って生きていたはずだよ。みんながいなくなってしまったいま、きみみたいな〈孤独の犬〉の居場所だってなくなってしまったんじゃないかい？　いまではあの群れがわたしたちの家族なんだ。ラッキー、もどろう。みんなに、群れを出たのはまちがいだったといわなくちゃいけない」

　ラッキーはごくりとつばを飲んだ。のどがからからになっていた。ミッキーが死と腐敗の街を離れる気になってくれたことはうれしい。群れとともにいれば安全だ。だが、自分がもどることは許されないだろう。悲しみで胸が重くなった。

「きみのいうとおりだ――ここは、もう犬の場所じゃない」ラッキーはいった。この街は毒されている――。どんな生き物も、ここで生きながらえることはできない。

ミッキーは瞳をかがやかせてラッキーをみつめ、しっぽで地面を打った。「ラッキー、森はそう遠くない。わたしたちはちょうどいいときに街に着いたと思わないかい？　急げば〈太陽の犬〉が沈む前に森にもどれるはずだよ」ミッキーは息をはずませて立ちあがった。

ミッキーの顔は晴れやかだった。こんな表情はいつぶりだろう。喪失感から解放されたおかげにちがいない。ようやく、ニンゲンたちがいなくなったことを受け入れたのだ。そのミッキーに、自分は群れから追放されたのだと打ち明けるわけにはいかなかった。いまはまだできない。

ラッキーは立ちあがった。「ほんとうにもどりたいなら……そうだな、しばらくいっしょにいくよ」

ミッキーはうれしそうに吠え、ラッキーの耳をなめた。

「でも、群れにもどることはできないよ」ラッキーはあわててつけ加えた。

ミッキーは、あたりをはねまわった。「もどれないのかい？　それとももどらないのかい？　いつになったら、独りで生きたほうが幸せだって振りをやめるんだい？　群れにいたほうが安全だし幸せなんだ——きみだってわかってるだろう！」ミッキーはからかうようにラッキーの耳を軽くかんだ。「どう考えたって、きみの居場所は群れの中にある。みんなもきみを必要としている。わたしたちはきみの助けがなかったら生きのびてこられなかった」

ラッキーはなにもいわなかったが、親しみをこめてミッキーを頭で押した。友だちが意気ようようとしていることがうれしかった。こんなにすぐに立ち直ってくれるとは思ってもいなかったのだ。

ぼくはミッキーを守るためにここまできたんだ。その機会を逃すなんてできない。「じゃあ、いこう」ラッキーはいった。自分でも知らないうちにしっぽを振っていた。

ミッキーが楽しげにうなってラッキーに体当たりし、二匹は長い草のあいだでじゃれ合った。

やがてラッキーは道路に駆けだし、はねるような足取りで街を出る小道をめざしはじめた。

「待ってくれ！」ミッキーが吠えた。

ラッキーは振りかえり、両耳をぴんと立てた。「どうかしたのかい？」

「いいや。ただ、やるべきことがある……」

みていると、ミッキーは一台のジドウシャのうしろに消えた。はじめにラッキーがみつけたとき、この牧羊犬はそこで自分のニンゲンの家を見張っていた。すぐにもどってきたミッキーは、口にあのグローブをくわえていた。すり切れて汚れ、表面の革にできた裂け目からは詰め物がとび出しているが、ミッキーはそれを地上で最高の値打ちがあるもののように運んだ。もうしっぽは振っていない。重々しい足取りで家へ近づいていく。ラッキーが止めようとしたとき、ミッキーは正面の芝生の前で立ちどまった。芝生は土ぼこりで白っぽくなっていた。

ミッキーはそのまましばらく静かに立ちつくし、崩れた家の残がいをみつめていた。やがて、慎重な足取りで芝生を歩いていった。歩くたびに足元から土ぼこりが舞いあがる。崩れた正面の階段に近づき、その一番上にグローブを置いた。扉があった場所だ。ためらいがちにグローブをなめて、ほこりと土をきれいにぬぐう。そして、一歩うしろに下がった。

汚れの落ちたグローブはかがやき、がれきの中で、小動物のように頼りなげにみえた。ミッキーはグローブに語りかけるように話しはじめた。

「わたしはもうここを離れます。あなたたちを置いて森へいき、群れの仲間と暮らさなくてはいけません。たくさんのことが変わってしまいました。ニンゲンのいないこの世界で、犬は自分の力で生きていかなくてはならないのです」

ミッキーがラッキーをちらりとみた。ラッキーは敬意をこめて鼻先を低くした。牧羊犬がなにを思っているのかはわからない。自分はニンゲンと絆を感じたことは一度もない。だが、ミッキーがここまで忠実になり、捨てられたあとでさえその家を守ろうとするのなら、彼らはそう悪い者たちでもないのだろう。

ミッキーは続けた。「もしあなたたちがもどってきたら、これをみつけるでしょう。あなたたちがわたしにくれた物です。これはわたしのお気に入りのおもちゃでした。これで遊ぶときは、いつもあなたたちのことを思った。ここに置いていくのは、わたしがあなたたちを探しにもどってきた証拠です。あなたたちを決して忘れず、愛することをやめなかった証拠です」

こうしてミッキーは、かつてわが家と呼んだ場所をあとにした。ラッキーには、ミッキーがこの家をみることは二度とないだろうとわかっていた。

✷

ラッキーは、緑の茂る広々とした街路をいくつも通りぬけていった。道ばたではジドウシャたちが眠っていた。うしろからミッキーがついてくる。二匹は通りの中央を歩き、かたむいてぎしぎし音を立てる家には近づかないようにした。ラッキーは、ミッキーの家と同じように、ほかの家もいまに崩れるのではないかと心配していた。できるだけ早くここを離れなくてはいけない。

　あたりの建物が立てるうなり声やうめき声に耳を澄ます。ラッキーははっとした。遠くのほうから、ごろごろいう音がきこえてきたのだ。通りからきこえる音でも、地面からきこえる音でもない。音は空からきこえてくる。さっと上をみあげ、雨雲を探した。空は青く晴れわたり、前夜のにわか雨を受けて空気も暖かい。森の中では、雲から散った毒の灰があちこちで吹きだまりになり、木々にこびりついていた。だが、その黒い雲さえ消えている。それでも、ぶーんという音やばりばりいう音はやまなかった。ラッキーは不安そうなまなざしをミッキーに向けた。

「雷だ！」ミッキーが吠えた。おびえた表情が顔をよぎった。「〈天空の犬〉が、また怒りの雨を降らせようとしてるんだ！」

　ラッキーはミッキーを落ちつかせなくてはならなかった。もういちど、あたりのにおいをかいでみる。空気は乾燥していた。「雷じゃない気がする……」ラッキーは首の毛を逆立たせ、音のするほうへ耳を動かした。

　ミッキーのしっぽがぴたりと止まった。「あれはなんだ？」

　ラッキーは、仲間の視線の先をさっと振りかえった。建物が描くぎざぎざした線のずっと上に、なにか大きな影がみえた。ジドウシャのように大きく、空中ですばやく上下に動いている。鳥だろうか？　二匹がみていると、またべつの鳥が現れた。高度を下げて家々の近くをとびながら、ぎくしゃくした動きで急降下と急上昇をくり返す。大きな翼が二匹の上で回転し、雷のような音を立てて宙を切った。

「いやな感じだ」ミッキーはきゅうきゅう鳴き、あせりを浮かべた顔で道路を見回した。「はやくここを離れよう」

「待ってくれ」ラッキーはいった。鳥たちは弧を描いていた。翼から起こった風が木々の葉をむしり取り、二匹の毛を波打たせる。そのとき、ラッキーはきゃんと悲鳴をあげた。あの大きな鳥たちにはとてつもなく奇妙なところがある。二羽とも体がなめらかにかがやき、わき腹のところに大きな穴が開いているのだ。体の中が外の空気にさらされている。

鳥の腹の中がみえている――！

ラッキーは首を伸ばした。鳥の腹の中では、なにか黄色いものが動いていた。あの色……あの色には見覚えがある。

ニンゲンたちだ！

ニンゲンたちが鳥の体の中に閉じこめられている！　信じられないような光景だった。ラッキーは自分がみているものを必死で理解しようとした。やがて、状況がわかってきた——あの、てかてか光る服を着た冷淡なニンゲンたちは、鳥の腹の中で動きまわりながら大声でどなり合いをしているらしい。

ミッキーも同じことに気づいていた。「ニンゲンじゃないか！　なにをしてるんだ？」

一羽目の鳥の中にいたひとりのニンゲンが、ぴかぴかしたわき腹に開いた穴にゆっくりと近づいてきた。上半身を宙にぶら下げるようにして、穴から身を乗りだす。力を貸すように鳥が体を片方へかたむけると、ニンゲンは壊れた家々を指さしながら、穴の中にいる仲間たちに大声でなにかいった。

ラッキーは不安で体を震わせた。「なにか探してるんじゃないかな……」

「探すって、なにをだい？」ミッキーが問いかえす。

鳥はいま三羽に増えていた——三羽の巨大な鳥が、うなりをあげながら翼で宙を切っている。一羽が大きく高度を下げた。ニンゲンは、いまも鳥の傷口から体を乗り出したままだ。ほかの二羽は少し離れたところへばらばらにとんでいった。そのとき、黄色い服のニンゲンたちが、透明なわき腹に顔を押しつけているのがみえた。

二匹はちぢこまっていた。鳥の翼が巻きおこす風のせいで毛がぺたりと平らになり、まばたきが止まらない。一羽は上空を小さく旋回しながらなにかを探している。だが、なにをだろう？

　やがて、鳥たちは急に針路を変え、街のはずれをめざしてとんでいった。二匹の視界から離れていきながら、さらに高度を下げていく。

「森にいくつもりだ！」ラッキーは、遠ざかっていく雷鳴のような翼の音に負けじと声を張りあげた。「あとを追って、なにをたくらんでるのかつきとめよう！」

　ミッキーはためらっていた。「みつかったらどうする？　あの鳥たちは、黄色い服のニンゲンを連れてるんだぞ。ラッキー、あいつらは危険だ」

「ちゃんと距離を置いていればだいじょうぶだ」

「あのニンゲンたちにどなられたことを覚えているだろう？　デイジーはけられたじゃないか」

　たしかに、覚えていた。大きな鳥たちは少しずつ降下し、やがて建物の陰に隠れてみえなくなった。

「ニンゲンにもあの鳥にも近づいたりしない。だけど、放っておくことはできないよ。あいつらがなにを探しているのか知っておかなきゃいけない。危険なのかそうじゃないのか、知っておかなきゃ。それがわかれば、ほかのニンゲンたちがどこへいったのか手掛かりがつかめるかもしれない。危ないかもしれないけど、やらなきゃいけないんだ」

ミッキーは目を見開き、黒い耳を垂れた。

「きみがそんなにいうなら……」

ラッキーはもうしばらく空をみつめていたが、遠くへいった鳥たちの姿はみえなかった。

「ああ、やらなきゃ。ニンゲンたちの考えをつきとめるんだ！」そういうと、ラッキーは全速力で走りはじめた。ミッキーがすぐあとを追う。二匹は街のかたい地面を力強くけりながら、森へともどっていった。

8 子犬の悲鳴

とげや長い草がラッキーの腹を刺した。二匹は、下生えをくぐりぬけながら曲がりくねった道を進んでいた。大きな鳥たちが立てるばりばりという音はきこえるが、その姿は厚く茂った木の葉に隠れてみえなかった。

「いい考えだとは思えないな」ミッキーがこぼした。

ラッキーはくたくたに疲れていた。陽が沈んでからいままで長いあいだ歩きとおし、崩れたニンゲンの家から逃げだしてきた。言い合いをする気力はない。無言でにらむと、牧羊犬はうなだれておとなしくついてきた。

三羽の鳥は緑の深い場所に隠れていたが、それでもみつけるのは簡単だった。大きな騒音に驚いて、森の生き物という生き物が大あわてで鳥たちから逃げようとしていたからだ。

ラッキーはミッキーを連れて低い茂みをつきぬけ、おびえたムクドリの群れが逃げてきたほうをめざしていった。空き地へ出てみると、その草地の上に三羽の金属の鳥たちがうずくまっていた。翼の起こす強い風が木々の枝をたわませ、木の葉を吹雪のように舞いちらせていた。ラッキーとミッキーは体を低くかがめ、風と小石が入らないように目を細めた。少しすると、風はゆっくりと静まっていった。

「なにが起こっているんだ？」ミッキーがいった。

二匹が茂みの陰で小さくなっていると、鳥の腹の中からあのおぞましい黄色の服のニンゲンたちがぞろぞろ出てきた。森へ向かって急ぎながら、奇妙な形の硬そうなシートを運んでいる。

「ニンゲンたちのベッドに似ているな」ミッキーがいった。「だが、あの気持ちのいいふわふわした毛皮はついてない。なににつかうんだろう？」

ラッキーはだまって首を振った。見当もつかない。

鳥たちは休みに入っていた。翼の回転はゆっくりになり、巻きおこる風も少しずつ落ちついていった。ふいに、ニンゲンたちのどなり声がきこえ、ミッキーがきゃんと鳴いた。森に消えていた黄色のニンゲンたちがふたたび空き地に現れた。みると、抱えたベッドの上にべつのニンゲンをのせて運んでいる。

遠目からも、そのニンゲンの具合が悪いことはわかった。横向きになって身をよじっている。

ほかの仲間と同じあざやかな黄色の服を着ているが、顔はむき出しになっていた。口のまわりには、黄ばんだつばが泡のようになってこびりつき、青白い肌はろうのようだった。ラッキーは、鉄くさい血のにおいがただよってくるのに気づいた。

「あのニンゲンはけがをしてるんだ」

二匹が茂みの陰から見守っていると、ニンゲンたちは群れの仲間を抱えて一羽目の鳥のもとに急ぎ、その腹の中にすべりこませた。

ミッキーは、ぞっとしたように悲鳴をあげた。「なんてことを！　あのばかでかいケダモノはなんて残忍なんだ。ニンゲンを丸ごと食べてしまったぞ！　あいつらは弱った仲間を捕まえて、あの鳥のエサにしてる！」

「どうかな……あのニンゲンを傷つけてるようにはみえないけど」ラッキーのしっぽがぴくっと動き、ひげが細かく震えた。黄色い服のニンゲンたちは、鳥の腹の中へ入っていく。自分たちの意志であのケダモノの中にもどっていくんだ――ラッキーは考えた。「なにが起こってるのかはぼくにもわからない。もう先へいったほうがいいかもしれない」

「ああ、そうしよう」ミッキーはほっとしたように鳴いた。

だがラッキーは、もうしばらく鳥をみつめていた。あの鳥たちがなにをしているのか知りたかった。ニンゲンというのは、どうしてこんなにも不可解なのだろう。

ふと、ラッキーは耳をぴくりと立てて急いで振(ふ)りかえった。大またで六歩ほどの距離(きょり)から、茂(しげ)みをかき分ける大きな音がきこえたのだ。目のはしに、はでな黄色がちらっと映った。

「ニンゲンたちだ！」できるだけ声をひそめていった。むこうの注意を引きたくない。「べつの鳥から出てきたやつらだと思う」

ニンゲンたちは高い木々のあいだをゆっくりと進み、なにかを探しているかのようにときどき腰をかがめた。少しずつ二匹(ひき)のほうへ近づいてくる。

ミッキーは、ラッキーのそばで地面を引っかき、目を見開いて頼(たの)みこむようにいった。「早くいこう」

ラッキーは短くうなずいた。体を地面すれすれまで低くし、下生(したば)えのあいだをすりぬけるように進みながら森の奥へと向かう。黄色い服のニンゲンがまだほかにもふたりいることは覚えていた。気をつけたほうがいい。

二匹(ひき)は生(お)いしげった緑の中をそろそろと進み、大きな茂(しげ)みやからまって生(は)えたツタを踏(ふ)みこえていった。ニンゲンたちがずっとうしろにいることを確信すると、そこではじめてラッキーは速度をあげた。いやなにおいの灰の山を大きく避(さ)けるために木々のあいだで急に方向を変え、きたときとはちがう道を歩きはじめた。まわり道をしながら、川の流れがおだやかになっている部分をめざす。すでに、湿った土のにおいがしていた。川を渡れば、あのおかしなニンゲンたちとは十分に距離を取ることができる。

川が近づいてきたころ、また、鳥の翼が立てるぶーんという音がきこえてきた。離れたところにいるにもかかわらず、翼が起こした強風がそばの木の枝を大きく揺らした。少しすると鳥たちは空に舞いあがり、威嚇するように森の上空を旋回してから街へもどっていった。

ミッキーが弱々しい声でいった。「あの鳥がどこへいくのかわかるといいんだが。またもどってくるんだろうか……」

二匹はじっと立ったまま、地平線の上で点になるまで鳥たちの姿を目で追った。

ふたたび森の中を歩きはじめると、ミッキーはラッキーのほうを向いていった。「〈大地のうなり〉が起こってから、知っていると思いこんでいたことがなにもかも引っくり返ってしまったよ」

ラッキーは返事のかわりにひと声吠えることしかできなかった。いま目にしたものをどうにか理解しようとしていた。

あのやかましい鳥たちはなんなのだろう？　どうして森に降りてきたのだろう？　ニンゲン

たちはなにかを探しているようだった。ラッキーは肩越しにうしろをみて、目をしばたたかせた。あの、気味の悪い黄色い服を着たニンゲンたち。まるでひとつの群れのようだった。群れだとしたらかなり大きい。ニンゲンの群れはたいてい小さい——多くても四人か五人だ。ニンゲンまでが、〈大地のうなり〉のあとに群れの掟を変えたのかもしれない。

なぜかはわからなかったが、そう考えると不安で毛が逆立った。

ミッキーが話を続けた。「いいニンゲンはいなくなって、残ったのは黄色い服のぶきみなニンゲンと、ぼろを着て意地悪で、どなったりつばを吐いたりするニンゲンだけになってしまった」ミッキーは悲しげに耳を垂れた。「〈囚われの犬〉は、一匹だって、群れを作って生きていくことなんて考えていなかった。ところが、いまとなっては、群れこそが理にかなった生き方なんだ」

ラッキーは牧羊犬がいおうとしていることがわかった。

「ミッキー、ぼくは群れを去ったんだ」静かにいう。「もどれないよ」

「どうしてだい？　わたしだって去った。ベラに話をすれば……」

「問題はベラじゃないんだ」ラッキーはアルファのことを思いだし、もれそうになるうなり声をこらえた。ごう慢なオオカミ犬に牙をむきたいのはやまやまだったが、戦いに持ちこんでも勝てる望みはない。アルファは未知のものに対しては臆病だったが、戦い方と殺し方は知りつくしている。

「アルファも、離れたことは許してくれる」ミッキーはいった。「わたしたちはどちらも優秀な猟犬だし、パトロールだってできる。きみの鼻はだれよりも利く。それに……」ミッキーは一瞬言葉を切った。「きみだって、みんなが恋しくないのかい？」

ラッキーは正面を向いた。倒れた木が行く手をふさいでいた。ひとつになった群れのことを考えた。会いたい犬ならたくさんいるのだ。そう考えるとしっぽが力なく垂れた。

「ミッキー、きみはもどってくれ。アルファも許してくれる。だけど、ぼくは……」

牧羊犬はじれったそうに吠えた。「ラッキー、きみも頑固な犬だ！　いつになったら、自分が〈孤独の犬〉なんかじゃないって認めるんだい？　きみは〈群れの犬〉だ――わたしたちみんながそうだ。きみはわたしたちを必要としているし、わたしたちはきみを必要としている！」

どうしてぼくはありのままをミッキーに話せないんだろう？　アルファに追放されたことも、だれにも味方になってもらえず、アルファを説得してもらえなかったことも。

だが、どうしてもほんとうのことがいえなかった。しっぽを垂れ、恥ずかしさでいっぱいになっていた。仲間に見捨てられたことを、この牧羊犬に知られたくない。

だけど、ミッキーはぼくの友だちだ。そんなことでぼくを判断したりしない。なにがあったか話せばわかってくれる。

事実を話そうと顔をあげたそのとき、ふいに、新しいにおいがした。

毛皮のにおい……犬のにおい……。

べつの犬がいる！

ラッキーは首の毛を逆立たせ、あたりのにおいをかいだ。トウィッチだろうか？　トウィッチなら、群れへ帰ろうと説得できるかもしれない。ぼくたちといっしょにくればいい。そのとき、弱い風が吹いてにおいを消してしまった。古いにおいが残っていただけなのだろうか。

「どうして立ちどまったんだい？　なにかにおいでもしたのかい？」ミッキーがたずねた。

「だいじょうぶ」ラッキーは倒れていた木をとびこえ、川辺に続く道を走りはじめた。「たぶん、気のせいだと思う」

✸

川に着くころ、二匹は肩で息をしていた。水面は〈太陽の犬〉の光を浴びて銀色にかがやいている。このあたりの水は、いまも新鮮できれいなままだった。ラッキーとミッキーは心ゆくまで水を飲んだ。

「こんなにおいしい水は飲んだことがない！　いままで一番の水だよ！」ミッキーは明るい声で吠え、ラッキーにじゃれついた。葉っぱにおおわれた地面の上で転げまわりながら、ラッキーは、友だちが元気になったのをみてほっとしていた。少しのあいだくらい、心配ごとを忘れてしまいたかった——街のことも、出くわした奇妙なニンゲンたちのことも。ミッキーはふざけてラッキーの首を軽くかんだ。「おやおや！　きみは泥まみれじゃないか！」

ラッキーはさっと身をかわし、両方の前足でミッキーを押さえつけた。

「泥まみれだって！　家が倒れたときの土ぼこりを忘れたのかい？　そういうきみはぴかぴかのつもりかい？」

かみつく振りをして顔を近づけ、友だちの鼻先をなめた。「ぼくたちに必要なのはおふろだ！　川の水は飲むだけのものじゃない。準備はできてるかい？」

ミッキーは威勢よく立ちあがった。「もちろんだとも！」

おねがいします、〈川の犬〉。ラッキーは心の中で祈った。ぼくたちをぶじむこう岸までお運びください——。水にとびこむと、毛皮から泥とすすが洗いながされていくのがわかった。足をけって水面から首をのばし、流れを横切っていく。水の冷たさは胸が踊るほどこころよかった。ミッキーはそのとなりで泳ぎながら、うれしそうに息をはずませていた。

日に照らされた岸にあがると、二匹は息を整えた。ラッキーは思いきり体を振った。こんなにさっぱりした気分になるのはいつ以来だろう。ミッキーも体を振っている。水しぶきが目に入り、ラッキーは声をあげて前足で地面をたたいた。冷たい水は、毛皮にこびりついていた泥ばかりか、体に残っていた疲れまでもきれいにぬぐいさってくれていた。ラッキーは友だちの首にわざと体をぶつけた。いまなら、軽々と森をつっきることだってできそうだ。群れを離れてからはじめて、身軽で自由な気分を味わっていた。

二匹は先を争うように、軽い足取りでシダの茂る場所まで走っていった。ラッキーは足を止め、空気のにおいをかいでミッキーに向きなおった。「この道をいくには、〈フィアース・ドッグ〉のすみかのすぐそばを通らなくちゃいけないんだ」

ミッキーは目を見開いた。「どうしてもかい？　このあいだここを通ったときは、べつの道を探してあの基地は避けたんだ」

「この道が一番早い。街へ向かうときもここをつかったし、だれにも襲われなかった。きっとだいじょうぶだ。だけど、音を立てないようにしながら、急がなきゃ。めいっぱい注意していくんだ――ほんの少しのがまんだよ」

ミッキーは身ぶるいし、耳をぺたりと寝かせた。「じゃあ、あの犬たちはまだあそこで暮らしているのかい？」神妙な顔で首をかしげる。「それなら、ひと泳ぎしたのはちょうどよかった。きっと、水がわたしたちのにおいを消してくれた」

ラッキーはいまいち自信がなかった。水にぬれたせいでミッキーのにおいは強まったような気もする。

二匹は静かに歩き、小枝が折れたり木の葉が音を立てたりするたびに、そちらへ目を配った。ラッキーは、昨日このあたりを通ったときのことを思いだしていた。あの、助けを求めるような苦しげな遠吠えのことは考えないようにする。あれは重い傷を負った犬の吠え方だった――今ごろは死んでしまっているだろう。そのことをわざわざミッキーに知らせる必要はない……。

基地の角を回りこみながら、ラッキーは風下から外れないように気をつけていた。心の中では、どうかこれで自分たちのにおいを隠せますようにと祈っていた。だが、基地の一番はしにたどりついたとき、かん高い吠え声がきこえてきた。ラッキーは凍りついた。心臓が口からとびだしてきそうだ。あれは犬の声だ。ミッキーに、気をつけろと目で合図する。二匹は石のように立ちつくし、耳をそばだてた。

また、きこえた。けたたましい声のあとに、悲しげな鳴き声が続く。おびえている声ではなく、実際に苦しんでいる声だった。

「子犬じゃないか」ミッキーが声をひそめていった。「たぶん、一匹じゃない……」

そのとおりだった。いま吠えているのは、街へ向かう途中できつけたおびえたような遠吠えとはちがう。声をきくかぎり、怖がって鳴いている犬は少なくとも二匹いるようだった。成犬の吠え声はきこえない。母犬がそばにいるような気配もない。

ラッキーはかわいそうで胸がしめつけられる思いがした。苦しんでいる子犬を安心させてやりたくてたまらなかった。両親はどこにいるのだろう？　いくら〈フィアース・ドッグ〉とはいえ、子犬たちを見捨て、こんなふうに鳴かせておくとはどういうつもりだろう？　ラッキーは身ぶるいした。あの絶望したような吠え声を思いだしたのだ。あのとき、自分は悲鳴を無視した。罪悪感でわき腹が震える。一度は母犬の教訓を忘れ、苦しんでいる犬を見捨ててしまった。

ああ、〈森の犬〉よ。ぼくに、どうすべきか決める力をおさずけください。祈りを終えたとき、答が頭に浮かんだ。「あの犬たちは苦しんでる……。ぼくたちが助けてあげなきゃいけない」

ミッキーは心配そうに口をなめた。「だが、〈フィアース・ドッグ〉の残忍さは知っているだろう。これが罠じゃないってどうしてわかる？　子犬の振りをして、自分たちより弱い犬をおびきよせているのだとしたら？」ミッキーはあとずさったはずみに切り株にぶつかり、おびえた顔でさっと振りかえった。「基地に入るなんてできないよ。ラッキー、むちゃだ」

しばらく二匹は子犬たちの鳴き声に耳を澄ました。ラッキーは、ミッキーのいったことを考えてみた。記憶にある〈フィアース・ドッグ〉は、大きくどう猛で、とどろくような声とつややかな毛皮、ぎらつく牙をしていた。あの犬が、せっぱつまったようなかん高いきいきい声をまねできるとは考えられない。

もしまねできたとして、〈フィアース・ドッグ〉がほんとうにそんなことをするだろうか？　あの犬たちはそこまでずる賢くなれるのだろうか。あの群れは、よそ者を巧みにおびき寄せるよりも、直接攻撃を仕掛けるほうを好むような気がした。

ラッキーは、おびえて震えているミッキーをみた。どうしてこの友だちを危険に巻きこめるだろう？　基地のわきをそっと通りすぎるだけなら簡単だ。すぐに広い森の中にまぎれこんでしまえる。急げば、日が暮れる前に〈野生の群れ〉のむかしの野営地をぬけ、もっと先までいくことができるだろう。

安全な場所まで。

また鋭い悲鳴がきこえ、ラッキーの決意はゆらいだ。そこに、子犬がいる――おびえた子犬たちが。見殺しにするわけにはいかない……。

だが、あの子犬たちを守る勇気が自分にあるだろうか？

9 捨てられた子犬たち

二匹は口をつぐみ、基地からきこえてくる鳴き声に耳を澄ました。

「やっぱり子犬だ」ラッキーはきっぱりいった。「見捨てるわけにはいかない」

ミッキーは低く体をかがめていた。しっぽがくたりと垂れている。「だが、ラッキー。子犬といっても〈フィアース・ドッグ〉の子だ。わたしたちとは気性がちがう。生まれながらの闘犬なんだぞ」

「子どもにはなにもできないよ」ラッキーはそううけあったものの、不安が胸の中をよぎった。

牧羊犬は身ぶるいした。「子犬がそうだとしても、母犬はどうだい？　そう遠くにいるとも思えない。いまは子犬たちのために狩りに出ているだけで、じきにもどってくるのかもしれない。子犬のそばにいるわたしたちをみつけたら……」ミッキーはそわそわとあたりを見回し、厚い茂みにじっと目をこらした。だが、下生えと枝がその視界をさえぎった。

ラッキーは鼻先をあげた。「母犬のにおいはしない。ほかのにおいもほとんど……」

「だから胸騒ぎがするんだ」ミッキーはいった。「おかしいと思わないかい？　あれは大きな群れだっただろう？　そのなわばりに子犬たちがいるなら、ほかの犬たちは近くにいるにちがいない。きっとすぐにもどってくる」

ラッキーにはそこまで確信が持てなかった。成犬のにおいはほとんどが古くなっている。新しいにおいはごくわずかしかない。そのにおいさえ、一日か二日前のものだった。

絶望に駆られたようなかん高い吠え声が、木々のあいだからきこえてきた。ラッキーは、胸がしめつけられ、ほおひげを震わせた。耐えられないほど痛ましい叫び声だった。

「母犬があんな声を無視できるわけがない」ラッキーはいった。「子犬たちのそばにはだれもいないんだ」

「〈フィアース・ドッグ〉はわたしたちとはちがうんだ。ベラがそういっていた……」

ラッキーは耳をぴくっと動かした。基地のことを思いおこしてみる。あそこでは、草はきちんと刈られ、いくつものボウルには乾燥させた肉が山盛りにされていた。あの大量の食糧をみつけたとき、ベラもデイジーもアルフィーも自分たちの運のよさに舞いあがり、その場所が凶暴な〈フィアース・ドッグ〉の群れに守られているとは気づきもしなかった。ラッキーは顔をゆがめた。あそこで物陰からようすをうかがっていたときのことを思いだしたのだ。いかにも屈強そうな黒と茶色の犬たちが、ラッキーのすぐそばを、たくましい足で自信たっぷりに通りすぎていった。耳は短くとがり、ゆがんだ口からはうなり声がもれていた。鼻を刺すようなにおいのことも思いだした。あの犬たちは、はっきりと力と敵意のにおいがした。

　だがいま、あのにおいはしない。

「せめてなにが起こっているのかたしかめよう」ラッキーはいった。「危険を感じたり、ほかの犬のにおいがしたりしたら、すぐに離れるって約束する。だけど、困ってる子犬たちを見捨てることはできない。それに、ひょっとしたら——役に立ってくれるかもしれない」

「役に立つ？」ミッキーはいぶかしげに問いかえした。

「こんなにおかしなときなんだ。生きのびた犬にはだれにだって役割があるよ」

　ミッキーは迷いを捨てきれていないようだったが、それでも、ためらいがちに小さくうなずいた。

　やわらかな森の草地をゆっくりとはいながら、二匹は〈フィアース・ドッグ〉のなわばりへ近づいていった。少し進むたびに足を止め、空気のにおいをかいだ。〈太陽の犬〉は空高くにのぼっていたが、木漏れ日はぼんやりと薄暗かった。

フェンスが近づいてくると、ラッキーの背中にさざなみのような緊張が走った。ミッキーのいうとおりだ——たしかに、成犬の新しいにおいがまったくしないのは妙だった。あのなめらかな毛皮のにおいは、古びて薄れている。それでも、ラッキーの心臓は胸の中で激しい音を立てていた。毛皮の下にはびりびりするような恐怖を感じた。

二匹は、基地を囲む高いフェンスのそばに着いた。ラッキーは身ぶるいした——この不吉な場所には忌まわしい記憶がたくさんある。

慎重にフェンスのまわりをめぐりながら、デイジーが掘った大きな穴を探した。穴をみつけると、ラッキーは思わず声をあげた——いまではあの穴は、大きく、ずっと深くなっていた。針金には、つやのある黒い毛がかたまりになって引っかかっていた。

「〈フィアース・ドッグ〉たちはここを通りぬけたんだ」ミッキーが小さな声でいった。

ラッキーにもそれはわかっていた。あの苦しげな吠え声をきいたとき、〈フィアース・ドッグ〉の一匹はフェンスのすぐ外にいた。それも当然だろう。あの犬たちは、中と外をいききすることに慣れていたにちがいない。そのときまた、大型犬たちの薄れかけたにおいがただよってきた。べつのなにかのにおいもする——これは血だろうか？　うしろ足に力を入れなくてはならなかった。もういちど基地に入ると考えただけで震えはじめたのだ。

ラッキーは頭を下げ、針金の下をくぐりぬけた。ミッキーがすぐあとに続く。

基地のようすは、最後にみたときとは大きく変わっていた。こぎれいに刈りこまれていた芝生(しばふ)は姿を消し、かわりに長い草やツタがはびこっていた。土のところどころに木々の新芽がみえた。トゲにおおわれたアザミが群生しているところもある。もうしばらくすれば、ここも森のようになるだろう。だが、立ちならんだ低い建物と金属のボウルだけは別だ。ラッキーはボウルのひとつに近づいた。もう乾燥(かんそう)肉は入っていない。おそらく食糧(しょくりょう)が底をつき、それが原因で〈フィアース・ドッグ〉たちは去ったのだろう。

「たぶん、ここのニンゲンたちももどってこなかったんだ」ラッキーはいった。〈フィアース・ドッグ〉のことは、実際に会う前からきいたことがあった。ニンゲンたちにつかわれる犬たちだ。持ち前のどう猛な気質が、家を侵入(しんにゅう)者から守るのに役立つからだ。ケージで保護したり食べ物をくれたりするニンゲンがいなくなったいま、〈フィアース・ドッグ〉たちは、管理されることも、なにをすればいいのか教えてもらうこともなくなったのだろう。すべての判断を自分たちで下すようになった。ラッキーはこの考えを頭の中から追いだそうとした。必死でこらえていたが、いますぐきびすを返し、フェンスの下をくぐりぬけてしまいたかった。幼い犬たちの鳴き声は大きくなっていた。声は一番大きな建物からきこえてくるようだった。

伸びほうだいに茂った草をかき分けながら、二匹は体を低くしてその建物に向かっていった。まわりを囲む犬舎とはちがって、その一軒だけは地面とのあいだに空間があった。ラッキーは正面の扉に続く木の階段をのぼっていったが、ミッキーは尻込みしてあとに続こうとしなかった。

　姿がみえるよりも先に子犬のにおいがした。ノーズやスカームのにおいに似た、かすかに甘い乳のにおいだ。階段をのぼると、テラスが犬舎を取りまくようにのびていた。ラッキーは建物の壁ぎわから離れないように、じりじりと進んでいった。ふと、凍りついた。三匹の〈フィアース・ドッグ〉の子犬が、もつれ合うように身を寄せあっているのがみえたのだ。やわらかそうなクッションの上にいる。〈囚われの犬〉たちが〈大地のうなり〉の前にあてがわれていたベッドに似ていた。子犬たちはテラスのふちから外をのぞき、荒れはてたあたりのようすに目をぱちくりさせていた。小型の犬小屋はすべて消え、いまでは、草だけが伸びほうだいに伸びている。子犬の小さな鼻と、震えるひげがみえた。まだラッキーの姿には気づいていないが、だれかがそばにいることはわかるらしい。

　最初に〈フィアース・ドッグ〉と出会ったときの記憶がよみがえってきた。

　あの子たちには、自分たちのすみかにぼくがいることがわかってるんだ。風下に立ってるっていうのに。

子犬でも鋭い嗅覚があるのだろうか。

成犬と同じく、子犬たちは褐色と茶色のつややかな毛並みをしていた。顔の毛皮の色は濃く、鼻先にいくにしたがって薄くなっている。だが、体つきはころころしていて、危険な感じはしない。毛皮はふわふわしていて、長い耳が顔の両側に垂れている。成犬のぴんととがった耳とは似ても似つかない。

ラッキーはそっと引きかえし、テラスを回りこんでミッキーの待つ場所へもどった。そこなら子犬たちに話し声をきかれない。

「三匹いた」ラッキーはいった。「子犬だけだ」

ミッキーは目を見開いていた。低い声で不安そうにいう。「下になにかあるんだ」

ラッキーははっと体をこわばらせた。「なんのことだい?」

ミッキーは震えていた。つぎの瞬間、ラッキーは気づいた——死のにおいだ。床下からただよってくる。木の床に鼻先を近づけてみた。細いすきまをのぞくと、重たげな黒いかたまりがぼんやりとみえた。

立ちのぼってくるにおいに、鼻がぴくぴく動いた——あまずっぱいような、日なたに置きっぱなしにされていたミルクに似たにおいだ。

ミッキーは弱々しい声でいった。「あの子たちの母犬じゃないだろうか」

ラッキーも同じことを考えていた。「あんなに吠えてたのはおなかが空いてたからなんだ」かわいそうで胸が苦しくなった。一瞬、むかしの記憶がよみがえってきた。母犬の甘いにおいのするやわらかな毛皮、ひとつに集まって体をくっつけあっていたきょうだいたちのこと。

「それに、悲しんでる」ラッキーは静かな声でそうつけくわえた。街へいく途中にここできいた、苦しげな遠吠えのことを思いだしていた。

罪悪感に耳を垂れる。きっと、あの遠吠えは母犬のものだったのだろう。

ぼくはなにもしてやらなかった……。

ミッキーが、自分の頭でそっとラッキーの頭を押した。「〈フィアース・ドッグ〉が母犬を殺したのだとしたらどうする?」

「どうしてそんなことを?」ラッキーは問いかえしたが、心の中では同じことを考えていた。

ミッキーは視線をそらし、荒れほうだいの芝生をみた。「わからない。だが、そうでなければ、どうして子犬を見捨てたりする?」

ラッキーにも否定できなかった――たしかに、〈フィアース・ドッグ〉のやることはいまいち理解できない。「ミッキー、ぼくにもわからないよ。だけど、子犬たちのところへいって話をしなきゃ。そんなに怖がらなくてもいいんだって教えてやりたい」

　ミッキーはうなずいた。「わかったよ、ラッキー。きみが正しい。あの子たちを置いていくわけにはいかない。だけど約束してくれ。子犬たちがなにか困ったことになっていたら、できるだけ急いで助けよう。場合によっては、わたしたちといっしょに連れていこう。ここでぐずぐずしていたくないんだ。ほかの犬たちがもどってくるかもしれない」

「もちろん」ラッキーはそういうと、足音をしのばせて、さっき通ってきたテラスのはしをもういちど歩きはじめた。ミッキーがすぐあとに続く。角を曲がると、子犬たちがぎゅっと体をよせあっているのがみえた。子犬たちははっとして、垂れた耳をぴくっと立てた。

「だれ？　あっちにいって！」一匹がきゃんきゃん吠えた。

「おれたちのむれは、すぐにもどってくるからな！」べつの一匹がいった。

　ミッキーは不安そうな目をラッキーに向けた。「あの子のいうとおりだったらどうする？　みつかったらまずい」

「だいじょうぶ」ラッキーはいった。「強がりをいってるんだ。ここにはぼくたち以外の犬はだれもいないよ」ラッキーは幼い犬たちを観察し、短く細いしっぽに気づいた。成犬の〈フィアース・ドッグ〉は、しっぽがあるべき場所にずんぐりした根元が残っているだけだった。

ミッキーは自信のなさそうな声をあげた。「あの子たちを助けようだなんて、思いちがいをしていたのかもしれない」

ラッキーは子犬たちをながめて首をかしげた。「あの子たちが怖がってるのがわからないのかい？　助けてあげなきゃ」そっと一歩近づくと、いっせいに、おびえた叫び声、うなり声、かん高いきいきい声があがった。ラッキーは、クッションのそばにボウルがふたつ置かれているのに気づいた。片方のボウルには底に少し水が残っている。もう片方には乾燥肉のくずがころがっていた。ラッキーはぼんやりと思いだした。子犬というのは、数時間おきに食べ物を与えてやらないといけない。この子たちはおなかを空かせているのかもしれない。

ラッキーは子犬たちの前にくると、相手を怖がらせないように胸を床につけて腰をあげ、姿勢を低くした。

「ぼくの名前はラッキー。この友だちはミッキー。きみたちのことを助けたいんだ。名前はなんていうんだい？」

三匹はラッキーをにらむだけだった。いまいったことはちゃんと理解できただろうか。ラッキーにはわからなかった。

ご愛読ありがとうございます。
あなたのご意見をお聞かせください。

この本のなまえ

この本を読んで、感じたことを教えてください。

この感想を広告等、書籍のPRに使わせていただいてもよろしいですか?

（実名で可・匿名で可・不可）

この本を何でお知りになりましたか。

1. 書店　2. インターネット　3. 書評　4. 広告　5. 図書館
6. その他（　　　　　　　　　　）

何にひかれてこの本をお求めになりましたか？（いくつでも）

1. テーマ　2. タイトル　3. 装丁　4. 著者　5. 帯　6. 内容
7. 絵　8. 新聞などの情報　9. その他（　　　　　　　　　　）

小峰書店の総合図書目録をお持ちですか？（無料）

1. 持っている　2. 持っていないので送ってほしい　3. いらない

職業

1. 学生　2. 会社員　3. 公務員　4. 自営業　5. 主婦
6. その他（　　　　　　　　　　）

ご協力ありがとうございました。

郵便はがき

162-8790

料金受取人払郵便

牛込局承認

9909

差出有効期間
平成29年 4 月
20日まで有効
(切手をはらずに
お出しください)

東京都新宿区市谷台町
四番一五号

株式会社小峰書店
愛読者係

ご愛読者カード 今後の出版企画の参考にいたしたく存じます。ご記入の上ご投函くださいますようお願いいたします。

今後，小峰書店ならびに著者から各種ご案内やアンケートのお願いをお送りしてもよろしいでしょうか。ご承諾いただける方は，下の□に○をご記入ください。

□ 小峰書店ならびに著者からの案内を受け取ることを承諾します。

・ご住所 〒

・お名前 （ 歳）男・女

・お子さまのお名前

・お電話番号

・メールアドレス（お持ちの方のみ）

「おまえ、むれのなかまじゃない！　ここにいちゃいけないやつ！」オスの子犬がきゃんきゃん吠えた。

「名前はないのかい？」ラッキーはたずねた。

だれも答えない。

ラッキーは三匹をみつめた。名前がないということは、ほんとうに生まれたばかりなのだ。この子たちには助けが必要だ――こんなに幼くては、狩りをして食糧を手に入れることなどできない。じきに飢えて死んでしまう。

ちらりとうしろをみると、ミッキーは少し離れたところでじっと立っていた。もういちど子犬たちのほうを向く。「みんなきっとおなかが空いてると思う。きみたちのことを助けたいけど、ここじゃむりだ。食べるものがなにもないからね。だから、どこか安全なところに連れていってあげる。おいしい食べ物がたくさんあって、遊ぶ場所もあるところにいこう」

メスの子犬が鳴き声をあげ、期待に目を大きく見開いた。細いしっぽをおずおずと振り、おぼつかない足取りでそっとラッキーのほうに一歩踏みだす。そのそばで、一番体の小さなオス犬がきゅうきゅう鳴き、口のまわりをなめた。頭を左右に振ると、毛のふさふさした首がみえた。首の毛のせいで、ほかのきょうだいよりも、いっそうふわふわしてみえた。

頑丈そうな体の三匹目のオス犬だけが、疑わしそうな表情を変えなかった。「出ていけ！ ここ、おまえたちのくるとこじゃない！」子犬は怒りをこめて吠えた。ラッキーが近づくと、うなり声をあげながらあとずさりする。ラッキーは、子犬の下にある木の床にちらりと視線を落とした。この犬舎の床下のどこかに、この子犬たちの母犬が死んで横たわっているのだ。

この子たちが世界で最初に体験するのは母親の死なんだ——ラッキーは考えた。自分の母親のことを思いだすと、子犬たちがふびんで、胸がしめつけられるような気がした。ラッキーたちのことを警戒するのもむりはない。

「気持ちはわかるよ」ラッキーはできるだけ落ちついた声を出しながら、あわれみがこみあげてきて、思わず遠吠えしそうになるのをこらえた。「ほんとうに、わかるんだ。ぼくも、子犬のころに母犬から引きはなされた。ちょうどきみたちくらいの年だった。いまでも母さんのことは恋しいし、よく考えるよ」ラッキーはうつむいて耳を垂れた。

警戒していた子犬でさえ吠えるのをやめ、三匹は大きな茶色い瞳でじっとラッキーをみつめた。

「きみたちのお母さんは死んでしまった。一番いいのは、お母さんを〈大地の犬〉に託すことだ」

子犬たちは、黒いとがった顔にとまどいを浮(う)かべてラッキーをみた。

「だいちのいぬって?」メスの子犬がたずねた。

ミッキーが近づいてきて、ラッキーの耳にささやいた。「群れがこの子たちを捨てていったのなら、子どもの世話ができる犬といっしょにしてやらなくちゃいけない。〈野生の群れ〉のところへ連れていったらどうだろう」

ラッキーはそわそわと足を動かした。いまの自分は群れに歓迎されない存在だ。その自分が、〈フィアース・ドッグ〉の子犬を三匹(びき)も連れてのこのこ舞いもどれば、アルファはなんというだろう。「いい顔はされないと思う」ラッキーはゆっくりといった。

「それはそうだろう……だが、ほかに方法があるかい?」

そのとおりだ、とラッキーは考えた。この子たちには、世話の仕方をわかっている犬がついていてやらなくては。ムーンのような犬が必要だ。

ラッキーは鼻先でミッキーの鼻に触れた。「わかった、連れていこう」

それから、子犬たちに向きなおった。「〈大地の犬〉は〈精霊(せいれい)たち〉の一匹(ぴき)なんだ。くわしいことは歩きながら話してあげるよ」

「ぼくたちはここにいなきゃいけないんだ」大きいほうのオス犬がうなった。

「ママのところからはなれたくない」メス犬も横からいった。「ママのこと、ほかの犬にわたしたりしないで！」

ラッキーは胸が痛くなり、子犬たちのそばにすわって語りかけた。「気の毒に思うよ。これがきみたちにとってどれだけ辛いことかわかってる。母さんにさよならをいわなくちゃいけなかったとき、ぼくもすごく悲しかった。だけど、いま、きみたちのお母さんのめんどうをみられるのは〈大地の犬〉しかいないんだ」

子犬たちは大きな目でラッキーをみつめていた。

「ママがだいちのいぬといっしょにいたら、ぼくたちまたママに会える？」一番小さなオス犬がはじめて口を開いた。期待をこめて短いしっぽを振っている。ラッキーはごくりとのどを鳴らした。悲しみに押しつぶされてしまいそうだった。相手はほんの子犬だ。どうやって死について説明すればいいのだろう。自分でさえろくに理解していないのだ。

「ある見方をすれば」ミッキーが大きな声で割って入った。「目を閉じて思いだすだけでいいんだ。お母さんをみることはできない……だけど、感じることはできる。お母さんはいつだってきみたちのそばにいる。足の下の土にも、吸って吐く空気にも。きみたちのお母さんは、空の雲と、太陽と、雨とともにいるんだ」

ラッキーはしっぽを振った。母犬のことや、きょうだいたちとともにぬくぬくと守られていたことを思いだしていた。

「どうやればいいか、教えてくれる？」メスの子犬がいった。

「もちろんだとも」ミッキーはいった。

森の中から一羽のカラスが鳴く声がきこえ、牧羊犬はびくっと身をすくめた。「もう遅い」つぶやくようにいう。

ラッキーが顔をあげると、基地の外の森の上で、空が暗い青に染まりつつあるのがみえた。〈フィアース・ドッグ〉たちは、暗くなる前にもどってくるのだろうか。そう考えると背中の皮ふがあわだつのがわかった。そもそも、もどってくるのだろうか？　ラッキーは、子犬たちに向きなおった。「これから旅をしなくちゃいけない。だけど、その前にやるべきことがある。きみたちのお母さんを思いだす方法は、ミッキーがあとで教えてくれるよ。約束する」

子犬たちは納得したようだった。ラッキーとミッキーは、三匹を連れて、テラスから地面へおりる木の階段へいった。ミッキーは体をかがめ、大きなほうのオス犬を、首の毛皮をくわえてすくいあげようとした。ところが、子犬は身をよじって逃げ、胸を張ってしっぽと体を振ってみせた。そして、なかばとび、なかば転げおちるように、段をひとつひとつおりていった。

きょうだいもそのあとに続いた。階段の下に着くと、三匹は興奮したようすでひとつに集まった。

子犬たちが見守る前で、ラッキーは日陰になった土の一画をみつけた。大きな犬舎のすぐわきで、草はまばらにしか生えていない。ラッキーは、乾いた土をはねあげながら、できるだけ急いで穴を掘った。ミッキーも作業に加わった。

少しすると、だまってみていたメスの子犬が、穴に近づいてきていった。「なにしてるの？」

ラッキーは前足を止めた。「儀式だよ。きみのお母さんを〈大地の犬〉にさしだすんだ。そうすれば、お母さんはもういちど大地と空気に出会う。もういちど、世界の一部になるんだ――だけど、ミッキーがいったとおり、これまでとはちがう形でね」

メスの子犬はだまりこんだ。小さなほうのオス犬は内気そうにそのうしろに立ち、口をなめながら、ラッキーとミッキーが掘った浅い穴をみつめていた。体の大きなオス犬だけは、いぶかしそうに目を細めてことのなりゆきを見守っていた。

ふたたび掘りはじめようとしたとき、ラッキーは、メスの子犬が鼻をくんくんさせながら長い草をかきわけてどこかへいこうとしているのに気づいた。耳を立ててそばに寄ってみる。すると子犬は、からまったツタのそばにある、なにか黒っぽいかたまりをなめていた。かたまりの正体は草に隠れてよくみえない。

　ミッキーは、ラッキーの視線の先へ近づいて声をあげた。メスの子犬のほうを向いたミッキーの目には、恐怖が浮かんでいた。「それはべつの子犬だよ……」ミッキーは子犬に呼びかけた。「こっちへおいで！　わたしから離れちゃだめだ」

　メスの子犬は顔をあげてきゅうきゅう鳴いた。「この子、けがしてるの……」

「もうしてあげられることはないんだ」ミッキーはいった。

　ラッキーは顔をくもらせた。メスの子犬は、少しためらってから黒い物体から離れ、大きな犬舎のそばにいるきょうだいたちのもとへもどった。

　ラッキーは急いで草をかきわけ、ぐったりと横たわった小さな体に駆けよった。母犬と同じく、一日か二日前に死んだのだろう。いまもまだ、かなくさい血のにおいが毛皮に染みついていた。首にはかまれた跡があった――ラッキーと同じくらい鋭い牙でかんだ跡だ。傷口は、牙の形をした珍しい白いもようのすぐ下にあった。ラッキーは息をのんだ。この子犬は襲われて死んだのだ――まちがいない。

　コヨーテやキツネのしわざだとしたら、殺したあとに食べたはずだ。だが、子犬にこんな仕打ちをする犬がいるだろうか。

ミッキーは腰を落とし、息絶えた子犬のそばの土を前足で引っかいた。

「ラッキー、胸騒(むなさわ)ぎがする。ここでなにがあったんだ？」

ラッキーは友だちの顔をみた。なにが子犬と母犬に死をもたらしたのかは想像もつかない。なぜほかの〈フィアース・ドッグ〉がなわばりを離れ、三匹(びき)の子犬を見捨てていったのかもわからない。だが、それについてはあとで考えればいい。

「ぼくたちには、死んだ犬たちに対して果たすべき義務がある。あの残忍(ざんにん)な群れの一員だとしても、〈大地の犬〉に託(たく)される権利はあるんだ」ラッキーは小さな声でいった。

メスの子犬が二匹(ひき)に呼びかけた。「その子のこと、たすけられる？」

ほかの子犬たちは、メスの子犬のうしろから出てこようとしない。小さいほうのオス犬は、しっぽを垂れたまま顔をあげようとしない。大きいほうのオス犬はにらむように目を細めていた。くちびるをゆがめて震(ふる)わせ、とがった歯をむき出しにしている。まるで、自分の怒(いか)りを飲みこもうとしているようにみえた。

ラッキーは、子犬たちにこれ以上悲しいしらせを伝えずにすめばどんなにいいだろうと思った。だが、隠(かく)しておくわけにもいかない。「それはできないんだ。この子はきみたちのきょうだいなのかい？」

「ちがう！」大きいほうのオス犬が鋭い声で吠えた。ラッキーは言葉の続きを待ったが、子犬はがっしりした短い足をふんばって立ち、ただにらみつけるばかりだった。

「ラッキー、もうここから出たほうがいい……」ミッキーが鳴いた。

そのとおりだった。なにか奇妙なことが——そして、忌まわしいことが——、この基地の中で起こったのだ。

基地を囲む高い木々のこずえに、カラスの群れが舞いおりはじめていた。〈太陽の犬〉が、ゆっくりと地平線に向かっている。ラッキーは浅い墓にもどり、母犬が入るくらいの大きさになるまで穴を掘りつづけた。

そのとなりでは、ミッキーがもっと小さな穴を掘った。死んだ子犬のための穴だ。ミッキーは、ぐったりした体の首元をくわえてそっと引きずってくると、穴の底に静かに横たえた。それからラッキーを手伝って、床板の下から母犬を運んだ。二匹は、母犬がつけていた太い黒の首輪をくわえ、牙を食いこませて引っぱった。母犬の体は驚くほど重かった——犬一匹の体がここまで重くなるとは信じられないほどだった。二匹が掘った穴は、母犬の体がぎりぎり入る程度の深さしかなかった。

三匹の子犬は鳴いたり吠えたりしながら、ラッキーとミッキーが子犬の死体に土をかぶせていくのを見守っていた。それから、二匹をまねて同じことを母犬の体にしようとした。ラッキーは子犬たちの悲しげな鳴き声をききながら耐えがたい気分になった。必死で感情を抑える。

ラッキーとミッキーは、母犬の体をしっかりおおうだけの土を動かすことができなかった。

ラッキーはしばらく立ちつくし、どうすればいいだろうと頭をひねった。それから基地のはしのほうへ走っていくと、草と葉を口いっぱいに集めた。もういちど穴にもどり、勢いよく頭を振って、集めてきたものを母犬の体にうすくかぶせた土にまいた。この作業を何度かくりかえすうちに、母犬のなきがらの大部分は隠れた。

ラッキーは子犬たちに向きなおり、真剣な声でいった。「これで〈大地の犬〉はきみたちのお母さんを引きうけてくれる」

「だいちのいぬなんかにママをあげたくない」一番小さなオス犬が弱々しい声でいった。

メス犬がきょうだいに体を寄せ、耳をなめた。ラッキーは草むらに目をこらし、なにか子犬たちの悲しみをやわらげてやれるものはないだろうかと考えた。

ミッキーが鳴いた。ラッキーは友だちを振りかえり、子犬たちにきこえないように低い声でたずねた。「どうした?」

「なにもかもへんだよ」ミッキーは、黒い目で空をみわたした。「〈太陽の犬〉は寝床に向かおうとしている。ほんとうにこの子たちを連れて森に入っていくつもりかい？　もう森は暗い」

ラッキーは、別の案がないだろうかと考えた。ミッキーが心配するのも当然だ。

夜の森は、自分たちのような成犬が二匹いっしょにいても危ない——世話をしてやらなくてはならない子犬を三匹も連れていけるだろうか？

ラッキーは深く息を吸い、声におびえがにじまないように注意した。「きっと〈森の犬〉がぼくたちを守ってくれる。それに、まだそこまで暗くない。急げば、完全に暗くなる前にかなり先まで進めるよ」

〈森の犬〉よ！　どうか、この小さな子どもたちを危険な目にあわせないでください！　ラッキーは祈り、そっとつけ加えた。この子たちはもう十分苦しみました。

大きな犬舎をちらりとみた。長い影がのびてぶきみだ。それから、まわりの茂みや木々に視線を移す。この先には長い旅路が続いている。決して楽な旅ではないだろう。

10 危険な旅路

足の下で音を立てる小枝や葉を踏みしめながら、ラッキーはほかの犬たちの先頭に立って、少しずつ暗くなる森を進んでいった。基地を出発してから、ウサギ狩り四つ分ほどの距離しか進んでいない。自分とミッキーだけなら、もっと先までいけていただろう。そう考えて、ラッキーはわき腹を震わせた。子犬たちの歩みはどうしようもなく遅かった。よちよち進み、とびだした根や落ちた枝に出くわすたびに、乗りこえるのにひと苦労する。小さな足はすぐに疲れた。一行は何度も立ちどまり、子犬たちの小さな胸が十分に酸素を吸いこむまで休んだ。それでも、子犬たちは勇敢に進みつづけ、幼い鳴き声でおたがいをはげましあった。

「そのちょうしよ」メスの子犬がきょうだいたちに声をかけた。「たくさんすすんでるわ！」

「もう、すごく遠くまできた」大きいほうのオス犬もいった。

ラッキーは子犬たちの立ち直る力に胸を打たれた。ぼくは群れを追いだされて落ちこんでいた。だけどこの子たちには、あんなことがあったあとでも前に進む強さがある。それなら、ぼくにだってやれる。自分をあわれむのはもうやめるんだ――。

子犬たちはしっぽを勇ましく上げていたが、ラッキーは、三匹がこれ以上歩きつづけられるかどうか心もとなかった。声をひそめてミッキーに話しかける。「交代であの子たちを運んだらどうかな。残った一匹はぼくたちのあいだを歩かせればいい」

ミッキーは、子犬たちのしっかりした体つきと、つやのある毛皮をみた。「いい考えだとは思うが……あの子たちは誇り高い〈フィアース・ドッグ〉だ。おとなしく運ばれるだろうか」

ラッキーにも自信はなかったが、子犬たちを振りかえって声をかけた。「みんなほんとうによくがんばってる。だけど、ここからは少しのぼり坂になるんだ。少しのあいだだけ、きみたちを順番に運んでもいいかい？」

子犬たちは目をぱちくりさせて顔をみあわせた。三匹とも足をふんばって立ち、メスの子犬は敵意のこもった鳴き声をあげた。

「わたしとラッキーは、どっちが速く丘をのぼれるか競争するのが好きなんだ。きみたちを運ばせてくれたら、いいトレーニングになる」

「そのとおり！」ラッキーは感謝をこめてミッキーにめくばせし、子犬たちのほうをみた。説得されてくれただろうか。

　ラッキーは、体が大きく警戒心の強いオス犬のほうへ、ためらいがちに近づいた。子犬は体をこわばらせたが、ラッキーがその毛皮に鼻を近づけても抵抗はしなかった。毛皮は首のあたりでひだになり、その部分だけもっと大きな犬のもののようにみえた。子犬はおとなしく立ち、ラッキーにそっとくわえられても身を任せていた。ミッキーがもう一匹のオス犬を口ですくいあげ、勇敢なメス犬は二匹のあいだを歩いた。一行は森の中を懸命に進んだ。ラッキーは、一番重い子犬をくわえたまま先頭に立った。

　この子たちには、おとなの〈フィアース・ドッグ〉ほどの憎しみはない。ラッキーは考えた。たぶんあの憎しみは、ニンゲンたちがわざと植えつけたものだったのだろう。それなら、この子たちだってほかの子犬となにも変わらない――必要なのはきちんとめんどうをみてやることだけだ。

✶

　それからしばらくして、ラッキーは、小さなほうのオス犬のおなかが鳴る音をきき、ふいに気づいた。ぼくは、この子たちがなにを食べるのかもわかってないんだ！　テラスのボウルに残っていた乾燥肉のかけらを思いだす。肉汁たっぷりのおいしいネズミならどうにか食べられるかもしれない。森をみわたして、小動物が動く音がきこえないか耳をそばだてるかたわら、敵の気配がしないかどうかにも神経を集中させた。

一行の進みは遅かった。ラッキーとミッキーはしょっちゅう立ちどまって休まなくてはならなかった。歩みを止めるたびに運ぶ子犬をかえ、小さな〈フィアース・ドッグ〉たちが疲れすぎないように心を配った。それでも、三匹はゆっくりとしか進めなかった。

いまラッキーとミッキーのあいだを歩いているのは、大きなほうのオス犬だった。オス犬は折れた枝の手前で立ちどまり、大きく息を吸うとジャンプした。転がるように枝を越えたが、バランスを崩して頭からまともに着地した。ラッキーは、かわいそうで胸がうずいた。あんな枝をひとつ越えるだけでも、子犬が持っている以上の力が必要だったにちがいない。木の葉のあいだから空をみあげると、〈太陽の犬〉が急ぎ足で寝床へもどっていくところだった。じきに暗くなる。

「ここでしばらく休もう」ラッキーはそういうと、くわえていたメスの子犬を地面におろした。ミッキーもうれしそうにオスの子犬を下に置く。犬たちは、めいめい体を伸ばしたりなめたりしはじめた。

ラッキーは、節くれだった古い木の幹に近づくと、においをかぎながら、木のまわりの土が乾いて清潔なことをたしかめた。ここなら、少しは心地よく横になることができるだろう。

「もしかしてここでねむるのか？」大きいほうのオスの子犬が空をみあげてたずねた。「雨がふったらどうする？」

ラッキーは鼻先を宙に向けた。「雨のにおいはしないよ。きっとだいじょうぶだ。どうしてものとき以外は、暗闇の中を進みたくないんだ」

子犬はしかめつらをしたがなにもいわなかった。ラッキーは、子犬が短いしっぽをなめるのをみていた。

ラッキーが、夜が明けたらまた旅を続けようといいかけたとき、かさかさという音がきこえた。耳をぴんと立て、そばの下生えにそっと近づく。ミッキーと子犬たちが立てる物音は無視し、茂みの音に耳を澄ませる。ビロードのような毛皮がちらっとみえた。

今日の夕食だ！

✷

ラッキーとミッキーは子犬たちのそばに伏せ、ラッキーが捕まえたハタネズミを小さく引きさいていった。子犬たちは目を丸くしてそのようすを見守り、興奮と期待にしっぽを勢いよく振っている。温かくやわらかな肉を味わいながら、飲みこまないようにするのはひと苦労だ。

きのうはウサギを丸ごと食べたじゃないか。ラッキーは自分にきつくいいきかせた。この肉は子犬たちの分だ！

ラッキーは一番小さな子犬の前にハタネズミをひと切れ押(お)しだした。子犬は夢中になってラッキーの鼻先をなめ、ネズミの肉にかぶりつくと、満足そうにかんで飲みこんだ。ミッキーが、ラッキーに続いてハタネズミの肉をメスの子犬に与(あた)えた。子犬はしっぽをさかんに振(ふ)りながら、ミッキーの口から直接受けとった。

ラッキーはネズミに向きなおり、慎重(しんちょう)にひと口かみきった。奥歯でかむと、肉汁がのどを通っていくのがわかった。胃ぶくろは、おいしい食べ物が落ちてくるのをいまかいまかと待っている。だが、今度も肉を飲みこみたくなる衝動(しょうどう)をこらえた。大きいほうのオス犬に近づくと、子犬は舌を垂らし、はずむような足取りで寄ってきた。ラッキーの鼻先をなめるときには、疑いぶかげな表情は消えているようにみえた。うれしそうに肉のかたまりを受けとる。

子犬は小さいほうのオス犬を振(ふ)りかえった。「つぎは、おまえの番だよ」

ラッキーは、子犬たちがたがいに助けあう姿にも、感謝をこめて食べ物を受けとる姿にも胸を打たれた。一番小さな子犬が、前に進みでて短いしっぽを振(ふ)った。ラッキーは胸がうずくように痛んだ。

この子たちにはぼくたちが必要なんだ……。ラッキーは森をながめた。〈森の犬〉よ、感謝します。この食糧を与えてくださったことを。この子たちの命を助けてくださったことを。

小さな子犬はうれしそうに吠えながら体をくねらせた。ラッキーの鼻先をなめるたびに丸っこいおしりが右へ左へ揺れる。

ネズミを食べてしまうと、子犬たちは身を寄せあって心地よさそうに丸くなり、前足をなめた。ミッキーは体をかがめ、子犬たちの耳をなめてやった。さっきよりも子犬たちに慣れたようだった。ラッキーは森を見回した。カラスたちでさえ鳴くのをやめている――もうすぐ日暮れだ。空気には虫の羽音が響いていた。ラッキーはほかの犬たちを振りかえった。

「ぼくたちには重大な仕事がある」ラッキーは、重々しい声で告げた。ミッキーは不安そうな顔をしたが、それも、ラッキーがおどけて舌をぺろっと出してみせるまでのことだった。ミッキーは肩の力をぬいてしっぽを振った。ラッキーは続けた。「明るくなったらまた旅を続けよう。だけど、まずは出発する前に、きみたちみんなに名前をつけなくちゃ」

子犬たちは顔をみあわせ、それからまたラッキーをみた。

「きみたちも、いずれ大きくなったらちゃんとした名前をつけることになる。だけど、いまは子犬の名前をつけておいたほうがいい」ラッキーは小柄なオス犬のほうを向いた。ラッキーがネズミの肉を食べさせてやったとき、この子犬は小さな尾(お)をうれしそうに振(ふ)って体をよじって(ウィグル)いた。「きみのことは〝ウィグル〟と呼ぼう」

子犬は短い足をぶきように動かして小さな円を描き、くりかえした。「ウィグル！」

ラッキーは、勇気のあるメスの子犬に向きなおった。「そしてきみは……」

ミッキーが大きな声でいった。「なめる(リック)のが好きだから、〝リック〟はどうだい？」

「うん、いい名前だ」ラッキーも賛成した。

メスの子犬は、黒い小さなしっぽをさかんに振(ふ)って首をのばし、ミッキーの鼻をなめた。新しい名前が気に入ったみたいだ――ラッキーはうれしくなった。

それから、大きいほうのオスの子犬のほうを向いた。「そして、きみは……」

子犬は挑(いど)むようにラッキーをにらんだ。また、用心深く警戒(けいかい)するような態度にもどっている。

「子犬の名前なんて、いらない」子犬はうなった(グラント)。

ラッキーは少し考えていった。「きみは〝グラント〟。うん、完ぺきな名前じゃないか」

ミッキーも賛成のしるしに吠(ほ)え、二匹(ひき)の子犬ははしゃいできゃんきゃん吠(ほ)えた。だが、グラントは顔をこわばらせたまま、じっと立っていた。

ラッキーは、全員に名前をつけてしまうと、自分でもおかしなほどほっとした。いっしょにいてまだまもないが、もう子犬たちのことを好きになりはじめていた。その子たちに名前がないということが、どこか居心地が悪かったのだ。いまではラッキーが三匹の保護者だ。子犬たちを助けたのは、それが正しいことのように思えたからだった。〈野生の群れ〉へ連れていくことが義務だと思った。だがいまでは――

――いまでは、子犬たちが大切な存在になっていた。

そう考えると満ち足りた気分になり、ラッキーは三匹の子犬のそばにすわった。背中にはミッキーの背中が当たっている。

リックとグラントはぐっすり眠っていたが、ウィグルは落ちつかなそうにそわそわしていた。

ラッキーは体をかがめて子犬の耳をなめた。

子犬はラッキーをみあげ、きゅうきゅう鳴いた。「ねむれない」

ラッキーはかわいそうで心臓がぎゅっと痛くなった。自分の子犬時代のことを考える。眠れないときはいつも、母犬がそばに引きよせてくれた。母親の心臓の音をきいていると安心することができた。

「頭をぼくの胸のところに置いてごらん」ラッキーは小さな声でいった。

ウィグルはよちよち近づいてきて、小さな黒い頭をラッキーの胸にうずめた。まもなく子犬は深い寝息を立てはじめた。まぶたは閉じ、口は小さく開いている。ラッキーも目を閉じた。だが、耳にだけは神経を集中させ、森の音をききのがすまいと気をつけていた。

どこかで遠吠えがこだました。ラッキーははねおき、夜気のにおいをかぎながらあたりに目をこらした。子犬たちが驚いて吠えはじめる。ラッキーは、急いで三匹を静かにさせた。

「だいじょうぶだよ」ラッキーは子犬たちをなだめた。「声の正体がなんだとしても、ここからはずっと遠いところにいる。だけど、すごく静かにして、むこうの注意を引かないようにしておかなきゃ」

「むこうって、なんだい？」ミッキーがたずねた。闇にまぎれて牧羊犬の姿はぼんやりとしかみえない。

「ぼくにもわからない。犬みたいだったけど、自信はない……」

ミッキーは不安そうにひと声鳴いた。「オオカミじゃないか？」

オオカミたちの吠え声なら、ラッキーは前にきいたことがある。そのときのことを思いだすと体が震えた。「そうじゃないことを願うよ」

ふたたび長い遠吠えがきこえ、さらにいくつかの吠え声がそれに続いた。最初にきこえたときよりも、声は近づいてきているようだった。ラッキーは、首筋の毛が逆立ち、胸の中で心臓がどくどく音を立てるのがわかった。

「何頭もいるみたいだ！」ミッキーが声をあげた。

「怖がることはない。だけど、もう出発したほうがいい」ラッキーが鼻で押してうながすと、子犬たちはあわてて立ちあがった。おびえてなにも考えられないようだった。

「ミッキー、この子たちの片側についてくれ。ぼくは反対側につく」ラッキーはそういって空気のにおいをかいだが、なにもわからなかった。

「あたしたちのにおいに気づかれたの？」リックがたずねた。

「いや、そうは思えない」ラッキーはいった。「ぼくたちがここにいることは知らないはずだ」

「ラッキー、ぼくたちのこと、みすてないでしょ？」ウィグルがくんくん鳴いた。

「ぼくたちは、ずっときみたちのそばについてるよ」ラッキーは約束した。「なにも心配しなくていい。静かにして歩きつづけるんだ——すぐに、安全に休める場所がみつかる」ラッキーは、その言葉がほんとうらしくきこえますようにと祈っていたが、自分がうそをついていることはわかっていた。遠吠えの主は、大きく危険な獣のようだった。

　それからあとはだれもしゃべらなかった。森の中を静かに歩いていく。子犬たちは、落葉や枝やいばらの上をぎこちない足取りで乗りこえていった。ラッキーも子犬たちが苦労していることには気づいていたが、いまはすべての感覚を研ぎすませておきたかった。子犬を運べばそれはむずかしくなる。

空気中に、鼻を刺すようなにおいがただよっていた——オオカミのにおいに少し似ている。キツネにも近いかもしれない。だが、ラッキーの中のなにかが、このにおいの持ち主はそのどちらでもないと訴えていた。

つぎの瞬間、ラッキーは恐怖でぞっとした。においの主がなんであれ、むこうはこちらのにおいに気づいたらしい。落葉を踏む獣の足音がきこえたのだ。強いにおいはだんだん近づいてきている。

「待ってくれ！」ミッキーが叫んだ。体を低くして、子犬たちのうしろについている。

ラッキーは急いで振りかえった。「どうした？」

「ウィグルが遅れてるんだ」

「あの子、すごくつかれてるの」リックが鳴いた。「だって、こんなにはやく、こんなにたくさん歩いたことないんだもの」ラッキーは、それはウィグルに限ったことではないだろうと考えた。だが、リックの目は、自分のねばり強さを誇るようにかがやいていた。そのとなりで、グラントもとがった鼻先をあげてみせた。

ラッキーは、なにも気づかなかった自分が恥ずかしくなった。ようやくいまになって、体の小さな子犬の苦しげな息づかいがきこえてきた。ミッキーとリックのいうとおりだ――ウィグルは疲れていた。

「おいで」ラッキーは優しくいった。「しばらくぼくが運ぶよ。ミッキー、ぼくの目と耳のかわりをしてくれ」牧羊犬は、わかったというしるしに頭を下げた。黒い影のようになったその姿が、木々を背景にしてぼんやりとみえる。ラッキーはそっとウィグルをくわえて持ちあげた。

その瞬間、全員が凍りついた。奇妙な声がきこえてきたのだ。

「こっちだ！」鼻にかかった、金属的な声だ。ラッキーは、自分の体が石になってしまったような気がした。

「ペットのにおいがする。すぐ近くにいるぞ」

「子犬だ！　子犬のにおいだ！」

ラッキーは心臓がとびだしそうになり、あやうくウィグルを落とすところだった。いままでは声の主がだれなのかわかっていた。あの獣の群れは、一度街にきたことがある。牙をむき、うなり声をあげていた。どうにか追いはらうことができたのは、棒を振りかざすニンゲンだけだった。

あれはコヨーテだ！　残忍でずるいケダモノたち。あいつらは力の弱いものたちをエサにする。動きも速くて底意地が悪い。きっと、子犬のにおいをかぎつけたんだ。手軽な獲物をみつけたとよろこんでいる。

「静かに」ラッキーはほかの犬たちを制した。コヨーテのにおいをかぎわけようと、鼻を高くあげる。全部で六匹――少なくとも。ラッキーとミッキーを孤立させて押さえこみ、子犬を一匹さらっていくのには十分な数だ。

この子たちをファズと同じ目には合わせない。ラッキーは、胸がしめつけられるような思いでそう決心した。

「急ごう」ラッキーはほかの犬たちをせきたてた。

「わたしにもあいつらのにおいがした」ミッキーが声をひそめていった。「振りきれるだろうか。あの――」

ラッキーはすばやく首を振り、牧羊犬にだまってくれと伝えた。子犬たちに〝コヨーテ〟という言葉をきかせたくない。いたずらに怖がらせるだけだ。ミッキーは、わかったという合図にまばたきをした。リックとグラントははねるように進み、障害物が転がっているとよじのぼるように越えていった。一行は、小高い丘の上に生えた細い木々のトンネルをくぐりぬけ、さらに密集した茂みがあるほうへ傾斜を下っていった。

緑が深いところで風下にいけば、コヨーテたちから逃げきれるかもしれない――ラッキーは考えた。

一行は順調に進んでいた。ラッキーが、このままいけば計画どおりにいきそうだと考えはじめたとき、うしろからリックの苦しげな息と鳴き声がきこえてきた。振りかえると、でこぼこの地面に悪戦苦闘しているところだった。ついさっきまで全身にみなぎっていたエネルギーをつかいはたしてしまったようだった。グラントでさえ疲れをみせはじめていた。短いしっぽを低く垂らし、気力だけで足を引きずっている。

「このままじゃむりだ」ミッキーが小声でいった。ミッキーまでもが、体を重たげに低くし、森の地面に溶けこんでしまいそうだ。「あいつらは子犬が欲しいんだ。わたしたちのにおいを消そう。隠れてコヨーテたちが通りすぎるのを待つんだ」

ラッキーはうなずいた。「どうやって――」

「かくれる？」グラントがうなった。「フィアース・ドッグは、かくれたりなんかしない！」

ラッキーの耳がぴくっと動いた。グラントは、自分がほかの犬とはちがうことを知っているんだ――。ほかの二匹はどうなのだろう？

ミッキーはグラントに取りあわず、落葉の積もった土の上に体を投げだすと、何度も転がった。ぱっと立ちあがり、今度は木の幹に体をこすりつける。背中、つぎにしっぽ、それから鼻先。

ラッキーはそれをみて感心した。ミッキーが、これほど賢く生きのびる術を知っているとは思ってもいなかった。はじめて街で出会ったときとは見違えるようだ。

ラッキーはミッキーをまね、上半身を低く落として腹を落葉にこすりつけた。「ほら、みんなもぼくたちと同じようにやってごらん。体をなめたくなってもがまんしなくちゃいけないよ」

子犬たちは、土をはねあげながら地面を転がりはじめた。グラントでさえ地面にうずくまるようにして落葉の中に鼻先を埋め、ラッキーがその体に小枝や土をかぶせるあいだもおとなしくしていた。

「これでよし」ミッキーが声をひそめていった。「さあ、せいいっぱい音を立てないように気をつけて、じっとしてるんだよ」ミッキーは先陣を切って茂みの下にもぐりこみ、地面に腹ばいになった。「みんなで小さく固まるんだ」リックは、いわれたとおりミッキーにぎゅっとくつつき、小さなウィグルがその横に体を寄せた。

だがグラントは、伏せようとするそぶりもみせなかった。「どんな犬があいてでも、おれはかくれたりなんかしない」そういうなり茂みから離れ、ふもとに細い木々が立ちならぶ低い丘のほうへ向かおうとした。

「子犬どもはどこへいった？」

「こっちだ相棒、あいつらのにおいがする……」

ラッキーはぞっとして叫びそうになるのをこらえ、あわててグラントに駆けよると、捕まえて茂みの中に押しこんだ。逃げだそうとする子犬を全身で押さえこむ。グラントの筋肉が、毛皮の下でさざ波のように動いたり、小刻みに震えたりするのがわかった。まだ子犬でも、力は十分に強い。

「グラント、きみの勇敢さはりっぱだよ」ラッキーは口を子犬の耳に近づけて小声でいった。「だけど、いまは勇敢になるときじゃない。あいつらは犬じゃなくて、けんかしたくてうずうずしてるコヨーテだ。じっとしてなきゃいけない。すごく危険なんだ」

ラッキーは、子犬が震えるのを感じた。「コヨーテ？　それ、なに？」グラントがたずねるまにも、ケダモノたちはすぐそばまで近づいてきて低い丘のまわりをうろつきはじめた。

「あの子犬どもを食ってやる。やわらかい鼻からかみついてやる！」一匹が耳ざわりな声でいった。

「おれはしっぽからばりばりいってやる！」べつの一匹がいった。

グラントが震えだし、ラッキーはかわいそうで胸がいっぱいになった。この小さな〈フィアース・ドッグ〉は気丈にふるまっているが、まだほんの子犬なのだ。おびえるのが当然だ。

聡明な〈森の犬〉よ、おねがいです。ラッキーは胸の中で祈った。この子犬たちは母犬を亡くしたのです。どうか今晩をぶじに切りぬけさせてやってください……。

コヨーテたちは丘のてっぺんに集まり、高い木々のあいだをめぐりながらにおいをかいでいた。厚い毛皮はオオカミのようだ。足は長く細い。とがった大きな耳のぎざぎざした線が黒い頭の上にはっきりとみえた。独特のにおいにラッキーは胃がむかむかした。オールドハンターが、コヨーテについて話してくれたことがあった。街の食堂のそばでいっしょに休んでいたときだ。あのケダモノたちがどれだけ卑怯なのか、どれだけ身勝手な理由で生き物を殺すのか。シャープクロウを襲ってエサにしたり、母犬から子犬をさらっていったりすることでも知られているという。ラッキーは胸に誓った。この子犬たちは絶対に奪わせない！

「この近くだ……小さい犬のにおいがする」

「いや、もうにおいはしないぞ。エスケープス、マングルス、そっちはどうだ？」

「あっちだ――ここにはもういない。コーホート、追え！」

最後に声がきこえたコヨーテ――マングルスと呼ばれた一匹だ――は、とびぬけて体が大きかった。くるっと向きを変えたときの身のこなしは、針金のようにしなやかだった。尾は毛皮のこぶ程度しかない。なにか事情があってなくしたのかもしれない。マングルスは、細い木々のあいだを駆けもどり、小道へ向かって丘をおりていった。

ぼくたちのにおいを追っていくつもりなら――ラッキーは期待まじりに考えた――基地のところまでもどっていくかもしれない……。

すぐにコヨーテの群れは視界から消え、その強いにおいも夜気にまぎれて薄れていった。

危険が完全に去ったと確信してから、ラッキーは立ちあがった。

「あいつらはもういってしまったよ」ほっと息をはいていった。

「あれはコヨーテだろ？」ミッキーがたずねた。「アルファに似ていたが、体が小さかった」

「そう、コヨーテだ」ラッキーは身ぶるいしていった。「ぼくは、あいつらのことはよく知らないんだ」

「できれば知らずにすませたい相手だが、コヨーテのことならわたしは少し知っている」ミッキーは吠え、からみあったツタや枝の黒い影にじっと目をこらした。「移動を続けたほうがいい」

ラッキーは子犬たちに向きなおった。「みんな、ほんとうによくがんばった。かわいそうだけど、すぐに休むわけにはいかないんだ。〈太陽の犬〉が顔を出すまで歩きつづけなきゃいけない。ゆっくりでいいし、おたがいのことに気を配っていよう。ぼくたちが会いにいく犬の群れは大きな湖のそばに野営地を作っているんだ。屋根がわりの岩もあるし、寝床も食糧もある。どうだい？」

最初に立ちあがったのはグラントだった。リックとウィグルを軽く押し、「ほら、いこう！」とのろのろ立ちあがる二匹に声をかけた。

ラッキーとミッキーは、先頭としんがりにそれぞれ分かれ、コヨーテたちがもどってきた場合にそなえた。

ラッキーは、森の中の安全な経路をかぎわけるために、鼻先に神経を集中させた。子犬たちのようすをたしかめようと振りかえったときにはうれしくなった。グラントの頼もしさに気づいたのだ。きょうだいたちを鼻のわきで押したり、一生懸命なめたりしてはげましている。

ラッキーは感謝したが、それでも不安は残った。全員がコヨーテから逃げきることができたとはいえ、グラントは隠れることを拒んだ。子犬が自分の体の下でどれだけ激しくもがいていたかは覚えている。グラントは指図されるのがきらいなんだ——ラッキーは考えた。力は強いが、そのつかいみちはよくわかっていない。グラントは生きのびた者だったが、同時にリスクを冒す者でもあった。

リスクは犬を殺すこともある。

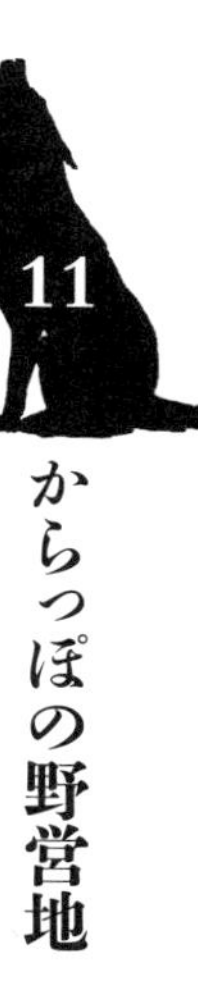

11 からっぽの野営地

ラッキーはざらざらした土の上でぐったり腹ばいになった。上には岩が張りだしている。そこは、ふたつの群れが団結して森をぬけたあと、新しいすみかとして定めた場所だった。ラッキーは骨を折って子犬たちをここまで連れてきた。ところが、いま――

――野営地はもぬけの空になっていた。

犬の気配がしないかあたりをみまわしたが、やがて長い鳴き声をひとつもらし、尾を垂れて耳をぺたりと伏せる。群れは影も形もない。あいさつをしにくる犬もいなければ、鳴き声ひとつ、吠え声ひとつきこえない。いまなら、アルファのうなり声や、そのオオカミじみた顔さえ歓迎できただろう。

ミッキーがそばにきて、岩の転がる地面のにおいをかいだ。

「みんなどこにいったんだろう」牧羊犬はいった。リックとグラントとウィグルは、そのうしろで息を切らしていた。

ラッキーはため息をついた。「わからない……ぼくが群れを去ってからすぐにいなくなったんだと思う。みんながいた跡がほとんど残ってない」

リックが興奮ぎみに駆けてきた。「ここにたべものあるの？」きゃんきゃん吠えながらあたりをみまわす。

だまっているラッキーのそばをミッキーがすりぬけ、つきでた岩の下をくぐっていった。鼻先を地面にはわせながらときどき足を止め、たんねんににおいをかいだり、ところどころに転がっている土のかたまりや小石をなめたりする。ラッキーはそのようすをみているうちに、急いで走っていったような足跡が、いくつか土の上に残っているのに気づいた。そこで、それぞれの足跡を群れの仲間にあてはめてみようとした。大きく深い足跡はマーサのものにちがいなかったが、ほかはよくわからなかった。浅く小さな足跡が、ほかの足跡と交差するように続き、やがてぬかるみの中へ消えていた。サンシャインだろうか。デイジーだろうか。見分けようとしたが、その努力はむだに終わった。

ラッキーは顔をあげる勇気がなかった。わざわざ子犬たちを〈太陽の犬〉が空にのぼる前に起こし、この野営地まで連れもどってきたのだ。ウィグルが足が痛いとこぼすと、いっしょに遊んでくれる群れの仲間の話や、食べきれないくらいたくさんの食べ物の話をして元気づけた。それは必ずしも真実ではなかった――群れは、ざらざらした土や、獲物のとぼしさのことで不平をいっていたのだから――が、ラッキーは、自分たちが着くまでには、みんなも新しい野営地に慣れて少しは獲物をみつけているだろうと期待していた。

「きみたちもきっと群れが好きになるよ」ラッキーは、そんなふうに子犬たちにいっていた。「マーサが泳ぎを教えてくれる。それに、フィアリーはすごい猟犬なんだ。いろんなことを学べると思う」群れのことを話すと胃がねじれるような気分になった。だが、ほかにどうすることができただろう。子犬たちが新しいすみかを楽しみにするように仕向ける必要があった。ほかの犬たちに守ってもらわなければ、いく日もせずに死んでしまうはずだ。群れが子犬たちを受け入れるだろうというのは、まだ仮定の話だった。拒否される可能性については考えないようにしていた。だがきっと、たとえラッキーを拒んだとしても、母親をなくした子犬たちを追いかえすようなまねはしないだろう。

いきなり群れが消えたわけじゃないだろうし――ラッキーはそう考え、ぶるっと身ぶるいした。にぎやかな犬たちがいなくなったいま、打ちすてられた野営地は、岩の陰で暗くがらんとしてみえた。ウィグルが大きな目をしてちょこちょこ駆けよってきた。

「ここ、あんぜんっていってた」ウィグルは足のあいだに短いしっぽをはさんで吠えた。「でも、あんまりあんぜんにみえないよ」

「そうだね、ごめんよ」ラッキーは答えた。「ぼくたちが出てきたときには、みんなここにいたんだ。においをたどれると思う。そうしたら、みんなのあとを追いかけられる」

だがラッキーは、頭の中でこうつけくわえた。きみたちに移動を続ける気力が残っていれば——。もしかすると、このあたりは危険なのだろうか。危険だから、みんなはこんなに急に離れたのだろうか。

ラッキーはもれそうになる鳴き声をこらえ、勢いよく立ちあがった。疲れた体を駆けめぐる恐怖を振りはらいたかった。ウィグルに近づき、頭のてっぺんをなめる。

「野営地はおひっこしをしたんだ。だけど、すぐにみつかる——ミッキー、そうだよな？」

牧羊犬は、そうだと吠えた。「群れのにおいの跡がわかった。湖に沿って歩いていったみたいだ。ふたつの群れがいっしょにここを離れていった。いいことだろう？　いろいろあったが、〈囚われの犬〉と〈野生の群れ〉は、ひとまず協力することにしたんだ」

ウィグルはわかったというしるしにうなずき、リックとグラントのいるほうへ歩いていった。

二匹は湖のそばに平らな岩をみつけ、陽の光を浴びながら寝そべっていた。

ラッキーは、離れていく子犬のうしろすがたをみていた。ミッキーの問いには答えずに、自分が追いだされた朝、ベラとスイートが言い争っていたことを考えていた。

「いこう、ラッキー。急げば暗くなる前にみんなに追いつける」ミッキーはじゃれるようにラッキーの頭を押してみせたが、ふと動きを止めた。「どうかしたのかい？」

ラッキーは目を伏せた。「みんなは、ぼくが追いかけていったらいやがるかもしれない」

「どういう意味だい？」

「ミッキー、ぼくは群れを去ったんだ」

牧羊犬はとまどったようにラッキーをみつめた。「だから、それはわたしたちがまちがっていたんだ。謝ればいい。そして、ちゃんと説明すればいい」ミッキーは首をかしげた。「このことについてはもう話したじゃないか。どうしてそんなに心配してるんだい？」ミッキーは子犬たちのほうをみた。「ラッキー、わたしたちを見捨てたりしないでくれ。いまは困る」

ラッキーは顔をあげて友だちの目をみたが、しっぽは低く垂れたままだった。「きみは自分で決めて群れを去った。ぼくはちがう。ぼくはアルファに追放されたんだ」子犬たちにきかれないように声を低くしていた。「裏切り者だといわれた。ぼくがいないほうが群れのためになるんだって」

ミッキーは顔をしかめた。「ばかばかしい。もちろん、そんなことはない！　きみはわたしが知っているどの犬よりも勇敢で賢い」そういって、ラッキーの鼻先をなめた。「アルファはきみのことが怖いのさ。指導者としての地位をおびやかされるんじゃないかと思ってる。あいつはきみの半分だって犬じゃない！　犬の中にはあの子犬たちを基地に置きざりにしていくやつらもいるだろうが、きみはちがった。きみといっしょにいると、わたしは勇気をもらえるんだ。アルファにはちゃんと説明すればいい。きみならできる――きみは、ウサギを魔法のようにあやつって巣穴から出してみせた犬じゃないか！」

「できるだけがんばってみるよ」ラッキーは口の中でいった。ミッキーの言葉に胸を打たれてはいたが、だからといって気が変わったわけではなかった。

犬の体で二、三匹分離れたところでは、退屈した子犬たちが遊びはじめていた。グラントがウィグルにとびかかると、二匹はぐるぐるうなりながら土まみれになって転がった。そのそばで、リックは数本生えていた野の花にぱくっとかみついた。少し口を動かしてみて、すぐにぺっと吐きだし、顔をくしゃくしゃにさせる。

「うええ！　へんなあじ！」

ウィグルがグラントの体の下からよちよちはい出してきた。「ほんもののごはんたべられるの、いつ？」たずねながらぴちゃぴちゃ口をなめた。「おなかすいた！」

「おれも」グラントがいった。

「じきみつかると思うよ」ラッキーは言葉をにごした。

「あれをつかまえればいい！」グラントがきゃんと吠え、はねるような足取りで湖のほうへ駆けていった。岸に立って水鳥に吠えかける。水に浮いていた鳥たちは警戒した顔を子犬のほうに向けたが、すぐにまた、どうでもよさそうにくわっくわっと鳴きはじめた。

ラッキーは水鳥をみたが、捕まえるのはむりだとわかっていた。「べつのハタネズミを捕まえよう。ひょっとするとウサギがみつかるかもしれない。必要なのはがまんすること。〈森の犬〉が与えてくれるものを待つんだ」朝からウサギは一匹もみかけていない――だが、とにかく、生き物はいるにちがいない。ラッキーは、においをかぎながら野営地のはしを調べてみた。ミッキーのいったとおり、ほかの犬たちは湖畔をたどって移動したようだった。森から離れ、死と無を思わせる不吉なにおいがただよう〈フィアース・ドッグ〉の基地とは逆の方向へ向かっている。ラッキーは、もういちどだけ、基地があるほうへ視線を向けた。森のずっと先には、かつて自分が住んでいた街が広がっている。そのとき、はっとした。あの大きく奇妙な鳥のことを思いだしたのだ。あの鳥たちがここへとんできたのだろうか――だから、みんなはここを離れたのだろうか。

「もりのいぬってだあれ？」リックがたずねた。張りだした岩の下で、ぴょこぴょこはねながらアリを追いかけている。

ラッキーは驚いてリックをみた。「そのうち、きみたちみんなをすわらせて、〈精霊たち〉のことを話してきかせなくちゃいけないな」

「もりのいぬ、ぼくたちにごはん作ってくれる？」ウィグルが小さく高い声でたずねた。

「ごはんを作ることはしないけど、森と、森にすむ生き物を見守ってくれる。ぼくたちを守ってくれるんだ。犬たちの安全を守ってくれて、ぼくたちのふるまいに満足すると、おいしい獲物を少し分けてくれる。ハタネズミやウサギなんかをね。だから、大切なのは〈森の犬〉のことをいつも心に留めておくこと。そして、感謝をすること。おなかが空いたら、こういえばいい。『聡明な〈森の犬〉よ、食べ物を少し恵んでください』。ハタネズミを一匹捕まえて食べたら、今度はこういうんだ。『ありがとうございます、〈森の犬〉』」

ウィグルはとまどったように、自分たちのほうへ近づいてきたグラントと目を合わせた。リックははねるのをやめ、目の上の黒い毛皮にしわをよせて考えこみながらいった。「でも、もりのいぬが、森と、森の生きものをみまもってくれるなら、ハタネズミとウサギのこともみまもってるんでしょ？」

「もりのいぬはどこでねむるの？」ウィグルが垂れた耳をふりふりたずねた。「ベッドがあるの？　きっと、すっごく、すっごく大きなベッドだね。そんなにいろんなものがみえるなんて、大きい犬にきまってるもん」

「おれたちがいるの、森の中じゃないだろ」グラントがいった。「木なんてないじゃないか。森ならもうちょっとたくさん木があるだろ？」

　ラッキーの頭の中に、ある嵐の夜の記憶がよみがえってきた。ラッキーも、母犬に〈精霊たち〉のことを教えてくれとせがんだものだった。自分を取りまく、広大でふしぎな世界を理解したくてたまらなかった。すると母犬は、〈天空の犬〉とライトニングの話をきかせてくれたのだった。

「ほんとだ」ウィグルが横からいった。「森にはもっとたくさん木がある」そういうと、すばらしい発見でもしたかのように、うれしそうに息をはずませた。

　ラッキーのしっぽが揺れた――子犬たちのいうとおりだ。一本だけ生えた木にちらっと目をやる。幹はまだらになった銀色だ。少しむこうの張りだした岩のそばに生えている。ラッキーは、子犬たちのような好奇心と無邪気さを持って世界をみることを長らく忘れていた。いま、思い出が洪水のように押しよせてきた。ヤップと呼ばれ、きょうだいのスクイークとじゃれ合っていたころの思い出だ。スクイークはしょっちゅうラッキーを待ちぶせ、そっとうしろから忍びよってきては、ふざけて耳をかんだものだった。

ふいに、幸福な気分で胸がいっぱいになった。ラッキーはくるっと振りむくと、ウィグルのひだになった首をやさしくかんだ。グラントがうれしそうにきゃんきゃん吠え、岸に沿って走りながら岩のほうへ向かっていく。

「つかまえてみろ！」グラントは叫んだ。短い足は砂まじりの土の上で稲光のように動き、少しのあいだ、ラッキーを大きく引きはなしていた。ラッキーはふざけてうなりながらグラントにとびかかり、吠えたりうなったりする子犬の顔をなめた。すると、ウィグルがうしろから近づいてきて、ラッキーの足をかじった。三匹はもつれあうように転がってじゃれ合った。

ラッキーは胸をはずませてあえいだ。やんちゃで元気にあふれた子犬たちをみているのは楽しかった。

リックのようすにはほとんど気づいていなかったが、ふいにミッキーが子犬に注意する声がきこえてきた。「むりだ、追いつけないよ！」

顔をあげると、リックがずっとむこうにいるのがみえた。つきだした岩のむこうで、全速力で走っている。その行く手に、灰色の毛皮がちらっとみえた。

「もうちょっとだったの!」リックは興奮して吠えた。

リックが追いかけているのはリスだ。そのリスが、銀色がかった木のほうへ走っていく。リックは夢中で追っていた。土をけあげる足がぼんやりとかすんでみえるほど速く動いていた。

速すぎる——あのままじゃ木にぶつかってしまう!

「リックを止めろ!」ラッキーはぞっとして吠え、子犬を追った。全力で駆けながら、心臓が口からとびだしてしまいそうだった。

木に近いところにいたミッキーが突進した。だが、リスのほうが早い。リスは木の根元に開いた穴に隠れてみえなくなった。リックがそのあとを追い、ミッキーが木にたどりつくのと同時に、穴めがけて体を投げだした。一瞬、リスに続いて穴の中にもぐりこもうとしているようにみえた。頭と前足は穴の中だ。ところが、子犬の動きはそこでぴたりと止まった。

体の半分が木の中に隠れたまま、リックは穴から出たうしろ足を必死にばたつかせ、体をひねったり強く引いたりした。

「穴にはまったんだ!」ミッキーが鳴いた。

ラッキーは土ぼこりをあげながら木の手前で止まり、根元の近くに顔を寄せた。「リック?

リック、きこえるかい？　暴れちゃだめだ。すぐに出してあげるからね」

子犬はラッキーの声に気づくと、しっぽを振りまわし、いっそう激しく体を動かした。ラッキーは、小さな体から立ちのぼる恐怖のにおいで気分が悪くなった。

「だいじょうぶだ。みんなここにいるよ」リックをなだめ、ミッキーを振りかえった。「この子の体を押さえておいてくれ！」

ミッキーは長い鼻面と首をリックの尻にのせ、そっと押さえた。しっぽはまだぴくぴく動いていたが、体とうしろ足はミッキーの首の下で静かになった。ラッキーは木の皮を引っかき、穴を広げようとした。だが、それは想像していたよりもずっとむずかしかった。土を掘るのとはわけがちがう――木の皮は頑丈でかたかった。

グラントとウィグルは少し離れたところに立ち、一生懸命吠えていた。

「リックがたいへん！」ウィグルが叫んだ。

「リック！」グラントが吠えた。「リック！　そこから出ておいで！」

木の穴にはまった子犬にもその声はきこえたにちがいなかった。リックはミッキーを押しのけようと暴れ、しっぽを激しく動かした。

「落ちつきなさい！」ミッキーは、三匹を叱りつけた。だが、グラントとウィグルはやみくもにあたりを駆けまわった。

ラッキーはほかの犬たちのことは無視して木の幹を引っかき続けた。ようやく木片がひとつはがれたが、それだけでは足りない。

「リックの動きがにぶくなってきてるぞ！」ミッキーが吠えた。声が恐怖で震えている。ラッキーはさっと体を引いた。リックのしっぽがだらりと垂れている。

息ができないんだ――！

ラッキーは幹を削るのはあきらめ、片方の前足をリックの体の下に差しこんで穴の下の土をつきくずしはじめた。少しずつ土がゆるみはじめる。ラッキーはしゃにむに掘り、地面を引っかいた。急がなければならない――すでにリックのうしろ足は生気をなくしたように地面に横たわっている。ラッキーは掘りつづけた。足は疲労でずきずきし、痛みが体中を駆けめぐった。

そのとき、だしぬけにリックの体が穴からぬけた。子犬はうしろ向きに転がり、土の上でぐったり横たわってあえいだ。

ラッキーとミッキーはほっとして声をあげ、小さな褐色の顔をなめてきれいにぬぐった。グラントとウィグルも二匹に加わり、いたわるようにきょうだいに寄りそった。

グラントがラッキーのほうを向き、鼻先をなめた。「ラッキーがリックをたすけてくれたんだ！　ありがとう！」そういうと、またリックのほうを向いた。ウィグルはなにもいわなかったが、守ろうとするようにリックの体に頭を押しつけた。

　ラッキーは、子犬たちのそばのざらざらした地面にどさりと腹ばいになってあえいだ。緊張が、毛先の一本一本、ひげの一本一本からぬけていくようだった。ふと胸が熱くなった。この先も、子犬たちを守るためなら、どんなことだってしてやる――。

　ミッキーがとなりに体を投げだした。「危ないところだった！」

「ほんとに危なかったよ」ラッキーはため息をついた。ようやく緊張が解けてきた。目のはしで子犬たちのほうをみる。三匹は押しあうように小さな円を描き、たがいの体を甘がみしたりなめたりしている。まるで、なにごともなかったかのようだ。あの子たちはほんとうに明るいし、元気いっぱいだ。ラッキーは考えた。ぼくもむかしはあんなふうだったんだろうか。

　そのとき、土を踏む音がきこえた。ラッキーは耳を立ててはねおきた。なにかが湖畔の長い草をかきわけて忍びよってくる。あの足音のリズムはききちがえようがない――これは犬が歩いている音だ！　ラッキーはめいっぱい胸をそらして立った。急いで子犬たちをみると、大またで二、三歩離れたあたりで遊んでいる。ラッキーは胸の内で誓った。この子たちにはどんな危険だって寄せつけない。たとえ群れに拒まれても、自分はできるかぎり遠くまで子犬たちに付きそっていく。いまなら、もし危険が近づいているのだとしても、むかえうつ用意ができている。

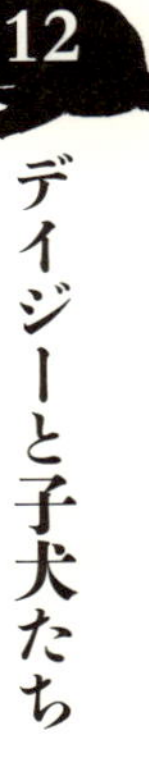

12 デイジーと子犬たち

長い草がふたつに分かれ、白く小さなふわふわした顔がのぞいた。

デイジーだ！

デイジーは興奮して吠（ほ）え、大急ぎで草地を走りぬけると、とぶようにラッキーたちのほうへ駆（か）けてきた。

「ラッキー！　ラッキー！　もどってくるってわかってた！　ミッキーも連れてきてくれたのね！」

ラッキーはうれしさがこみあげ、ミッキーと並んで走っていきながら激しく尾（お）を振（ふ）った。

「デイジー！　みんないってしまったのかと思ったよ！」

二匹（ひき）が小さな犬に駆（か）けより、よろこんで体をなめているあいだも、デイジーはうつむいていた。「ほんとにごめんなさい。ふたりをいかせたりしなきゃよかった……」

「それでももどってきた。だが、今度はきみたちがいなくなってたんだ！」ミッキーがいった。

デイジーは目をかがやかせて顔をあげた。「みんな、ラッキーたちは群れを捨てたんだっていったの。でも、あたしはもどってくるってわかってた！　ちゃんとわかってた――」ふいに、うれしそうな声が小さくなり、その目がラッキーとミッキーのうしろにあるなにかに留まった。

ラッキーが振りかえると、子犬たちが自分たちのほうをみていた。

デイジーは鳴き声をあげてあとずさった。「この子たち、ここでなにしてるの？」

ウィグルがラッキーのそばにとことこ近づいてきたが、デイジーから目をはなそうとはしなかった。ラッキーは子犬の鼻をなめてやった。

「こわがってるにおい……」ウィグルが鳴いた。「ミッキーが、ぼくたちをさいしょにみたときといっしょ」

ミッキーはそれをきくと、子犬に寄りそってなだめた。「いまは怖がってなんかいないよ」

「でも、はじめは怖がってた」ウィグルは吠えた。「どうしてぼくたちを怖がるの？」

ミッキーの視線を感じたが、ラッキーも答えあぐねていた。子犬たちの両親が殺し屋だったことを、どう説明すればいいのだろう。グラントは自分が〈フィアース・ドッグ〉であることを知っているようだ――だが、それが意味することはちゃんと理解しているのだろうか。

もう一匹のオスの子犬が、二匹のあいだをすりぬけてデイジーに近づいた。デイジーはさらにあとずさった。恐怖のにおいがふわりと宙にただよう。

グラントはうなった。「こわがってるのは、おれたちが毎日大きくなるからだよ。すぐにおれたちは大きくなる。ママやみんなと同じくらい。そしたら、おれたちにはむかえる犬なんていないんだ」子犬の声は細く高かったが、デイジーはしっぽを腰に巻きつけてちぢみあがった。

ラッキーは体に震えが走った――じゃあ、グラントは知っているのか。

デイジーがラッキーをにらんでいった。「ラッキー、〈フィアース・ドッグ〉の子犬をさらってきたの？」

「そうじゃない。ほかにどうしようもなかったから連れてきたんだ」

「あの基地から連れてきちゃったの？　あそこに閉じこめられて、あんなことがあったのに？あの犬たちがすごくいじわるだったこと覚えてないの？」

ラッキーは、ぽかんとしているウィグルにそっと近づいた。鼻先で子犬をなで、デイジーを振りかえった。「あそこにはおとなの犬が一匹もいなかったんだ。子犬だけだった。置いてくるわけにはいかなかったんだよ」

「どうして？　〈フィアース・ドッグ〉が子犬たちをほっとくはずない。そのうち探しはじめるはずよ！　そしたら、すごく怒るんじゃない？　自分たちの子どもを盗んだ犬に復讐しようとするわ！」デイジーは震えあがった。不安で耳がけいれんしている。

「あたしたち、ここにいるのに」リックが小さな声でいった。「きこえてるの！」

「デイジー、はっきりいってその心配はないよ」ラッキーはそういいながら、グラントのそばに近づいた。「あの基地はもぬけのからだった。〈フィアース・ドッグ〉のにおいも古くなってた。もどってくるつもりはないみたいだったよ。この子たちはおなかを空かせていたし、母犬は――」ラッキーははっと口をつぐみ、直前で言葉を変えた。「――〈大地の犬〉とともにいる」

デイジーはわかったというしるしにうなずいたが、それでも心配そうにグラントから目をはなさなかった。

ラッキーは続けた。「飢え死にするとわかっているのに置きざりにはできないよ。だれだってぼくとおなじことをしたと思う」ラッキーは頭を下げて、グラントの耳のあいだに鼻を押しつけた。だが、子犬は反応しなかった。体をこわばらせ、デイジーをにらみつけている。

またむちゃをしなければいいが――ラッキーは、グラントがコヨーテに向かっていこうとしたときのことを考えていた。

デイジーはためらいがちに子犬たちのほうへ踏みだしたが、たちまち凍りついた。グラントがくちびるをめくりあげ、のどの奥で小さくうなったのだ。

「だいじょうぶだよ」ラッキーはグラントの耳に口を近づけ、小さな声でいった。「デイジーは友だちだ。あの群れの一員だよ」

「友だちみたいにみえない」リックが鳴いた。

「友だちは、あんないじわるなことといわないもん」ウィグルがきっぱりいった。

グラントはうなるのをやめたが、口は開けたままだった。

「ほかの犬たちはどこにいったんだい？」ミッキーがたずね、張りだした岩と静かな湖のほうをみた。「どうしてきみは一匹なんだ？」

「ラッキーたちがいなくなったあと、アルファが、ベータとフィアリーとスナップに命令して、このあたりを調べさせたの。食べ物のことを心配したんじゃないかしら。だって、このへんにはちっとも獲物のにおいがしなかったもの。スプリングは、岩が多すぎてウサギが巣を掘れないんだっていってた。だからウサギがみつからないんだって。だからあたしたち移動して、湖のむこうに新しいなわばりをみつけたの。川のそばにあるのよ。森を流れてるのとおなじ川のはずだけど、よくわからないわ。川の水は澄んだ甘いにおいがして、おいしいの」

ラッキーはうなずいた。群れが移動したのは、あの大きな鳥たちのせいではなかったことがわかってほっとしていた。だが、驚いてもいた。デイジーはあたりまえのように〈野生の群れ〉の犬のことを話す。まるでむかしからの仲間のように。あっというまにアルファの掟を受けいれたんだな——。ラッキーはそう考え、いらだちで胸が苦しくなった。いざ群れと再会したら、自分はなにをみることになるのだろう。みんなはもう〈グレイト・ハウル〉をしただろうか。そうして、〈囚われの犬〉と〈野生の犬〉の絆を深めただろうか。

デイジーがうしろ足で耳をかいた。「みんな、ラッキーとミッキーは群れを捨てたっていってたけど、あたしはもどってくるってわかってた！　何回かここにきてみたの。でも、今日まではなんのにおいもしなかった」うれしそうな声に、ふと悲しげな調子がまじった。「ふたりがいなくなってほんとに残念だった。みんなも二匹に会えたらすごくよろこぶわ。ベラもマーサも、みんな！」

ラッキーは湖に目をやった。ぼくがもどったって大歓迎されるわけじゃない。心はスイートのほうへさまよっていた。ぼくをみたらどんな顔をするだろう。スイートの目に燃えていた怒りを思いだすと、悲しみで胸が痛くなった。ぼくを許してくれるだろうか。

「野営地に案内してくれ」ラッキーは、むりに明るい声を作ってデイジーにいった。

デイジーはさっそく短い足でうしろを向き、きた道をもどりはじめた。長い草をかきわけながら、湖を回りこんでいく。ラッキーはわきへよけ、ミッキーと子犬たちを先へいかせた。ウィグルが急いでそばを通りすぎた。あとに続くリックは、かっこうのおもちゃだとばかりに、ウィグルの揺れるしっぽにじゃれついた。

グラントはラッキーのすぐ前を歩いた。しっぽをまっすぐに立て、じゃれあうきょうだいたちにまざろうとはしない。一度だけ振り（ふ）むいた子犬の顔には、なんの表情も浮（う）かんでいなかった——うつろな顔だった。

ラッキーは、ぴりぴりするような不安が体中の骨を駆（か）けめぐるのを感じた。グラントは、さまざまな犬のいるあの大きな群れでやっていけるだろうか。この子犬は指図されることをきらう……それに、あれこれ質問されるのも気に入らないようだ。デイジーにたてついたようにアルファに刃向かえば、大変なことになるかもしれない。

だが、だれにとって？

13 群れへの帰還

松の木立があたりに甘い香りを振りまいていたが、ラッキーはすでに群れの犬たちのにおいをかぎとっていた。川岸が近づいてきている。マーサの気配を感じて、しっぽが自然に小さく揺れた。だが、その尾はすぐに力なく垂れた。オオカミ犬のジャコウのようなにおいがただよってきたからだ。

アルファのにおいだ。

先を歩いていたデイジーが、うれしそうにくるっと一回転した。「あそこの、木がたくさん生えてるところのむこうよ。きっと気に入るはず！　寝床はほんとに安全だしあったかいの。大きい洞くつで、入り口にはとげとげのつるがたくさん垂れさがってるから、悪いやつは怖くて入ってこられないわ。ああ、ラッキーに会えたらみんなすっごくよろこぶと思う！」

ラッキーはとてもそんなふうに思えなかった。それでも、引き返すためにわざわざここまできたわけではない。頭を下げ、子犬たちに話しかけた。

「みんなはここで少し待っていてくれ。すぐにもどってくる。きみたちがここにいることを群れのみんなに話さなくちゃいけないんだ」

ウィグルはラッキーをじっとみた。「ぼくたちのこと、おいていったりしないよね？」

「あたしたち、かんげいされないんでしょ」リックがいった。

「おれたちをみたらこわがるんだ」グラントは、木立を走っていくデイジーにとがめるような視線を向けた。

「怖がったりしないし、絶対に歓迎してくれるよ」ラッキーは子犬たちにうけあった。「少しだけここで待っていてくれ。あとで迎えにくるからね」めいめいの頭をすばやくなめ、うしろを向くと、木々のあいだをいくデイジーとミッキーのあとを追った。

ぼくの言葉がうそにならなきゃいいが——ラッキーは胸の中でつぶやいた。

✦

「放浪者どものお帰りか」

アルファの氷のように冷たい目をみて、ラッキーは背中がぞくっとした。

少し顔をそむけ、円になった犬たちのようすをたしかめる。ベラはきまり悪そうに顔を伏せたまま、ダートとスプリングのそばに立っていた。体が大きく忍耐強いマーサは、頑丈そうな口のあいだから舌を垂らしていた。スイートは身じろぎもしなかった。長い顔にはなんの表情も浮かんでいない。やわらかな耳は垂れている。ブルーノはそのとなりに立ち、足のあいだにしっぽをはさみこんでいた。

「どうしたの？」ノーズがきゃんきゃん鳴いたが、ムーンに鼻先で押さえられて静かになった。ムーンは耳を垂れ、ちらっとフィアリーと目を合わせた。

ぼくにあんな仕打ちをしたから気まずいんだ――ラッキーは気づいた。それなら、気まずく思ってればいい！　きみたちはアルファがぼくを追いだすときもだまってみていた。きまりが悪くてあたりまえなんだ。

ラッキーをみて喜んでいるのは、針金のように細くかたい尾を激しく振っているスナップと、うれしそうに目をかがやかせているホワインだけだった。

ラッキーが群れを離れていたのは、〈太陽の犬〉が二度旅をするあいだだけだったが、それよりはるかに長く感じられた。自分がよそ者になったような気がした。〈囚われの犬〉と〈野生の犬〉は自然に入りまじって集まっていた。いつのまにこんなに打ちとけたのだろう。

振りかえってミッキーをみる。牧羊犬は地面に伏せて腰をあげる姿勢を取り、だれかが口を開くのを待っていた。美しい毛並みが足元のやわらかい草に映えている。このあたりの草地は生き物の気配にあふれていた。頭上では鳥たちがさえずり、ウサギのあたたかいふんのにおいがする。ここなら、〈フィアース・ドッグ〉の子犬たちにした約束を守ることができるだろう。おなかいっぱい食べさせてやれる。

この新しい野営地には感心するばかりだった。群れの犬たちは、丘のふもとに完ぺきな場所をみつけていたのだ。まわりを囲む松の木立が風をふせぎ、すぐそばには澄んだ川が流れている。こぢんまりした草地はなだらかにうねり、少し離れた岩場まで続いていた。野の花の豊かな香りがそよ風に乗ってただよってくる。岩場のむこうからはふたたび森が続き、緑の葉がかすみのように広がっていた。ここは、かぐわしく、平和な場所だった。そしてみんなは、ラッキーの力を借りずにこの場所に身を落ちつけることができたのだ。さみしさでのどが苦しくなった。だが、ふたたびアルファの鋭い目をみかえしたとたん、そのさびしさは消えうえせた。

オオカミ犬は牙をむいて冷たく笑った。「おまえとお仲間のペットは、自力じゃ生きられなかったのか？」

ラッキーのうしろでミッキーが小さく鳴いた。

「ペット、ニンゲンのおもちゃはどうした」アルファはばかにしたようにたずねた。

ミッキーは体をこわばらせ、口をなめながら答えた。「置いてきました。ニンゲンたちがそろそろもどってきたのではないかと思いましたが、まちがいだったのです。街はわたしたちが去ったときと同じくらい荒(あ)れていました……いや、もっとひどかった」

デイジーとマーサは悲しげにうなずいた。

「群れを離れたのはまちがいでした。できればわたしは」ミッキーはそこまでいって、ちらっとラッキーをみた。「つまり、わたしたちは、もういちど群れにもどりたいのです」

アルファは鼻面にしわをよせ、象牙(ぞうげ)色の牙(きば)をのぞかせた。「それほど群れを必要とするのなら、その気持ちを証明する覚悟(かくご)をしておくべきだったな」そういうと、長い鼻を前につきだした。

群れにもどりたいならひれ伏してすがりつけといってるんだ――ラッキーはそう気づいて首の毛が逆立った。あんな臆病(おくびょう)者にすがりついたりするもんか。あいつは黒い雲をみて怖気(おじけ)づいていたやつじゃないか！ ラッキーは深く息を吸い、いらだちを振(ふ)りはらった。三匹(びき)の子犬がむこうで待っていることを忘れてはならない。いまは言い争いをしている場合ではない。

アルファが一歩近づいた。視線はぴたりとラッキーにすえられている。上くちびるは震(ふる)え、そこから垂れたよだれが、かがやく牙(きば)を伝いおちていった。「証明してみろ、ノラ犬め！ わたしたちを必要としていることを証明してみろ！」

ラッキーは、オオカミ犬におびえた姿をみせる気はさらさらなかった。大きく胸を張り、うなり声を返してやるつもりで口を開いた。ところが、その口から言葉が出る寸前に、二匹はかん高い吠え声にさえぎられた。

ラッキーはさっと振りかえった。サンシャインだ。震えながら輪になった犬たちをかきわけ、ラッキーとアルファのあいだにとびこんでくる。

「〈フィアース・ドッグ〉よ！」息を切らして叫ぶ。「あの犬たちのにおいがするでしょ？ここに近づいてきてるんだわ！」

群れのあいだから張りつめた吠え声がいくつもあがった。フィアリーはノーズとスカームのそばへ寄ってうなった。スイートはあたりのにおいをかぎ、ホワインは丸まったしっぽを震わせて不安げに鳴いた。

「わたしにもあの犬たちのにおいがするわ」スイートが鋭い声を出した。

アルファが前にとびだした。灰色の毛をふくらませ、いつもの倍も大きくみえる。「どこだ？　あの忌まわしい腰ぬけどもはどこにいる？　姿をみせろ！」

ラッキーが松の木立のほうを向いた拍子に、心配そうなミッキーと目が合った。野営地へもどる計画は二匹が望んだようには運ばなかった。

「心配しなくていい」ラッキーは騒ぐ犬たちに負けじと声を張りあげた。「あれは子犬たちだ。ぼくたちが連れてきた」

アルファはすばやく振りかえった。「連れてきただと？」

「リック！　グラント！　ウィグル！　こっちにおいで」ラッキーは呼んだ。

群れが見ている前で、木々のあいだから子犬たちが姿を現した。三匹は、リックを先頭に、長い草をかきわけながらラッキーのほうへ歩いてきた。

ベラとダートとスプリングは、子犬たちがそばを通るとあとずさった。ブルーノはあわててデイジーのうしろに下がり、ホワインは両方の前足で頭を隠した。

ラッキーは気持ちが沈んだ。子犬をみたときのミッキーとデイジーの反応から、ある程度は予想しておくべきだったが、群れの仲間たちにはもう少し期待していた。みんなは〈大地のうなり〉を乗りこえてきた――それなのに、三匹の子犬ごときを怖がるのか？

スナップはぺたんと尻もちをつき、耳を平らに寝かせて口を震わせている。いつものの んびりした姿とはちがう。ラッキーは子犬たちを回りこんでスナップのわきに立った――その顔に浮かんだ表情は好きになれなかった。グラントは、スナップのいるほうに鼻を向けてにおいをかぎ、顔をしかめた。毛皮から立ちのぼる敵意をかぎつけたのかもしれない。

「おろかな〈街の犬〉め、いったいどういうつもりだ」アルファはしわがれた声でいった。

「わたしへの仕返しのつもりか――邪悪で凶暴なケダモノをこの野営地へ連れこむとは」

リックがきゅうきゅう鳴いた。ラッキーはうなり声を抑えきれなかった。「まだほんの子犬です！　母犬は死に、群れのものたちは、死ぬとわかっていながらこの子たちを基地に置きざりにしました」

「それ、どこにあるの？」ダートが肩を震わせながらたずねた。

「ずっと遠くだ。街へむかう森の途中にある」ラッキーは安心させようとしていった。

「あとをつけられていたらどうするの？」ベラがいった。ラッキーに話しかけるのはこれが初めてだ。

ミッキーが先に答えた。「つけられてはいない。〈フィアース・ドッグ〉たちは基地を去ったあとだった。この子たちは飢え死にしかけていたんだ。ラッキーは正しい――この子たちを置きざりにすることはできなかった」

アルファは厳しい目をさらに鋭くして子犬たちをみた。「いまは小さいかもしれんが、こいつらはあっというまに〈フィアース・ドッグ〉になる。始末の悪い卑劣なケダモノに」

ウィグルがきゃんきゃん吠えてラッキーのわき腹に体を押しつけた。リックとグラントは、アルファをみつめたまま短いしっぽを垂れた。

「この子たちがそんなふうに育つはずありません」ラッキーは反論した。「どんな犬だって生まれつき凶暴なわけじゃないんです。ぼくだって、はじめから街で生きる知恵を持っていたわけじゃないんだ。〈フィアース・ドッグ〉は、攻撃的になるように教えこまれるんです……あんなふうに生きているうちに、あんな犬になるんです」ラッキーは輪になった犬たちをみわたした。どの犬も疑わしそうな顔をしていた。「アルファ、あなたにはオオカミの血が半分流れているでしょう？　それなのに、あなたは犬の群れを率いているじゃないですか」自分でも、越えてはいけない線を越えようとしていることはわかっていた。

　リックがラッキーの耳に口もとを近づけ、小さな声でたずねた。「どうしてあたしたちのことがきらいなの？」子犬は途方に暮れたような目をしていた。

「混乱してるんだ。きみのことをかんちがいしてるんだよ」ラッキーは、こんなことをいっても子犬には理解できないとわかっていたが、ほかにどう説明すればいいのかわからなかった。

ミッキーはグラントに一歩近づいた。グラントはしっぽを垂れてはいたが、挑むような姿勢を崩さなかった。

アルファはミッキーと子犬たちを無視し、しゃがれた声でいった。「わたしの血統になんの関係がある？　わたしの血の半分はオオカミかもしれんが、あとの半分は犬だ。そして、群れをまとめる術を知っている！」

そういって、アルファは一歩踏みだした。ウィグルは声をあげ、ラッキーの腹の下に逃げこんだ。ラッキーは急いでいった。「〈囚われの犬〉たちも群れの生活には慣れていませんでした。だけど、すぐに学んだではないですか」ブルーノを振りむき、わざといたずらっぽい目をしてみせた。「そうだろ？」

年長の闘犬は目をそらし、そのとおりだというようなことを恥ずかしそうにぼそぼそいった。

「ほんとうに変わったわけじゃないわ」スイートがいった。「変わった振りをしているかもしれないけど、ほんとうはちがう」

ラッキーは胸が苦しくなった。なにがいいたいのだろう？

「わたしは、みんなが大きく変わったと思うよ」ミッキーは一歩前に踏みだし、子犬たちのそばに立った。反対側にはラッキーが寄りそっている。「以前のわたしを覚えているだろう。自分がニンゲンと離れてやっていけるとは考えたこともなかった。ニンゲンのいない生活なんて想像もしていなかった。だが、いまではわたしにも、ニンゲンたちが永久にいなくなったことがわかっている。そして、自分が生きぬくだろうという自信もある。わたしは狩りができる。自分の身を守れる。群れの役に立てる。わたしたちは、団結すればもっと強くなれる。そうだろう？」

　マーサが賛成して吠え、スナップは熱心にききながら小首をかしげた。

「わたしのような〈囚われの犬〉でも、この暮らしに慣れることができたんだ。それなら、子犬たちだってきっとできる。生まれたときから悪い犬なんていない」

「わたしもそう思うわ」ムーンが、ふさふさした絹のような毛を揺らしていった。目はリックとウィグルとグラントにすえられている。「群れのもとでなら、この子たちに教えてあげることができる。どんなふうにすれば、仲良く効率よく協力しあえるのかを学んでもらえばいいわ。この子たちは暴力的にも攻撃的にもなる必要はない。両親をまねることはないのよ。ラッキーのいうとおりだわ――〈囚われの犬〉たちが森で生きる術を学ぶことができたのなら、この子犬たちだって正しい生き方を学べるでしょう」

　アルファのオオカミのような遠吠えが響きわたり、ムーンはびくっと身をすくめた。

「そろいもそろっておろか者しかいないのか？　〈フィアース・ドッグ〉を養えるわけがない！　自分たちの敵を育てるようなものだ！　この害獣どもは殺すべきだ。そうすれば、成長してわたしたちを襲うこともない。こいつらは残忍な犬の血を引いている。食事を分けあたえたからといって、その事実が変わることはないのだ」

「なぜそこまで決めつけるんです？」ラッキーは吠え、一歩も引かないつもりで群れの長に正面から向かいあった。

「これが理由だ」アルファはうなり、左の前足をつきだした。足の関節のあたりには深い傷跡があった。盛りあがった傷口が、厚い灰色の毛皮のあいだを縫うように走っている。この傷に気づいたのは初めてだったが、ラッキーはひと目みるなり身ぶるいした。

「あの野蛮な怪物の一匹が、まだ子どもだったわたしの足をかみちぎろうとした。おまえたちは〈フィアース・ドッグ〉と呼ぶが、オオカミたちはあいつらのことをちがう名で呼んでいる。〝ニンゲンの牙〟だ。ニンゲンは、自分の代わりに敵をかむ道具としてやつらをつかっている。その犬どもをわたしの野営地へ連れてくるとは、なんというおろか者だ！」

ラッキーはたじろぎ、恐怖で体が冷たくなるのを感じた。まわりをみると、探るような表情のベラと目が合った。ベラも、ぼくがまちがったことをしていると思ってるんだ……。

だが、ラッキーは思いだした。ベラは、アルファが自分を追放したとき、なにひとつしてくれなかった。キツネを〈野生の犬〉たちにけしかけるという過ちも犯した。ベラには、ほかの犬のしたことをとやかくいう権利はない。

オオカミ犬の話はまだ終わっていなかった。「子犬たちが孤立していただと？　母犬が死んでいただと？」

「そうです……」ラッキーはちらっとウィグルをみた。子犬はラッキーのわき腹にぴったりくっついたまま、おずおずと前に出てきたところだった。となりにはリックがいる。グラントは少しうしろでミッキーと並んでいた。

「なぜ〈フィアース・ドッグ〉が子犬たちを置きざりにする？　もしやつらが子犬を連れにもどり、いなくなっているのに気づいたらどうなる？」

「それはわたしも考えました」ミッキーがいった。「だが、においは薄くなっていたし、母犬が死んでから、〈太陽の犬〉がひとめぐりするだけの時間は経っていた。もっと長い時間かもしれません」

アルファの視線は二匹の頭上を通りこし、松の木立のほうへ向けられた。「ということは、あの群れは外に出て荒野をうろついているということか。どこにいてもおかしくない。なにをたくらんでいてもおかしくない」

「でも、それは、子犬がここにいようとどこにいようと同じことだわ」マーサは低くおだやかな声でいった。そして、水かきのついた大きな足で前に進みでた。体の大きさはアルファと同じくらいあるが、それを利用してほかの犬を見下すようなことはしない。マーサは、息を弾ませ、あごの垂れた顔を子犬たちに近づけた。「まだこんなに小さいのよ。優しくも勇敢にもなれるはず。なんの権利があって〝悪い〟犬だと決めつけるの？　生きる望みもほとんどなかった子どもだっていうのに」

リックが駆けていき、マーサの黒く厚い毛皮の下にもぐりこんだ。ウィグルがちょこちょこそのあとを追い、グラントがそれに続いた。マーサが鼻先を押しつけると、子犬たちは幼い吠え声で答え、黒い犬の腹の下で小さく身を寄せあった。

「この子たちはほんの子犬よ――それを覚えておくべきだわ」マーサは続けた。「それに、ラッキーのことは信頼しなくちゃ。ミッキーを連れてかえってきてくれたんだもの。わたしたち、感謝するべきよ。あんなふうに追放されたあとでももどってきてくれたんだから……」マーサは悲しそうにラッキーをみた。「〈大地のうなり〉が起こってから、いろいろなことが変わったわ。わたしたちみんなが、どうすればうまく生きのびられるのか探ろうとしている――ミッキーがいったように、わたしたちはひとつに団結しなくちゃいけない」そして、厚い毛皮におおわれた大きな顔をアルファのほうへ向けた。「この野営地にほんとうに脅威が迫っているというのなら、わたしたちはひとつの群れとして相手を打ちまかすことができるでしょう。ラッキーは、どんな犬よりも自分の身を守る術を心得ているのよ」

「子犬たちにはチャンスをやってもいいと思う」フィアリーがうなずいた。

スナップも態度をやわらげつつあった。「この子たち、まだなにも悪いことしてないものね」

アルファは首をめぐらし、集まった犬たちに鋭い視線を投げた。

自分の立場が不利になったことがわかったんだ——ラッキーは考えた。だけどアルファには、見捨てろ、殺せと命令すれば、そのとおりにできる力がある。

アルファは長い鼻を下げて子犬たちをみおろし、顔をあげてマーサの目をまっすぐにみた。そして、吐きすてるようにいった。「いいだろう。ここに残ることを許す……」黄色と青の目で、ぴたりとラッキーを見据えた。「だが、おまえが責任を持て」

「じゃあ、ラッキーといっしょにいられるの？」ウィグルが吠え、マーサの腹の下からはいだしてラッキーの足に鼻をすりつけた。マーサはほっとため息をつき、ミッキーは守るようにグラントとリックを鼻先でなでた。

ラッキーはアルファから目をはなそうとしなかった。「つまり、それはどういう……？」

「とりあえず、おまえの犯した罪は大目にみてやる。オメガの地位にもどるのだ——だが、

〈フィアース・ドッグ〉たちを訓練し、必要なことを教えるという義務を果たせ。群れの役に立つ忠実で従順な犬に育てろ——われわれの寝こみを襲うどう猛なモンスターに育たないよう、おまえが気を配っておけ」

「そんなことにはなりません」ラッキーは約束した。

「オメガの身分は楽じゃないぞ」ホワインが、短いしっぽを激しく振りながらにやにや笑った。「〈街の犬〉、おまえにちゃんと務まるかな?」

ラッキーはいら立ちを飲みこんだ。オメガになる屈辱には耐えるつもりだ——それで子犬をここに置くことが許されるなら。

アルファはうしろを向き、ゆったりした足取りで離れていった。ラッキーがみていると、オオカミ犬はふわふわした緑のコケにおおわれた小山に上がった。陽の光を浴びて長々と寝そべり、あくびをひとつしてごろりと横向きになる。

たしかに、アルファはうまく威厳を保っている。それでも、ラッキーは首をかしげずにはいられなかった。黒い雲が現れてから、指導者としてのアルファの地位にはほんとうに傷ひとつついていないのだろうか。

ほかのみんなは気づいているだろうか——。アルファだって、ニンゲンの消えたこの世界で、よりどころを求めて必死にあがいてるんだ。ぼくたちと変わらない。

ラッキーは子犬たちに向きなおった。三匹はマーサとミッキーのあいだに集まっている。

「よかった」ラッキーはいった。

「でも、ほんとはいてほしくないんでしょ」リックがきゅうきゅう鳴いた。

「ぼくたちのこと、きけんな犬だって思ってるんでしょ」ウィグルもいった。

マーサはかがんで、子犬たちの体を舌できれいにぬぐってやった。子犬が黒い犬に鼻をこすりつけるのをみて、ラッキーは温かい気持ちになった。子犬たちはマーサになついている。母犬を思いだすのかもしれない。グラントでさえうれしそうに吠えながら、小さな鼻をマーサの足に押しつけていた。

「ちゃんとお世話してあげますからね」マーサは子犬たちを安心させた。それから、ゆっくりと向きを変え、自分の寝床のほうへ向かいはじめた。すると、子犬たちは転がるようにそのあとを追った。ラッキーは、少しのあいだそのようすを見守っていた。いろいろあったが、どうにかうまくいくかもしれない。

ふと、視線がスイートに留まった。すぐそばにすわり、美しい前足をなめている。ラッキーのほうをみたその顔には、奇妙な表情が浮かんでいた。悲しみだろうか……それとも、怒りだろうか。耳を垂れて首をかしげてみせたが、スウィフト・ドッグはふっと目をそらし、体をねじってしっぽの手入れをはじめた。

振りかえるのと同時に、ベラにそっと体を押された。近づいていたことにも気づかなかった。ピンク色の舌をのぞかせて息を弾ませ、顔を寄せてラッキーの鼻をなめようとする。ラッキーはさっと身を引いた。

「ひどいわ！」ベラは地面を引っかき、もういちど近づいてこようとした。だが、ラッキーが尻を高くあげて身がまえると、ベラはぴたりと足を止めた。「おねがい、ラッキー。これまでしてきたこと、ほんとうに悪いと思ってるわ。わたしたち、あの戦いがあってから二匹で話すこともできなかったでしょ。話をしなくちゃ」

ラッキーが立ちさろうとすると、ベラがうしろから声をかけてきた。「わたしがアルファにいったことは本心よ。〈野生の群れ〉を攻撃するなんてばかだったし、先にラッキーにいっておかなかったことはもっとばかだったわ」

ラッキーは鼻先をあげた。「キツネたちのことはどうなんだい？」

ベラはうなだれた。「あれはひどいまちがいだった。それに、アルファがあなたを追放しようとしたとき、わたしは味方をしなくちゃいけなかった。ほんとうに、そうしたかったの……

でも、ただ、直感で思ったの。わたしは、なによりも〈囚われの犬〉たちのことを一番に考えなくちゃいけないんだって。アルファに襲われたり追いだされたりしたら、どんなことになるのか怖かった。そうなったら、みんなが生きのびられないかもしれないと思ったの。わたしを許してくれる？」

ラッキーは心がぐらついた。怒りをこめてうなり、気持ちをふるいたたせようとする。ぼくがアルファに追放されたとき、ベラはだまってみてたじゃないか――。それに、あの戦いの責任をぼくに押しつけた。ぼくを裏切った！　許されないことをしたんだ！

尾を立てて歩きさろうとしたが、犬の体三つ分も進めなかった。また、ベラが声をかけてきたのだ。

「ヤップ……？」

ラッキーはぴたりと足を止めた。たちまち、思いは母犬のもとへもどっていった。きょうだいたちと、やわらかな体を押しつけあっていたころへ。振りかえり、ベラの目をみる。ベラは長い鼻先を下げ、上目づかいでラッキーをみていた。大きく悲しげな目だ。

ラッキーはため息をついた。「きみがあんなことをしたのも群れのためだったたってわかってる。悪気はなかったんだ。きみはいつだってそうだ」

「許してくれる？」ベラはささやくような声でくり返した。

「おいで」それをきくなり、ベラははねるように駆(か)けてきてラッキーの鼻をなめ、頭をすりつけながらほっとしたような声で鳴いた。

ベラ、きみを許すことはできる——ラッキーは声に出さずにつぶやいた。だけど、忘れることはできない。

きょうだいを信頼(しんらい)したかった。だが、できなかった——あんな仕打ちをされたあとでは。

14 ニンゲンたちのたくらみ

ラッキーはあくびをし、長い草に体をうずめるようにして腹ばいになった。そばにいるミッキーは、ベラとデイジーとサンシャインを相手に、滅びかけた街のニンゲンの家のことを話していた。マーサは〈フィアース・ドッグ〉の子犬といっしょに、少し離れたところにすわっている。ほかの犬たちは野営地のあちこちに散り、日暮れ前の休息を取っていた。

ラッキーは満足げにあたりを見回した。この野営地はデイジーが約束したとおり、すばらしい場所だった。犬たちが集まっている草地には日の光がたっぷり当たっている。木立のはしにある大きな洞くつは、暖かく安全な寝床になるだろう。洞くつの一番奥は子犬用の寝床として定められていた。ムーンは、そこでノーズとスカームの世話をしている。

群れを去ってさまざまな困難をくぐりぬけてきたあとでは、こうして安全な群れにいることが心地よかった。

「信じられないだろうが」ミッキーが鳴いた。「街はわたしたちがいたときよりもひどい状態になっていた。前庭は荒れほうだいで、道路には傷が増えていて、そこから汚い水があふれていた」

「ニンゲンたちがもどってきたっていうしるしはないの？」サンシャインはしょんぼりとたずね、汚れた白い尾にくっついたトゲを口で取ろうとした。「ひとりも？」

「まさか」ミッキーは叫ぶようにいった。「街にあるものはみんな、古びているか荒れはてているか、どちらかなんだ」

「いまになっても、ニンゲンのいない街を想像するのはむずかしいわ。実際にこの目でみたっていうのに」ベラがいった。

ミッキーは鼻をくんと鳴らした。「ニンゲンもいることにはいた――少なくとも、ふたり」

ブルーノがぴくっと耳を立て、デイジーがはじかれたように立ちあがった。

「だけど、いいニンゲンじゃなかった」ミッキーはあわてていいそえた。「あのニンゲンたちはいじわるで怒りっぽかった。犬を傷つけようとするようなやつらだ」

「黄色い服で真っ黒な顔のぶきみなニンゲンたち？」ベラがたずねた。

「いや、あのふたりは、みすぼらしくて年を取っていた。勝手に家に入って中のものを盗むんだ！　わたしは自分の家を守った。そうだったよな、ラッキー――ああ、いや、オメガ」牧羊犬は言いかえた。

　ラッキーはうなずいてみせた。いいんだ、ぼくはオメガの地位を受けいれた――みんなはアルファの望むとおり、掟を守っていればいい。

　ミッキーは黒い耳を垂れて話を続けた。「だけど、家はぼろぼろになっていて、最後には倒れてしまった。恐ろしい体験だったよ。ラッキーのいうとおりだった――街にはもう、わたしたちが望むものはなにもない」

　ラッキーは上を向いて空をにらんだ。〈太陽の犬〉は、高いところに浮かんだ白い雲を横切るように、少しずつ降りてきている。ラッキーはもういちどコケに頭を寝かせ、目を閉じた。このところ、大変な一日ばかりが続いていた。寝そべって考えごとをしているのはいい気分だった。

「じゃあ、ほんとうに、いなくなってしまったんだな」ブルーノが悲しげにいった。

「それなら」サンシャインはため息をついた。「せいいっぱいがんばって、ニンゲンたちのことは頭から追いださなくちゃね。いま生きのびる方法はそれしかないわ」

　ラッキーは片目を開けてサンシャインをみた。〈囚われの犬〉の中でも、とりわけサンシャインのような犬がそんな決意をみせたことに心を動かされていた。

サンシャインは、ラッキーが自分をみていることに気づいた。「ねえ、オメガ」おずおずと声をかける。「どうしてもどってこようって決めたの？　ああ、そう決心してくれてほんとうにうれしいの。ただ……もどってきてくれるとは思ってなかったから」

ラッキーはため息をついた。「ミッキーのいったとおり、街はひどいありさまだったんだ。そして、子犬たちをみつけた。あの子たちを守るにはここに連れてきたほうがいいと思ったんだよ」

ミッキーもそうだと吠えた。

サンシャインは、ふわふわした白い首をかしげた。「理由はそれだけ？」

ラッキーが、群れのみんなのことも恋しくなったんだと認めようとしたとき、遠くからなにか空を切るような音がきこえてきた。以前森の中でみた、せわしなく羽ばたきをする昆虫を思いだした。耳を立て、鼻を宙にあげる。

あの虫は夜に飛ぶのに――。空をみあげても、まだ暗くなっていない。〈太陽の犬〉が旅を終えてもいないのに、どうして出てきたんだろう？

ラッキーの考えは音にさえぎられた。音はたちどころに大きくなり、ぶーんという重低音に変わった。犬たちはいっせいに顔をあげた。ミッキーがかん高い声で叫ぶ。「あのやかましい鳥たちがきたんだ！　街にもいた鳥たちだ！」

ラッキーは空に目をこらした。恐怖で腹をしめつけられるようだった。今度はなにをするつもりなのだろう。まだ傷ついたニンゲンを探しているのだろうか。

ミッキーのいうとおりだった。大きな鳥たちが、森のむこうから勢いよく視界にとびこんできた。たちまち、群れはパニックにおちいった。サンシャインとブルーノはちぢみあがって鳴き、少し離れたところでは、アルファとスイートが立ちあがって吠えはじめた。ミッキーはまだなにか叫んでいたが、鳥の一羽が高度を下げて停止すると、羽が宙を打つ大きな音に声をかき消されてしまった。ミッキーがあとずさり、ベラにぶつかった。ベラは首をのけぞらせ、鳥に向かって吠えている。大騒ぎのただなかで、ラッキーとミッキーは並んで立っていた。

鳥が高度を上げ、まわりの犬たちの声がきき取れるようになった。

「ニンゲン！」デイジーが吠えた。「鳥のおなかにニンゲンが捕まってる！」

一瞬、あたりは水を打ったように静まりかえり、犬たちは頭上を飛ぶ鳥をみつめた。黄色い服のニンゲンたちが、鳥のわき腹に開いた傷口から身を乗りだしている。

「ほんとうだ！」ブルーノは息をのんだ。「ニンゲンたちが怪物の腹の中から逃げようとしてるぞ!」

「助けてあげなきゃ!」サンシャインが遠吠(とおぼ)えをし、ラッキーはいぶかしく思いながらちらっとそちらをみた。ニンゲンたちのことは忘れるという約束をもう忘れてしまったのだろうか。

「だめだ、サンシャイン」ミッキーが警告(けいこく)した。「あのニンゲンたちは犬の友だちじゃない! 近づくんじゃない」

スナップがそばに寄ってきた。ミッキーとラッキーがあの大きな鳥についてなにか知っているらしいと気づいたようだった。ダートとスプリングがそれに続き、三匹(びき)はラッキーが説明してくれるのを待った。

「あのニンゲンたちは逃げようとしてるわけじゃないんだ」ラッキーは、頭上を旋回する鳥に負けじと声を張りあげた。「ぼくたちは、これとそっくりな鳥が森の中にとまってるのをみた。ニンゲンたちは鳥から出て、またもどってきていた。だから、捕(つか)まえられてるわけじゃない。よくわからないけど、ニンゲンたちは、あの鳥を操れるんだと思う」

アルファとスイートも近よってきたが、空を飛ぶ鳥からは目をはなそうとしない。鳥が谷のむこうで高度を下げはじめると、二匹(ひき)はうなったり吠(ほ)えたりした。翼(つばさ)の下で巻きおこる激しい風が、犬たちの毛を平らにし、野営地のはしに並ぶ松の木々を揺らした。

「ここにおりてくるつもりなんだ！　ニンゲンたちが外に出てくるかもしれない。森でそうしたみたいに！」ブルーノが吠え、興奮して地面を引っかきはじめた。「鳥を追わなきゃいかん。ニンゲンたちを助けてやらなきゃ」鳥は深い森のほうへもどりはじめた。松の木立のむこうだ。ブルーノがあとを追おうと走りはじめる。ラッキーは、アルファの目がかげるのに気づいた。オオカミ犬が口を開こうとしたそのとき、先にベラが声をあげた。

「だめよ！」ベラが吠え、ブルーノはぴたっと足を止めた。「あの鳥にかまってはだめ！」〈囚われの犬〉一匹一匹に厳しい視線を送る。「みんなにいってるのよ。黄色い服のニンゲンたちがデイジーになにをしたか忘れたの？　ちっとも親切じゃなかった。わたしは、顔を隠したニンゲンのことは絶対に信用しないわ。鳥のおなかの中で暮らそうとするようなニンゲンのことなんて、信じるもんですか！」

アルファは、そのとおりだといいたげにうなった。ブルーノはきまり悪そうに地面に伏せ、わき腹にしっぽを巻きつけた。そのそばで、サンシャインがしゃがみこんだ。

ラッキーはそのようすを見守りながら、両耳をまっすぐに立てた。かがやく体を持つ鳥は松林のむこうでみえなくなり、やがて、ぶーんという低い翼の音は小さくなっていった。松の枝はまだ揺れていたが、幹は少しずつ静まっていった。ラッキーはようすをうかがおうと首をのばし、はっと体をこわばらせた。ニンゲンたちがゆっくりと歩く、小枝や落ち葉を踏みしめる音がきこえてきたのだ。鳥が地面におりたあとの静けさの中で、耳障りなどなり声がぶきみに響いた。ラッキーは耳を寝かせた。腹がしめつけられるようだった。

少しするとまた、あの翼が空気を打つ恐ろしい音がきこえてきた。犬たちは地面に伏せ、息を詰めた。まばたきもせずに見守っていると、鳥は地面から浮きあがり、高いこずえのむこうへとんでいった。

ラッキーは立ちあがり、尾をぴんと立てて耳をそばだてた。これはなにを意味するのだろう？　ニンゲンたちはなにをたくらんでいるのだろう？

✷

ラッキーは野営地のはしを歩きながら、体が震えるようなさびしさを感じていた。視線は、勢いよく流れる川を通りこし、むこうがわの川岸に群生するアザミに向けられている。体を振って暗い気分を払いおとした。日暮れ前に片づけるべき仕事がある――オメガの仕事だ。寝床を作る材料を集めなくてはならない。鼻先をつかって枯葉や小枝をまとめ、口ですくい取って洞くつへ向かった。洞くつに着くと、入り口を隠すイバラのそばに運んできたものを置いた。それから、川岸へ引きかえした。においをかぎながら歩きまわっていると、ねごこちのよさそうな湿ったコケをひとかたまりみつけた。前足で引っかくと、すぐに、ひんやりしたコケがかたまりになって掘りだされた。乾けばねごこちのいいベッドになるだろう。

気位の高い犬なら、こんな仕事は自分にふさわしくないといっただろう。ラッキーでさえ、パトロール中のダートとデイジーのそばを通りすぎるときには、恥ずかしさにうつむいてしまいそうになる自分を必死で抑えた。

ラッキーは、口いっぱいにコケをくわえ、重い足取りで寝床にもどった。ホワインが、からまりあったイラクサの陰から現れた。口のはしから長い舌がはみ出している。「オメガ、コケを少し落としたぞ」

ラッキーはさっと振りむき、貧弱な犬をにらみつけた。

「教えてやろうとしただけだよ」ホワインはかん高い声でいった。目はうれしげにかがやいている。この元オメガは、ラッキーの屈辱を楽しんでいるのだ。ラッキーはしっぽをあげ、肩をいからせてホワインのそばを通りすぎた。頭を高くあげて寝床のほうへ向かう。曲がった坂をおりてイバラの手前までくると、ラッキーは驚いてコケを落としそうになった――いつのまにか、集めてきた葉や枝の山が倍も大きくなっていたのだ。ラッキーは混乱して目をぱちくりさせた。そのとき、サンシャインがちょこちょこ駆けてきて、小山に葉っぱを足した。

ラッキーはコケを地面に置き、前足で口をこすって舌に残る苦い味を消そうとした。

「サンシャイン、なにをしてるんだい？」

サンシャインはしっぽを振り、誇らしげに葉っぱの山のほうを向いた。「もちろん、お手伝い。あたしも、オメガだったときはこの仕事を何回かやったの。やわらかい葉っぱがあるところもみつけたのよ。コツは完全に乾いた葉っぱをつかわないこと。すわると粉々に崩れちゃうもの。あたしが寝床を作ったときは、最初にコケを敷いて、それにやわらかい小枝を重ねて、最後に半分乾いた葉っぱをのせるの。こうすると、信じられないくらい気持ちのいい寝床ができるんだから。ニンゲンたちがくれたクッションよりもふかふかなの！」

ラッキーは首をかしげてサンシャインをみつめた。「オメガだったとき、といったかい？」

サンシャインはきゃんと返事をし、鼻先をつかって木の葉の山を慎重に整えた。

「だけど、ぼくはホワインが……」

「ううん、あたしだったの」

ラッキーはうなだれた。最下級に置かれていたサンシャインがふびんだった。

サンシャインは背伸びをし、鼻先をあげてみせた。「ラッキーってば、そんな目でみないで！　かわいそうに思ってもらわなくていいの。ほんとのことというと、あたし、オメガの地位が気に入ってたの。ベラもマーサもデイジーも優しいままだったし、スナップも親切だったわ。だって、あたしはこういうことが上手なのよ――ふつうの犬は、自分はりっぱなんだからこんなことしたくないって思うけど」サンシャインは葉っぱの山をにらんでくんくんかぎ、古くなった葉を一枚引っぱりだした。「かさかさしすぎ」小さくつぶやき、ラッキーを振りむく。「ニンゲンたちはね、あたしにお手伝いしてもらうのが大好きだったのよ。あたし、ほんとに上手にお手伝いできたの！　毎日玄関に走っていって、扉の下から入ってくる紙を取りにいったわ。それをニンゲンのとこに持ってくの。夜になると、足ぶくろを持っていってあげるの」

「アシブクロ？」ラッキーはそんなものはきいたこともなかった。

「ほら、ふくろの形のやわらかい毛皮」サンシャインは、あたりまえでしょといいたげな顔でいった。「ニンゲンの足には毛皮がないでしょう。だから、冷たくなっちゃうのよ！」

ラッキーには、それがどんなものなのか想像できなかった。「きみは、ほんとに寝床を作るのが上手だね。すごく助かったよ。だけど、アルファはいい顔をしない気がするんだ……ぼくがずるをしたと思うかもしれない」

サンシャインはうなずいた。「そうね。でも、なんだか気がとがめるの。せめてこれを中に入れるのを手伝ってもいい？」

ラッキーはうなずいた。二匹は寝床の材料を押してイバラの下をくぐりぬけ、洞くつの中へ運びこんだ。サンシャインは短い足ですばやく地面をかいた。ラッキーは仲間の鼻をなめた。

「サンシャイン、きみは優しいね。ニンゲンたちも、きみがいてくれてきっとしあわせだったと思う」

「ありがと」サンシャインはラッキーの首に鼻をすりつけた。それから振りかえり、草地にいるほかの犬たちのところへ走っていった。

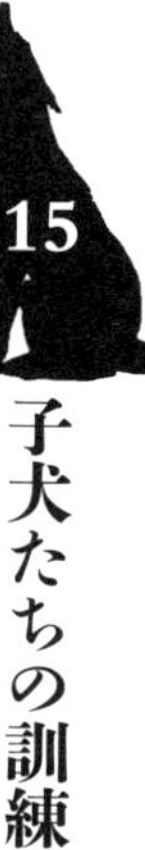

15 子犬たちの訓練

「準備はいいかい？」ラッキーはいった。

「うん！」ウィグルがきゃんと吠え、ラッキーにとびかかってきた。ラッキーは子犬の前足が届きそうになる寸前でとびすさった。「つかまえてやる！」ウィグルは楽しげにさけび、短く太い足で突進してきた。ラッキーはわざと子犬につかまり、もみあうようにして争った。子犬の力の強さには内心舌を巻いたが、どうにかウィグルを地面にあおむけにし、前足で押さえつけた。

「その調子だ」ラッキーは息をはずませていった。子犬の力の強さだけでなく、動きのすばやさと巧みさにも感心していた。

リックとグラントは二匹を見守りながら、短いしっぽを勢いよく振っていた。ラッキーがふと顔をあげると、スイートと目があった。訓練を観察しながら、鋭い目で考えこむような顔をしている。

子犬を観察してるんだろうか。それともぼくを？　みんなの賛成を得てはいても、これは本来のオメガの仕事ではない。ラッキーにははっきりわかっていた。アルファがスイートをよこしたのは、三匹の〈フィアース・ドッグ〉たちを見張らせるだけでなく、自分を見張らせるためでもあるのだ。

ウィグルがかん高い声をあげて逃げだそうともがき、ラッキーは身をよじる子犬に視線をもどした。しっかり押さえつけているが、手加減はしている。のどや腹のようなやわらかい部分も注意深く避けた。

この子はすごい勢いで成長してる。この分じゃ、すぐにぼくが手加減される側になるぞ！

優しく気高いふるまい方を教えることができれば、この子犬たちはまちがいなく群れの強みになるはずだ。〈フィアース・ドッグ〉のいる群れを襲うような犬はいない。

「首をねらうんだ！」グラントが吠えた。「とどかなかったら足をつかえ！　かいぶつにおそわれてるって思うんだ。てきはこわくてずるいんだぞ！　だけど、おまえのほうがかしこいし、すばやいんだ！　やわらかいところをさがせ。首とかはなが弱いんだぞ。そこを思いっきりかんでやれ！」

ウィグルは体をねじって暴れ、ラッキーの胸をしたたかにけりつけた。ラッキーは一瞬息ができなくなったが、子犬を押さえる前足はゆるめなかった。

「そんなんじゃだめだ！」グラントがうなった。「がんばれ、ウィグル！　あいてがコヨーテだったら、もうしんじゃってるんだぞ！　きばをつかえ！」

ラッキーはグラントのほうをちらっとみた。スイートの視線を痛いほど感じていた。「大事なのは敵を攻撃することじゃないんだよ」ラッキーはおだやかな声でいった。「大事なのは自分と群れを守りながら、自分の名誉を傷つけないこと。まず第一に、戦いは避けなくちゃいけない。だけど、もしどうしても戦わなくてはいけないのなら、身を守ることに集中するんだ。敵意をぶつけちゃだめだ」ウィグルをみおろすと、子犬は悔しそうにうしろ足をばたつかせながら、体を起こそうとがんばっていた。「ウィグルはいま危険な状態だ。だけど、あおむけのままでも身を守ることはできるんだよ。こんなふうに……」ラッキーはウィグルにおおいかぶさり、あおむけになりながら子犬を自分の腹の上にのせた。それから、両方の前足を子犬の頭に巻きつけ、その鼻先を地面に押しつけた。うなり声をあげるウィグルに説明する。「いいかい？　犬の最大の武器は牙なんだ。この作戦を知ってれば、かみつこうとしてくる敵を防ぐことができる。こうして頭をつかんだから、ウィグルはぼくをかむことができなかった。ほら、ウィグル、試しにやってみてごらん」ラッキーが前足をはなすと、子犬は急いで立ちあがり、悔しそうにきゃんと鳴いて体を思いきり振った。

「なかなか筋がいいぞ」ラッキーはそういって子犬の頭をなめた。ウィグルが地面に転がってあおむけになると、ラッキーはその胸に両方の前足を置いた。「前足をぼくの首に巻きつけて、頭を下に引っぱってみてごらん」

ウィグルは前足をのばしてラッキーの首をつかもうとしたが、短すぎてしっかりつかむことができない。力を振りしぼってうなり、前足をばたつかせる。だが、ラッキーはそれをかわしながら子犬を振りはらった。

子犬はじれったそうにうなり、くたりと腹ばいになった。「こんなのむりだよ！」

「いいや、そのうちできるようになる」ラッキーがいいかけたとき、グラントがそのわきを走っていった。

「あきらめちゃだめだ！」グラントはきょうだいにいいきかせた。「てきにどんなにおどされても、弱気になっちゃだめなんだ。つぎはぜったいにかてる！」

ウィグルが頭を起こすと、グラントはその鼻をなめてやった。ラッキーはそのようすを見守りながら、グラントの優しさに感心していた。あの子は生まれついてのリーダーなんだ。もう少しがまんすることを覚え、ほかの犬への思いやりを身につければ、群れにとってても大事な一員になる。スイートもそれに気づいていればいいのだが。

「もういちどやってみよう」ラッキーがいった。

ウィグルはくるっと振りかえるなり突進し、ラッキーのすきをついた。前足で鼻をなぐり、ラッキーが攻撃をかわそうと身をすくめたところにとびかかり、その背中に歯を立てた。つきぬけるような痛みが首に走り、ラッキーはひと声叫んでウィグルを振りはらった。スイートがのどの奥でうなりながら体をこわばらせる。だが、動くことはしない。草地のむこうでは、ベラが毛づくろいをやめて険しい顔をした。

ウィグルは、ラッキーの悲鳴に驚いてあとずさりした。「ごめんなさい」きゅうきゅう鳴いてうなだれ、しっぽを垂れた。「わざとじゃなかったの」

じゃれあう最中にかまれたことはこれまでにもあったが、ここまで強くではなかった。首の痛みは激しかったが、ラッキーはそれを表に出すまいとした。

ウィグルはぼくを傷つけようとしたわけじゃない――力の加減がわかっていないだけなんだ。それに、牙が生えはじめている……。

「たいしたことない」ラッキーは、なぐさめようとウィグルの耳をなめた。それから、ほかの二匹においでと合図した。子犬たちがそばへきてすわると、ラッキーは話しはじめた。おだやかな口調だったが、自分の声がスイートにきこえるように気をつけていた。「みんなが大きくなってくると、牙が生えてくるんだ。牙はとても大切なものだよ。獲物を捕らえたり、攻撃を受けたときには身を守ったりできる。だけど、牙のあつかいに慎重にならないと、大変なことが起こってしまう危険もあるんだ。だから、約束してほしい。きょうだいやほかの犬と遊ぶときには注意するんだよ。ぜったいに強くかみすぎちゃいけない」

リックとウィグルは、わかったというしるしにきゃんと吠え、少し遅れてグラントもうなずいた。

「よし。牙が全部生えそろったら、みんなの正式な名前を決めるからね」

「ほんと？」ウィグルがいった。

「ああ。ぼくが知ってる〈野生の犬〉はみんな、成長したら自分の名前を選んでた。〈囚われの犬〉はニンゲンに名前をつけてもらうけどね」ラッキーはぶるっと身ぶるいした。あまりいい思い出ではない――子犬のころにいっしょに暮らしていたニンゲンたちは、ラッキーのことを大事にはしてくれなかった。〈囚われの犬〉たちが話すニンゲンとはまるでちがう。

「とにかく、きみたちはあっというまに大きくなる」ラッキーはそういったとき、腹の底にかすかなさびしさを感じて驚いた。

野営地のはしからマーサが現れ、水かきのある足でのんびり歩いてきた。子犬たちははしゃいで吠え、はねるように駆けていってマーサの足に鼻をすりつけた。マーサはお返しに子犬たちの耳をなめ、それからラッキーのほうを向いた。

「ちょっとのあいだ、この子たちのお世話を引きつごうかしら。これからムーンと子どもたちとパトロールへいくんだけど、リックとグラントとウィグルもお手伝いしてくれるんじゃないかと思って。とっても鼻が利いてとっても賢い犬だけが、パトロールに連れていってもらえるのよ」

子犬たちは大喜びしてぐるぐるかけまわった。

「いく、いきたい！」リックが吠えた。

「おれたち、すごくじょうずにパトロールできる！」グラントも叫んだ。「おれたちくらいはながいい犬なんかいないぞ！」

ラッキーは子犬たちのけなげさに感心した。「うん、すごくいい考えだと思う」地面にすわると、前足をなめながら、ムーンのもとへ向かうマーサを見送った。子犬たちは、弾むような足取りでそのあとを追った。ウィグルにかまれた首はまだ痛んだが、血は出ていないようだった。

　顔をあげると、スイートはふっと目をそらし、むこうへ歩いていった。なにを考えているのかわからない表情だ。ラッキーはそのうしろ姿を見送りながら、刺すようなさびしさを感じた。もう自分とは口をきく気にもなれないのだろうか。それとも、ベータの立場にある以上、群れの問題についてオメガと話しあっているところをみられるわけにはいかないのだろうか。アルファに報告するときには、ウィグルの失敗をあまりおおげさに言い立てないでくれるといいのだが。

　野営地のむこうでベラが立ちあがり、ラッキーのほうへ歩いてきた。途中でちらっとうしろを振りかえり、マーサと子犬たちが松の木立のむこうに姿を消したのをたしかめた。

「あの子にされたことをみてたわ。痛そうだった」ベラは体をかがめて傷口をたしかめようとしたが、ラッキーはさっと身を引いた。急に動いたはずみに強い痛みが首筋に走り、顔をゆがめたり声をもらしたりしないようにするのがひと苦労だった。

「ふざけてただけだ」ラッキーはきっぱりといった。「あの子もわざとじゃない」

　ベラはいぶかしむような鳴き声をあげた。「それでも、相手にケガを負わせられるようになったってことよね。いまはまだ、ふざけるのが好きな子犬よ。だけど、この先はどうなるの？

何か月かすれば、あの子たちには相手を殺せるくらい鋭い牙が生える。基地での経験を忘れたの？」ベラは耳をふるわせた。

「まだ幼いんだ。ぼくたちがちゃんと育てて、慎重にふるまえるように教えればいい。〈フィアース・ドッグ〉として生まれたからって、なにも――」

だしぬけに遠吠えが響きわたり、ラッキーははっと口をつぐんだ。それに続いて、苦しげな激しい吠え声がきこえてきた。心臓がとびだしそうになる。声がしたほうの川をめざして駆けだすと、ベラもすぐにとなりに並んだ。声に気づいたほかの犬たちも野営地を走っていく。ミッキーの白黒まだらの毛皮がちらりと目のはしに映り、ダートのぶちもようの毛皮が茂みのあいだにみえた。ラッキーとベラが川岸に着くころには、すでに群れの半数が集まっていた。アルファの姿はない。

ラッキーは自分の目が信じられなかった。あのおだやかなマーサが、ムーンとにらみあっているのだ。二重に垂れたあごには、つばが泡になってたまっていた。〈フィアース・ドッグ〉の子犬たちはマーサのうしろに並んでいた。リックとウィグルはおびえきって体をこわばらせているが、グラントは歯を食いしばってうなっていた。すでに小さな白い牙が生えている。ウィグルと同じだ。

敵意のにおいは鼻が痛くなるほど強かった。こんなマーサははじめてみる。不安がつのった。ムーンの子犬たちはどこだろう？　においがするということは、近くにいるにちがいない。ベラやミッキーやほかの犬たちは、一歩も引かずににらみあう二匹を見守っていた。

「小さいなりをして、なんてどう猛なの！」ムーンはうなった。「うちの子がなにをされたかみてちょうだい！」責めるようにグラントをにらむ。

ラッキーはマーサとムーンをゆっくりと回りこんだ。すると、黄色っぽい茂みのそばに、スカームがうずくまっているのがみえた。ノーズは、痛ましい鳴き声をあげるきょうだいに鼻をすりつけながら、〈フィアース・ドッグ〉の子犬たちをにらんでいた。

ラッキーは不安で胃がむかむかした。「なにがあったんだい？」

ムーンが振りかえった。「あの小さい猛犬が、わたしのスカームを襲ったのよ。なにもしていないのに！」

「グラントはじゃれてただけよ」マーサが鋭い声でいった。「加減を忘れてしまったの――よくあることだわ。わざとケガをさせようとしたわけじゃない」そういうと、マーサは毛のふさふさした首を振り、深いため息をついた。表情をやわらげて体を低くし、母犬を見下ろすような姿勢をあらためた。「ムーン、こんなことで争うのはやめましょう。グラントもこれで学んだでしょう」

　一瞬、ムーンは心を決めかねたようにマーサをみつめていたが、やがて、威嚇するようにあげていた腰をゆっくりとおろした。二匹が鼻を押しつけあうのをみて、ラッキーはほっとした。ムーンがスカームに顔をよせる。ケガはそこまでひどくないようだった。フィアリーがこの場にいなかったのは運がよかった。アルファとスイートといっしょにいるらしい。もしあの屈強な茶色の犬がここにいあわせたら、グラントになにをしただろう。そんなことは想像もしたくなかった。

　マーサは頭を低くし、すがりついてくるリックとウィグルをなぐさめた。グラントだけはぽつんと離れたところにいた。暗い表情だ。その顔のまま、子犬たちを連れて遠ざかっていくムーンをみつめている。

　ラッキーは少し離れて立っていた。ずきずき痛む首の傷のことはほとんど忘れていた。子犬たちの世話をしているのは自分だ。野営地に三匹を連れてきたのが自分だということも忘れていない。なにか問題が起これば、責められるのは自分なのだ。

　こんな騒ぎがくりかえされれば、子犬たちは永久に群れから追放されるに決まっている。

　あの子たちにはたくさんのことを教えてやらなくちゃいけない。ラッキーは考えた。とくに、グラントに。

✶

ラッキーはため息をつき、力ない足取りで川へ向かって歩いていた。猟犬たちの寝床を新しくしなくてはならない。オメガになることでなによりつらいのは、仕事の退屈さのような気がした。同じ作業を何度もくりかえし、狩りの興奮にも、野営地の周辺をみまわる責任にも縁がない。

川辺は、やわらかいコケを掘るには一番いい場所だ。ラッキーはゆっくり岸をめざし、からみあって生えた草をかきわけながらにおいをかいだ。そのあたりには高い木々が密集して並んでいる。森のはしが近いしるしだ。そこをすりぬけるように進んでいくと、そのうち、よさそうな落葉がみつかった。サンシャインが教えてくれたように、半分乾きかけている。口をつかって葉をすくいあげていると、小枝を踏むぴしっという音がきこえた。振りかえると、ブルーノが大きなオークの木陰を歩いてくるのがみえた。この年長の犬は、ラッキーとミッキーがいないあいだに猟犬に昇格していた。いまは獲物を探しているところだろう。ほかの猟犬たちも森にいるはずだが、においはしない。近くにはいないようだ。

ラッキーは口にふくんだ葉を地面に捨て、森のさらに奥へ分け入っていった。それでも、ブルーノがうしろから呼ぶ声がきこえた。

ラッキーは毛を逆立て、かまわず進んだ。ほとんど駆け足になっている。「暗くなる前に葉っぱを集めなきゃいけないんだ」肩ごしにどなった。うしろにブルーノの気配を感じた。ぎこちない足取りで追いかけてくる。年長のあの犬が若い自分に追いつくのはむずかしいだろう。

どうしてブルーノは猟犬になれたんだろう？ 獲物をたくさんしとめたからだとは思えない。ラッキーはそう考えながら足を速めた。どうして放っておいてくれないんだろう。ぼくをオメガにしただけじゃまだ足りないんだろうか――もっと恥ずかしい思いをさせたいんだろうか。

「ラッキー！ ちょっと待ってくれ！」ブルーノは苦しそうにあえぎながら叫んだ。

ラッキーは立ちどまり、むずがゆいような気分に襲われて前足で地面を引っかいた。オメガと呼ばれることには数日ですぐに慣れた――だが、ブルーノが自分のほんとうの名前をつかったことにはいらだちのようなものを感じた。アルファがそばにいたら、ラッキーだなんて呼ぶはずがない……。

「ここで狩りをするのはひと苦労だよ」ブルーノは弱々しい声を出した。「フィアリーが、ふたてに分かれて小動物を探そうといったんだ。だが、もう長いこと探しているのにネズミ一匹捕まえられない」

ラッキーは肩ごしに振りかえってうなったが、ブルーノとは目を合わせずに森をみまわした。だんだん暗くなっている。急いで寝床の材料を集めなければ、アルファはそれをあげつらってラッキーを責めるだろう。ふと、目のはしに、うなだれたブルーノの姿が映った。

「ラッキー、悪かった」ブルーノはいった。「あのとき、きみを捕まえる犬たちに加勢するべきじゃなかったよ。正直にいって、自分でもなんであんなことをしたのかわからないんだ。きみが怒るのもむりはない」

打ちひしがれたような年長の犬をみると、ラッキーはかわいそうになって胸がうずいた。だがそのとき、アルファの指示に従ったブルーノがどんなふうに自分を押さえつけたか思い出した。

あの黒い雲が現れなかったら、ぼくは永遠に消えない傷をつけられてたんだ！

ラッキーは怒りをあらわにしてブルーノに向きなおった。「どういうつもりだったんだ？　きみはまるでキツネかシャープクロウみたいだった。こっそり忍びよってあんなふうに襲いかかるなんて犬のやり方じゃない。良心はどこにいった？　あんなにいろんなことをいっしょに乗りこえてきた仲だろう？」

ブルーノは鼻が地面につきそうなくらい頭を低くした。「まったくだ」鳴き声をあげる。「ほんとうにすまなかった。おれは怖(こわ)かったんだ……アルファのことも怖(こわ)かったし、起こっているなにもかもが怖(こわ)かった。キツネたちとの争いのときだって――あっというまで、どうしようもなかった。群れの一員になればきっと安心できると思っていたが……」ブルーノの耳が垂れた。

「ラッキー、おれがあの毒の水を飲んで病気になったときのことを覚えているか？」

「あたりまえだよ」ラッキーは厳しい声でいった。「きみを救ったのはこのぼくだ。覚えてるかい？」

ブルーノは鳴き声をひとつもらし、力なく地面に腹ばいになった。「ああ、覚えているとも。忘れたことはない。だけどいわせてくれ。水が毒になることがあるなんて知らなかったんだ。これまでなんの害もなかったものまでが、〈大地のうなり〉が起こってからは危険になってしまった。そういう変化にうまくついていっていると思っていた。〈囚(とら)われの群れ〉の生活になじんでいると思ってたんだ。だが……」声が途切れ、絶望したような鳴き声がもれた。ブルーノにとって、こんな話をするのは辛(つら)いことなのだろう。

ブルーノは大きく息を吸った。「だが、恐怖(きょうふ)のせいでおれはどうにかなってしまった。これまでは、なにかにおびえることなんて絶対になかった。街にいたころ、おれは通りで一番強い犬だったんだから！　いまじゃ夜になってもろくに眠(ねむ)れない。群れのだれかがけんかをはじめるんじゃないかと思うと不安なんだ。〈太陽の犬〉があたりを照らしているときでもびくびくしてる。なにがひそんでるのかわかったもんじゃない。木の枝のうしろで、なにかがこっちを見張っているかもしれない。なにもかもが怖いんだ」

ブルーノは木立をきょろきょろ見回し、寒くもないのに震えはじめた。「おれは、群れになじもうとしていたんだと思う。アルファが力を貸せといったとき……拒もうという気が起こらなかった。アルファには、それがどんな命令でも従いたくなるようななにかがあるんだ。群れのためになるなら、と思ってしまう。きみが去ったあと、アルファはおれを猟犬に昇格した。おれのような忠実で強い犬にパトロールをさせておくのは惜しいといわれた。おおよろこびしたっておかしくないはずだが、おれは獲物を狩りにいくたびに、うしろめたさしか感じないんだ」ブルーノは自分の鼻先に視線を落としていた。まるで地面に向かって話しているかのようだった。「たのむ、ラッキー。おれがほんとうは悪い犬じゃないってことはわかっているだろう」

ラッキーはブルーノに向きなおった。怒りが少しずつ消えていく。「それはわかってるよ」

ブルーノは顔をあげ、大きく悲しげな瞳でラッキーをみつめた。ためらいがちに、毛羽立ったしっぽを一度だけ振る。「許してくれるのか?」

ラッキーはため息をついた。「まあね……」

ブルーノはぱっと立ちあがった。うれしそうに息を弾ませ、しっぽを勢いよく振る。

ラッキーは緊張を解いたが、心の中には一抹の不安が残っていた。頭上に広がった枝を見上げる。

ブルーノのような心根の優しい犬までが仲間と敵対するのだ。群れの犬たちに、小さな〈フィアース・ドッグ〉のめんどうをみてくれることを期待するのはむりだろうか。

ラッキーは体を振って気分を変えた。「狩りを手伝おうか？」

ブルーノはよろこんで激しくしっぽを振った。「いつきいてくれるのかとやきもきしたぞ！」そういうと、ラッキーのほうへおずおずと近づいた。だが、鼻が触れるほどそばにくることはしない。

「ぼくがオメガだってことは覚えてるよな？」ラッキーは横目でちらっと仲間をみた。

「そんなのはただの身分じゃないか」ブルーノは急いでいった。「きみ自身とは関係ない。ラッキー、おれはきみがどんなに優秀か知ってるんだ」

ラッキーは鼻先をあげ、深々と空気を吸いこんだ。湿った土のにおい、川の清水のにおい、うしろの野営地にいる犬たちのにおいがする。かすかに、野営地のむこうにある松林のにおいもした。小動物のにおいもしたが、捕まえられるほどそばにはいない。

「いこう」ラッキーはいった。「獲物を探すんだ」

二匹は森の奥深くへ分けいった。ラッキーはすぐに獲物のにおいをかぎつけた。鼻を地面に近づけ、落葉の山を鼻先でかきわけながら獲物の通り道を探す。

ブルーノがそっと近づいてきた。「ラッキー、このにおいは……なんだか変じゃないか？」

ラッキーはもういちどにおいをかいでみた。土のにおいに、なにか金属のようなにおいがまじっている。首筋の毛が逆立ち、ラッキーはごくりとのどを鳴らした。「たしかに変だ。だけど、なんのにおいなのかはわからない」あたりをみまわす。木々のあいだに落ちる影はしだいに長くなりはじめていた。「それでも食糧が必要なことには変わりないし、じきに暗くなってまわりが見えなくなる」

頭上でやかましいさえずりがきこえ、ブルーノは体をこわばらせた。ラッキーがふたたび歩きはじめると、急いであとを追ってくるブルーノの足音がきこえた。二匹はイバラの茂みをまわりこみ、低い丘をのぼった。丘の上に着くと、小動物の温かく甘いにおいがただよってきた。ブルーノに視線を投げると、すばやくうなずき返してきた――同じにおいに気づいていたのだ。

二匹は足並みをそろえ、腰を低く下げて、地面をはうようにゆっくりと歩きはじめた。倒れた木の割れた幹のそばを過ぎ、もつれるように生えたツタの茂みを踏みこえる。獲物のにおいがだんだん強くなっていく。

これは鳥のにおいだ……だけど、鳥は枝のあいだに巣を作るものじゃないのか？　どうして地面の上に集まっているのだろう？

ラッキーは足を止めた。「あの鳥たちは動いてない。ケガをしてるのかもしれないし、それとも……」もういちどにおいをかぐ。今度ははっきりわかった——死のにおいだ。恐怖で首筋がぞくっとした。だが、ブルーノはどんどん先へ進み、倒れた木を足早に回りこみながら興奮してかん高い声で吠えた。

「ハトだ！　二羽もいるぞ！」

ラッキーはもう少し慎重に近づいていった。灰色の羽根におおわれた鳥の体はぐったりと地面に横たわり、小さな目はどんよりくもっていた。くちばしはわずかに開いている。ラッキーはひるんだ。暗くなっていく森の中に目をこらし、なにか動くものはいないかと耳を澄ました。

「この鳥たちは死んでまもない……」

「じゃあ、新鮮ってことだな」ブルーノは口をなめた。

ラッキーは落ちつかない気分で鳴き声をあげた。「鳥を殺したのがだれかはわからないけど、まだ近くにいるってことだ」

「においはしないぞ」ブルーノは気にするなといいたげにしっぽを振った。「ほら、早くしよう。獲物を野営地へ持ってかえるんだ」

ラッキーにもにおいはわからなかった。それでも距離を置いて立ち、鳥の体に触れていいものかどうか迷っていた。自分の背中の毛が逆立っているのがわかる。「ブルーノ、ぼくにもよくわからないけど……なんだかいやな予感がするんだ。だれがこの鳥を殺したにしても、きっと獲物を取りにもどってくる——いまにももどってくるかもしれない。野営地までぼくたちのあとをつけてくる可能性もある。あそこには子犬たちだっている——」

「だけど、アルファだっているし、スイートもフィアリーもみんないるじゃないか。やれるもんならやってみろ！」ブルーノはハトの片方を口で引き寄せてくわえ、野営地があるほうを振りかえった。ラッキーは一瞬息を詰め、両耳をぴくっと動かした。いま、森のずっと奥で小枝が折れる音がしなかっただろうか。ブルーノの足音をきかないように集中し、耳をすます。

なにもきこえない。

たぶん、ブルーノにあんな話をきいたからだ……そのせいで神経質になっているにちがいない。

ラッキーはぶるっと体を振り、もう一羽のハトをすくいあげてブルーノのあとを追った。

✷

軽く走りながら森をぬけ、ブルーノと並んで野営地に着くと、スイートがゆっくりと近づいてくるのがみえた。小さく胸が高鳴る。とうとう自分と口をきく気になってくれたのだろうか。しっぽを軽く振りながら首をかしげる。だが、スイートは同じしぐさを返そうとはせずに、少し離れたところで足を止めた。

「オメガ、アルファが話をしたいそうよ」スイートは吠えた。返事を待たずにくるっとうしろを向くと、洞くつの中へ入っていった。ついてこいという意味なのだろう。

「獲物はおれが引きうけよう」ブルーノがいった。

ラッキーはうなずき、ぐったりした鳥の体を地面に落とした。ブルーノが拾ってもう一羽の獲物といっしょに運んでいくだろう。オメガの地位にあるラッキーは狩りをしてはならないことになっている。鳥をくわえたまま野営地に近づくことは許されない。

スイートはすでに洞くつの中にいた。ラッキーは体をかがめてトゲの多いつるをくぐりぬけ、薄暗い洞くつの中へ入っていった。スイートは、アルファのいるすみのほうへ——一番暖かく、一番入り口から遠い場所だ——、ゆったりした足取りで歩いていき、オオカミ犬のとなりに立った。アルファはコケと落ち葉でできた寝床にながながと寝そべっていた。その寝床を整えるのも、オメガであるラッキーの仕事のひとつだ。アルファはラッキーが近づいていくと立ちあがって天井をあおぎ、口を大きく開けてあくびをした。大きくとがった牙がむき出しになる。ラッキーは胃がしめつけられた。ほかの犬たちがなにごとだろうと集まってきたのだ。フィアリーとムーン、そしてマーサもいる。だが、子犬たちの姿はない。群れの犬たちをながめているうちに、スプリングの姿もないことに気づいた。洞くつのどこかで子犬たちの世話をしているのだろうか。

アルファはあくびをしていた口を閉じ、近づいてくるラッキーをみつめた。

なんの用だろう。ぼくはアルファの掟に従うためにせいいっぱい努力してきた。従順なオメガとしてふるまってきた。それなのに、ぼくを追放する気だろうか。

ラッキーはベラが自分のほうをみていることに気づいた。緊張で口を堅く閉じている。同じことを考えているらしい。

オオカミ犬は、低く奇妙な声で話しはじめた。「オメガ、なぜ呼ばれたのか考えているのだろう？」

ラッキーは毛を逆立たせたが、だまっていた。

「おまえは卑しい身分だが、特別にわたしと話し合いをする権利を与えてやることにした。わたしの野営地に問題を持ちこんだのはおまえだからな」

すぐに子犬たちのことが頭に浮かんだ。それから、ムーンとマーサの対立。ちらっと横に視線をやると、マーサも心配そうな目でラッキーをみつめかえした。

ラッキーはふたたびアルファに視線をもどし、つとめて落ちついた声を出した。「どういう意味ですか？」

「おまえの〈フィアース・ドッグ〉どもがムーンの子犬を襲ったらしいな。目撃者もいる。未来の敵をこのままかくまってやるべきかどうか、決断を下すときがきた――なんといっても、あの子犬たちは、黒い〈天空の犬〉が警告をもたらしたあとにここへきたのだからな」

アルファのそばで、スイートとムーンが賛成して吠えた。ラッキーの胸の鼓動は速くなっていった。自分が森にいるあいだになにがあったのだろう。はしゃぎすぎてつい乱暴になってしまった子犬の失敗が、どうしてこんなことになったのだろう？

「理由もなくほかの子犬を攻撃するような子犬が」フィアリーがうなった。怒りでくちびるがめくれあがっている。「〈フィアース・ドッグ〉として成長すれば、なにをするかわからない」

「あの黒い雲は予兆だったのよ」ダートが割って入った。「あのひどい一日のことを忘れたの？　空が悲鳴をあげて、あの雲が現れた！　そして、その直後にあの子犬たちがきたんだわ！」

ムーンが、そのとおりだといいたげに吠えた。

アルファが鼻をあげ、ほかの犬たちはしんと静まりかえった。「気は進まなかったが、それでもわたしはあの三匹にチャンスを与えてやってもいいと思っていた。ところが、あの子犬たちは、乱暴で怒りっぽい本性をみせるようになってきた。あの種の犬ならきっとそうなると予想していたとおりだ。取り返しのつかないことをする日も近いはずだ。牙が長くなって力が強くなるのは時間の問題。ここにいる全員が危険にさらされることになる」

「アルファ、お言葉ですが、それは不公平だと思います」口をはさんだのはマーサだった。「あの子たちが強いことはまちがいありません。それでも、いずれ力の加減を学ぶでしょう。生まれつき残忍なわけでも、乱暴なわけでもありません――それに、起こってしまったことを心から後悔しています」

ベラが賛成して吠えたが、ラッキーはだまっていた。

マーサのいったことは、ウィグルとリックにはあてはまる。だが、グラントはどうだろう？

マーサとムーンがにらみ合っていたときにグラントがどんな顔をしていたかを思いだした。

後悔しているようにはみえなかった。

　ラッキーはぶるっと体を振った。グラントを責めるのはかわいそうだ――あんなにいろいろな目にあったのだから。グラントがこの世で最初に経験したことは母親の死だった。はじめて抱いた感情が、自分でも説明のつかない悲しみと怒りだったのだ。もう少し時間をかければ、感情のあつかい方も学ぶだろう。悪い犬に育つはずがない。

　アルファは長い前足を伸ばした。「あのチビどもの本性を見定める必要がある。成長しても眠っているわれわれを襲うことはないという保証がほしいのだ」

　大半の群れの犬たちが、賛成してうなり声をあげた。その中にはデイジーやサンシャインのような〈囚われの犬〉の姿もあった。

「どんな犬だって、命が危ういと感じれば本能的に攻撃的になります」ラッキーはいった。

「この群れのみんなだって、生きのびるためには手段を選ばなかったでしょう?」

「生きのびることはまた別の問題だ」アルファはうなった。「残忍であることとはちがう。おそらく、すべての犬に内なる戦士の顔がある。どんな臆病者でもな」アルファがさげすみをこめてちらっとみると、ホワインはちぢこまって目をそらした。「〈フィアース・ドッグ〉はちがう――やつらは敵を殺すことによろこびを覚えるのだ」オオカミ犬は前足の傷跡をなめ、顔をあげてぐっとラッキーをにらみつけた。「あの怒れる子犬たちがこの群れに忠実に従うのか、たしかめなくてはならない。対処できるうちに、やつらのほんとうの姿を知っておくことは、この群れの権利だ」

　ラッキーは背筋が震えた。反論しようとしたが、先にマーサが口を開いた。

「〝対処する〟とはどういう意味です？」低い声でたずねる。

　オオカミ犬が首筋の毛を逆立て、色の薄い目で穴が開くほどみつめると、マーサは目をそらしてうなだれた。ふたたび話しはじめたオオカミ犬の声には、うむをいわさぬ響きがあった。

「まず、子犬たちを試験する。どうするかは結果をみてからわたしが決めよう」アルファはコケと落葉の寝床に身を沈め、顔をそむけた。これを合図に犬たちは解散した。

　マーサはアルファの決定に対する不満をつぶやき、ミッキーは仲間をなぐさめようとそのあとを追っていった。ラッキーはスイートのうしろを歩いていき、アルファにきかれる心配がないところまでくると、小声で話しかけた。「この決定には賛成なのかい？」

　スイートは振りかえらずに答えた。「判断を下すのはアルファよ。アルファは、だからこそアルファなの」

　ラッキーは考えこんだ。アルファはどのようにしていまの地位についたのだろう？　群れを率いるにはだれよりも冷酷でなくてはならないのだろうか。静かでおだやかな犬がアルファの地位にのぼりつめることはできないのだろうか。

　スイートはいらいらと前足をなめた。状況はなにひとつ変わっていないのだ――スイートはまだ自分を許していない。ラッキーは、もどかしさのあまりうなり声をあげた。「こんなやり方はまちがってる。あの子たちは母犬をなくし、群れに見捨てられたんだ――もう十分に苦しんだ！　それほどつらい目にあった犬が少しくらい攻撃的になったってふしぎじゃないだろう？　グラントはほんとうはあんな子じゃないんだ。きっと変われる」

「恥知らずのどうしようもない子たちよ」スイートは、さげすみをこめて美しい毛並みの頭をつんとあげてみせた。そして、ラッキーの目をまともにみすえた。「信用できないわ」

　スイートは離れていこうとした。ラッキーは血の気が引いた。

「おねがいだ、スイート」ラッキーはかん高い声で吠えた。「子犬たちを試すなんてフェアじゃない。犬は変われるものだってことは知ってるはずだよ――きみだって変わったんだから！　いまでこそきみは強くなった。大きな群れの中で高い地位についてる。だけど、はじめからずっと強かったわけじゃない――忘れたのかい？」

　スイートはぴたっと足を止めて振りかえり、牙をむいて身がまえた。「オメガ、なにがいいたいの？」

　ラッキーは傷ついた。「好きな呼び方で呼べばいい……ベータ。だけど、少なくともぼくは臆病者じゃない！　あのとき、死んだニンゲンを怖がったのはぼくじゃなかった。そうだろう？　いまのきみは自分は完ぺきだって思ってるかもしれない。だけど、街にいたころのきみはちがった……おびえて、無力で……情けない犬だった」

　スイートの目が怒りに燃え、ラッキーはたちまち自分の言葉を取りけしたくなった。スイートは自分を無視し、ばかにしたかもしれない。それでも、言いすぎてしまったという後味の悪さは消えなかった。

　ところが意外なことに、ふとスイートの顔から激しい怒りが消えた。「あなたのいったことも正しいわ。でも、そんないじわるな言い方をしなくてもいいでしょう」

「わかってる。気が立ってたんだ。いうべきじゃなかったよ、あんな――」

　スイートは短く首を振ってラッキーの言葉をさえぎった。「もうこれくらいにしておきましょう」そういって、野営地のすみにいるオオカミ犬のほうをちらっとみた。「アルファの言葉にも一理あるのよ。〈フィアース・ドッグ〉はわたしたちの敵だわ。アルファの決定は理にかなったもの。あの子犬たちを持てあますことにならないか、たしかめておかなくてはいけない。

それがわたしたちみんなの命を救うことになるんだから」

16
課せられた試験

〈太陽の犬〉が森の上まで駆けてくるころ、群れの犬たちは、猟犬が狩ってきた獲物を食べるために集まった。アルファが最初に進みでた。口からよだれを垂らし、一番大きなウサギをオオカミのあごでしっかりとくわえる。

ラッキーは草の上で腹ばいになり、前足の毛づくろいをしていた。オメガになって以来、がまんすることの大切さを学んだ――少なくとも、よだれを垂らして群れの犬たちをながめていても仕方ない、ということは学んだ。みんながおなかいっぱい食べるようすをみながら、自分の取り分はどれくらい残るだろうとやきもきするのはやめた。

スイートがアルファに続いた。ムーンは、子犬に乳をやらなくなってからは先に食べる権利をなくしていたが、かわりに乳離れした子どもたちがその権利を引きついでいた。ノーズとスカームは一匹のネズミをめぐって転げまわるようにじゃれ合い、それから母犬のそばへ走っていって自分たちの戦利品を分けあいはじめた。ラッキーがサンシャインに教えてもらったところによると、子犬たちがアルファとベータのつぎに獲物を食べるのは、大きくなって新しい名前を選ぶときまでのことと決められていた。

つぎに、グラントとリックとウィグルが獲物の山まではねていった。マーサがしっかりとした足取りで三匹につきそっていく。マーサはかがみこみ、リックの耳元にささやきかけた。

「いまはたくさん食べすぎちゃだめよ。さっき教えたでしょう？　必要なだけ食べて、欲張っちゃだめ。きょうだいたちにも、そのことを思い出させてあげて」

子犬はうなずいた。そして、いわれたとおり、ウィグルが二匹目のモグラをくわえようとしているのをみると、そっと肩で押した。

「くいしんぼうはだめ」リックにそういわれると、ウィグルはしぶしぶモグラを置いた。

つぎは猟犬の番だった。最初にフィアリーが食べはじめる。そのつぎがパトロール担当の犬だ。ホワインは、いつものように好きなだけ獲物をむさぼった。サンシャインとラッキーにはできるだけ残したくないようだった。ホワインより下の地位の犬はその二匹しかいない。ラッキーは、わざとあくびをして、いらだちを隠した。オメガになって苦しんでいることをホワインにはさとられたくない。

ラッキーに食べる番が回ってくるころには、獲物の山はほとんどなくなっていた。のどを通っていったのはウサギの肉がひとかけらと、やせた鳥が一羽きりだ。それは、すでに死んでいるところをブルーノがみつけたハトだった。

その晩は〈グレイト・ハウル〉の時間はなかった。〈月の犬〉は、空の上でぼんやりと鈍い銀色の光を放っていた。犬たちはそれぞれの寝床に散らばっていった。パトロール犬の寝床ではムーンがながながと体をのばし、湿った暗いすみに追いやられたホワインは小さく体を丸めていた。ブルーノは猟犬の寝床のにおいをふんふんかぐと、野営地の反対側にいるラッキーのほうを向き、ありがとうというかのように口を開けてはっはっとあえいだ。グラントとリックとウィグルは、壁から離れた洞くつの真ん中あたりでマーサにくっつき、心地よさそうに寝そべった。いっぽうムーンとフィアリーは、子犬用の寝床でノーズとスカームを寝かしつけていた。

ラッキーはオメガ用の寝床でふるえていた。洞くつの入り口のすぐそばだ。ひっきりなしに寝返りを打ちながら、〈フィアース・ドッグ〉の子犬たちのことを考えていた。あの子たちに試練を与えるなんてむちゃだ――。あんなに小さいんだぞ……。そのとき、スイートのほっそりした姿がみえた。眠っている犬たちをよけながら小走りに駆けてくる。ラッキーのそばにくると、立ちあがってついてこいといいたげにそのまま待っていた。ラッキーは胃がきゅっとちぢむのを感じた。

　こんな夜中にベータがなにをしようというのだろう？

　ラッキーは静かに立ちあがり、洞くつの奥へ歩いていくスイートのあとについていった。そこにはデイジーとサンシャインが丸くなって眠っている。スイートがデイジーの鼻をつつくのをみて、ラッキーは胃が痛くなってきた。

　どうしてデイジーまで起こすんだ――？

　デイジーは目を覚まし、スイートをみあげてぱちぱちまばたきをした。不安そうな視線をラッキーのほうへ泳がせる。

「ついてきてちょうだい」スイートは小声でいった。

　小さなデイジーはあくびをし、いそいで立ちあがった。「どうしたの？」

「外にいってから説明するわ」スイートはそういうと、ラッキーとデイジーを連れて、洞くつの入り口で番をしていたベラのそばをすりぬけた。ベラは物問いたげな目を向けたが、三匹が洞くつを出ていくとふっと顔をそむけた。

　空気は刺すように冷たかった。〈太陽の犬〉は眠りにつき、〈月の犬〉だけが雲のない真っ暗な空の上に浮いている。まわりの木々のむこうから弱い風が吹いてきて、ラッキーののどの毛をなでていった。デイジーは震えながらスイートとラッキーをみあげた。

「なにがあったの？」目をまん丸に見開いてたずねる。スイートとラッキーを交互にみながら、心配そうに耳をぴくぴく動かした。

「ぼくも同じことをスイートにきこうとしてたんだ」ラッキーはいった。「また子犬たちのことかい？」

「なぜわかった」アルファのしゃがれ声が、闇の中からただようようにきこえてきた。ラッキーの背中の毛が逆立った。しばらくすると、オオカミ犬の毛むくじゃらの体がみえてきた。すべるようになめらかな動きで近づいてくる。月明かりを受けて黄色と青の目がぎらぎらかがやいていた。

デイジーはひるみ、ラッキーに少し体を寄せた。

ラッキーは、マーサのそばで安心して眠っている〈フィアース・ドッグ〉の子犬たちのことを考えた。胸が詰まり、のどがからからになった。「こんな時間にあの子たちを試験するわけじゃないでしょう？」ラッキーの声には自分で思っていた以上の敵意がこもっていた。

「いまではない。はじめるのは夜明けだ」アルファはうなった。スイートのほうをむき、鼻先で触れてあいさつをする。それからラッキーに向きなおった。「ベータとフィアリーとともに探索をしてきた。洞くつと森のむこうには白い岩でできた尾根がある。そのむこうになにがあるのかを知りたいのだ。ほかの犬がいるのか。獲物は十分なのか。尾根のむこうの川も澄んでいるのか」

　ラッキーはアルファの話を落ちつかない気分できいていた。これからぼくをそこへ送りこむつもりだろうか。こんな真夜中に？　それに、どうしてデイジーを呼んだのだろう？

　その考えを読みとったかのように、アルファはデイジーをみおろした。そちらへ視線を向けるのはこれがはじめてだった。「おまえが〈フィアース・ドッグ〉の子犬を連れていけ」

「連れていく……？」デイジーは目を見開いた。

「森のむこうへ連れていくのだ。われわれは、あの子犬どもが群れに忠実なのかどうかたしかめなくてはならない。年長の犬たちに従うのかどうか……」アルファは口をつぐんでデイジーをじっとみた。デイジーは一歩あとずさり、耐えられずに目をそらした。

　胃がぎりっと痛み、ラッキーは鳴き声がもれそうになるのをこらえた。「デイジーをそんなことにつかうなんて――デイジーにも子犬たちにも酷でしょう。森を旅させるなんて、全員の命を危険にさらすことになります」

「必要なことなのだ」アルファは鋭い声を出した。「デイジーには子犬たちを連れて白い尾根へいき、新しい野営地を作ることができるかどうかたしかめてもらう。尾根のむこうを探索したら子犬たちとともにもどり、目にしたものをわれわれに報告する。これで、あのちっぽけな猛犬どもが命令に従うかどうかがわかるというものだ」

ラッキーはぞっとした。子犬たちを試すために、アルファはデイジーを大きな危険にさらそうとしているのだ。デイジーが相手なら、子犬たちがその気になれば打ち負かすことができる。「群れから離れて森の奥にいくなんて危険です！」ラッキーは、夜になるとあたりをはいまわる卑劣なコヨーテたちのことを思い浮かべていた。だが、そのことは口にしなかった。デイジーのおびえた顔が目のすみに映ったのだ。「なにがひそんでるかわかりません」

「なにも、自力で生きのびることができるのはおまえだけじゃない」アルファはあざけるような声でいった。「デイジーも自分の身くらい自分で守れるだろう」

ラッキーは、リックとグラントとウィグルのことを考えた。三匹とも、マーサのそばでぐっすり眠っているだろう。挑むように体に力をこめる。「子犬たちはどうなるんです？」

デイジーは震えていた。野営地のむこうにそびえる高い木々をちらっとみあげる。そこから、ふたたび森が続いている。そしてスイートをみた。「ベータ？」

「ええ、デイジー」スイートは落ちついた声でいった。「やってちょうだい。それが群れのためになるのだから。夜が明けたら出発しなさい」

✷

ラッキーとアルファは、朝露にぬれた草を踏(ふ)みしめて森のはしへ向かっていた。おおまたで十歩ほど離れた風上のほうでは、デイジーがリックとグラントとウィグルを連れて木立(こだち)の中を進んでいた。ラッキーには、はしゃいでおしゃべりをしている子犬たちの声がきこえた。夜が明けてまだまもない。まだ、くたびれたりぐずったりするほど長い距離(きょり)は進んでいない。

だが、あの元気もいつまでもつだろう——？

「あたしたち、どうしてこの旅をする役に選ばれたの？」リックがたずねた。

少し前、ラッキーもおなじ疑問を抱(いだ)いた。アルファに肩(かた)を乱暴にかまれて起こされたときだ。

「オメガ、起きろ。わたしについてこい」ラッキーがぼんやりした顔でみかえすと、アルファは低いうなり声で続けた。「〈フィアース・ドッグ〉たちを離れたところから見張る。この目で、子犬どもがいつ、どうやって、われわれの試験に失敗するかをみたいからな。そのざまをおまえにもみせてやろう」

ラッキーはむっとしてうなりそうになるのをこらえ、アルファに従った。二匹(ひき)は、デイジーと子犬たちが野営地を出発すると、そのあとをつけていった。

「アルファがみんなのことを選んだのはね、体は小さくても強いからよ。あたしといっしょ」デイジーはリックにいった。「森の中をずっと遠くまで歩いていけるけど、だれにも気づかれずにすむでしょ」

「ぼくたち、ぼうけんするんだ！」ウィグルはかん高い声で吠えた。

「ちゃんとしたしごとをもらってもいいころだよな」グラントがいった。顔はみえないが、子犬の声は満足そうだった。ラッキーは誇らしい気持ちでいっぱいになった。もしかしたら、グラントはずっとこれを必要としていたのかもしれない——目的を。

ラッキーとアルファは押しだまって歩きつづけた。木陰に隠れながら、デイジーと子犬たちに近づきすぎないように気をつける。前をいく犬たちの歩みは遅かった。やがて急なのぼり坂がみえてきた。土は砂まじりでのぼるのがむずかしく、トゲだらけのイバラがからみつくように地面をはっている。

この旅は子犬たちにとって簡単なものではない。

デイジーが指示を出す声がきこえた。「これから急なのぼり坂になるの。のぼるのはむずかしいかもしれないわ。ちょっとずつ、注意しながら進んでみて。歩幅を大きくしすぎちゃだめ。

イバラに引っかかっちゃうかもしれないし、うしろに転がっちゃうかもしれないから。あたしがのぼるのをみててね」

アルファは鋭い目をラッキーに向けた。ラッキーには、オオカミ犬の考えがわかった——これが、ひとつ目の試験なのだ。

リックはきょうだいに先んじて、デイジーのあとから小さな丘をのぼりはじめた。落ちついて、教わったとおりに少しずつ進んでいる。ラッキーは誇らしくなってしっぽを振った。森を苦労してぬけてきたあいだに、リックはちゃんと学んでいたのだ。リックは坂をよじのぼると、頂上で待っていたデイジーのそばに並んだ。うれしそうにひと声吠え、体を振る。

ウィグルがはねるような足取りであとに続いた。二匹に追いつこうとあせるせいで、もろい地面の上で足をすべらせ、ずるずるとうしろへ落ちていく。そのたびにもういちど駆けあがろうとするが、足をすべらせるだけだった。

「ウィグル、ちょっとずつよ」デイジーはくりかえした。

子犬は心を決めたようにひと声吠えると、だっと駆けだし、もういちど挑戦した。今度はデイジーの教えに従い、少しずつ慎重にのぼっていく。「みて、のぼれてる！」ウィグルはかん高い声で吠えた。すぐに頂上にたどりついた。ウィグルはリックのとなりではあはあ息を切らし、短いしっぽを振った。

「グラント、あたしがいったことを忘れないで」デイジーは、丘をのぼりはじめた一番体の大きな子犬に声をかけた。

「のぼりかたくらい知ってる」グラントは挑むようにいって、急な坂を駆けあがりはじめた。

ラッキーは、子犬のがっしりしたうしろ足が大きく力強く動くのをみながら、その運動能力に感心した。だが、すぐにグラントは足をすべらせ、丘のふもとまでずるずる落ちていった。土ぼこりが子犬のまわりに立ちこめる。グラントはくしゃみをし、毛皮から土を振りはらった。それから体に力をこめ、もういちど丘へ向かって走っていった。半分ほどのぼりつめたが、今度もまたすべり落ちた。

　ふもとにもどってしまったグラントは叫んだ。「こんなのばかみたいだ！　おれたちは広くてあんぜんなところにいたのに！　あそこには大きなおうちもあったし、テラスだってあったし、ほしいものはなんだってあった！　なのに、いまはこんなみすぼらしいおかにいて、ずっと歩いてばっかりだ。わけがわからないよ！」

「あなたはもう〈野生の犬〉なの」デイジーはリックとウィグルのあいだできっぱりといった。

「群れのためにしなくちゃいけないことだってあるの。森を探検して、新しい野営地がないか調べてくることだってそのひとつよ。いつかは、みんなといっしょに狩りをしたり、パトロールをしたりする日がくるから。群れの一員になってよかったなって思う日がくるわよ」

「おれのむれはべつのとこにあるんだ！」グラントはうなった。

少し離れた古いオークの木陰で、アルファは冷たい目をラッキーに向けた。

アルファは自分が正しかったことが証明されると確信してるんだ――〈フィアース・ドッグ〉の子犬たちにはなにをいってもむだだと思ってる。ラッキーは顔をそむけ、グラントに視線をもどした。

子犬はふたたび丘をのぼりはじめた。今度は小さな歩幅で進む。こまかく足を動かすたびに、そのうしろで乾いた土が舞いあがった。すぐにグラントは丘の頂上にたどりついた。

ラッキーとアルファはだまって歩きはじめた。デイジーと子犬たちがいる風上に向かってゆっくりと進む。ラッキーは大きく息を吸いこんだ。土と松と草の豊かな香りが心地よかった。

だが、はっと凍りついた。そこにまじった別のにおいに気づいたのだ。鼻をつく、なじみ深いにおい――べつの犬のにおいだ。ふと、あることを思い出した。野営地のそばの森で、ブルーノといっしょに死んだハトをみつけたときも、これと同じにおいをかいだことがあった。ちらっとアルファのほうをうかがったが、なにも気づいていないようだった。

しばらくいくと、小さな動物を食べたあとが残っていた。ラッキーは残がいを前足でつつき、鼻を寄せて軽くにおいをかいだ。

「ネズミだ」アルファはそういうと、足を止めて伸びをした。四肢の長さとたくましさがはっきりとわかる。

このあたりには、あの鼻をつくにおいが残っていた。「これは犬がしとめたものです」ラッキーはアルファにいった。

「わかっている」オオカミ犬はこともなげにいった。「トウィッチだ」

「トウィッチ？」ラッキーは問いかえした。顔をあげ、木立のあいだや小さな茂みに視線を走らせた。あの、傷を負った哀れな犬のことを考える。街へむかう途中でみかけたあの犬のことを――足を引きずりながら、ひとりで森の中を歩いていた。あんな体でどうやって狩りをしたんだ？　どうやって生きのびている？

アルファはさげすむようにラッキーをみた。「驚いたようだな。そんなにむずかしいことだと思うのか？　群れから離れて生きていけるのは〈街の犬〉だけだとでも？　トウィッチはどんなときも自立していた。あの足でもうまくやっていた。いや、あの足があったからこそうまくやれていたのだろう」

ラッキーはこれをきくと小さく尾を振った。これまで、トウィッチが生きのびるのはむずかしいかもしれないと思っていたのだ。あの犬がケガを抱えながらも自力でやっていけるとわかってうれしかった。目のはしでアルファをみる。オオカミ犬がほかの犬をかばったことは意外だった。もしかすると、この灰色の毛皮の下には見た目よりも優しい心が隠れているのかもしれない。

「トウィッチは群れにもどりたがってるかもしれません」ラッキーは自分の考えを声に出した。

アルファは肩をいからせ、森の奥に向けていた目を鋭くした。だが、その声は静かだった。

「あいつは群れを捨てた臆病者だ――もどっても歓迎されないだろう」オオカミの残忍さをそなえた顔をラッキーに向ける。「やつがわれわれのなわばりで狩りをしているのをみつければ、殺す」

✷

丘のむこうの台地からは、遠くにそびえる白い尾根をみはらすことができた。あたりは木立になっているが、身を隠すところは少なくなっている。生えているのは太い幹の広葉樹ではなく、やせた松だった。地面は岩が多くなっていた。小さくやわらかい足には厳しい道だ。

ラッキーとアルファは大きな岩の陰にかくれた。デイジーと子犬たちからは離れているが、声はきこえる。〈太陽の犬〉は空の高いところまで駆けあがっている。ラッキーは幼い三匹のことがかわいそうになった。くたびれ、おなかを空かせているにちがいない。〈太陽の犬〉に照りつけられ、子犬たちの毛皮はかがやいていた。そろって息を切らしている。それでも子犬たちは、文句もいわずに、デイジーのあとをゆっくりついていった。

「もうすぐつく？」ウィグルが吠えた。

「もう少しよ。それに、水のにおいがするわ」デイジーはいった。

リックがぱっと顔をあげる。「おみず？　あたしのどがからから！　おみずどこ？」

「みずのにおいなんてするわけない！」グラントがうなった。

デイジーは足を止めた。「よくにおいをかいでみて。そしたらわかるから」そういうとしゃがみこみ、ごつごつした地面に鼻を置いて大きく息を吸いこんだ。

リックとウィグルもそれにならい、体を低くした。ラッキーは体をこわばらせた。グラントも同じようにするだろうか。目のはしでアルファのようすをうかがうと、オオカミ犬も犬たちのやりとりを観察していた。おねがいだ、グラント。デイジーに反抗しないでくれ——ラッキーは声に出さずに祈った。

グラントは疑うような顔をしていたが、それでも地面に顔を近づけてにおいをかいだ。少しのあいだ、身じろぎもしなかった。だが、ふいに、そのしっぽがぴんと立った。

「みずだ！」グラントは吠えた。「そんなにとおくない！　おれにもみずのにおいがした！」

「あたしにも！」リックは歓声をあげ、グラントに体ごとぶつかっていった。二匹は地面の上でもつれあい、じゃれあいながら吠えた。それから、水があるほうへ向かっていっせいに走りだした。

「そんなにあせらないで」デイジーは二匹のうしろから声をかけたが、その声は明るかった。しっぽを勢いよく振りながら自分もあとを追う。

小さなウィグルだけが動こうとしなかった。「なんにもにおわないよ」きゅうきゅう鳴く。デイジーはあわてて足を止めた。子犬のもとへ引きかえすと、なぐさめるようにその耳をなめてやった。「なんどもかいでみるの。きっとわかるから」

細い小川は、松の木立を横切るように延びた細長い岩場を流れていた。デイジーと子犬たちは水を思うぞんぶん飲み、足をひたした。それからデイジーは、子犬たちを連れて白い尾根のほうへ向かいはじめた。

ラッキーは気づいた。デイジーは小川から十分に距離を取ろうとしてる——ぼくとアルファが、むこうにみられずに水を飲めるように気をつかってくれてる。あとをつけられてることを知ってるんだ。でも、子犬たちには知らせたくないと思ってる。なんて賢いんだろう！　ラッキーは遠くからデイジーを見守りながら、優しい気持ちで胸が温かくなった。

〈太陽の犬〉が空の低い位置にそっとおりてくるころ、デイジーと子犬たちは迫ってくる暗闇にそなえて休む場所を決めた。ふたつの岩に守られた場所で、一本の木が地面に向かってたわんでいるので、小さな緑の葉が屋根になっている。空が暗くなるまでにはまだ少し時間があったが、デイジーは先へ進むことをためらっているようだった。子犬たちは横になれて大よろこびしていた。〈太陽の犬〉が動きはじめてから、ずっと歩き通しだったのだった。

そこからほど近いところで、ラッキーとアルファは陰になった場所をみつけた。上をおおう低い木からは、子犬のしっぽのような枝が垂れさがっている。ラッキーは、デイジーが探索を中断して休もうと決めたことに感謝していた。きっと子犬たちはくたくたに疲れている。デイジーは、三匹が体力を残しておけるように心を配ったんだ。心の優しい小さなデイジーと、デイジーが率いている子犬たちのことを思うと、胸が温かくなった。だがその感情は、アルファを振りかえった瞬間に消えうせた。

オオカミ犬は、あくびをして大きく鋭い牙をむき出しにした。前足をのばし、青黒い傷をなめる。

「どんないきさつでその傷を負ったんです？」ラッキーは傷口をみながらたずねた。「なぜ〈フィアース・ドッグ〉たちと戦うことに？」

アルファは前足を引きよせてうなった。「なぜそんなことを知りたがる？　わたしの弱点をききたいのか？　理由はそれだけだろう？」

「もちろんちがいます！」ラッキーはどうにか声を抑えた。デイジーと子犬たちが寝床にしている岩陰のほうをたしかめる。ぼくの声がきこえたら、子犬たちはだまされていたことに気づくだろう。そうなれば、ぜったいにぼくを許さない。もういちど、視線をオオカミ犬にもどした。どうすればアルファに話をさせることができるだろう？　今度はさっきよりもおだやかな声でたずねた。「ただぼくは、どうしてあなたがそんなに〈フィアース・ドッグ〉を憎むのか理解したいんです」

「その話はしたくない」アルファはうなった。「とにかく、おまえのような〈街の犬〉にはまっぴらだ！」頭をぐっとそらす。「なぜおまえは、あの子犬どものことをそこまで信用する？あいつらが殺し屋だということはだれでも知っている」

「ぼくが信用しているのは群れのほうです」ラッキーはいった。「正しく導いてやれば、〈フィアース・ドッグ〉でも立派な犬になることができます。あなただって、あの子たちがデイジーの指示に応えていたのをみたじゃないですか」

「それほど群れを尊重しているとはご立派なことだ」アルファはごろりと横になった。「だが真実を教えてやろう。犬は決して変わらない。長く生きてきたうちに、わたしはそのことを悟(さと)った。自分をみてみろ——おまえは〈孤独(こどく)の犬〉だ。そう生まれついたのだ」

ラッキーは体が冷たくなり、首の毛がふつふつと逆立ちはじめた。深呼吸をひとつして、アルファにうなり返しそうになる衝動(しょうどう)をしずめた。

オオカミ犬は続けた。「おまえは決して〈孤独(こどく)の犬〉の血にあらがえない。はじめにおまえは〈囚(とら)われの犬〉たちに加わり、それから〈野生の群れ〉に加わった。それがいま、みずからすすんで〈フィアース・ドッグ〉の世話を引きうけている。その献身(けんしん)がいつまで続くやら。いずれ、ある朝目を覚ますと、おまえが群れを捨てたことを知るのだろう。後生大事にしている〈フィアース・ドッグ〉どもも捨てていくのだろう。そして、残されたわれわれが後始末をするはめになるのだ」アルファはラッキーをにらみつけた。無言で挑発(ちょうはつ)しているかのようだった——反論を待ちかまえている。

思わくどおりにいいかえしたりするもんか——ラッキーはそう考えて顔をそむけ、嫌悪(けんお)でゆがんだ口をみせまいとした。

このオオカミ犬を説得しようとしても意味がない。

アルファがまたあくびをした。「ラッキー、おまえの問題は――」

バキッ！

枝が束になって折れる音がきこえ、二匹ははじかれたように立ちあがった。耳を立て、体をこわばらせる。近くの松の木立のむこうから、ほこりっぽい土の地面を歩いてくる重い足音がきこえた。ざわりとラッキーの首の毛が逆立った。黒く大きな影が木々のあいだを動いているのがみえたのだ。かびくさいようなむっとしたにおいがする。また、バキ！ という音がきこえた。影の主が木々をかきわけている。その大きな生き物は、松葉を散らしながら木陰をとびだし、よろめくように平たい岩の上に姿を現した。

その獣は、ラッキーがこれまでみた一番大きな犬より、さらに何倍も大きかった。毛は黒く密集し、ぼさぼさに逆立っている。歩くたびに、ずしん、と地響きがする。体は横幅が広く、尾はない。大きな頭は、体と同じ黒いぼさぼさの毛におおわれている。丸く小さな目は怒りに満ち、鼻は焦げた土の色だった。

全身に恐怖が走り、ラッキーはあえいだ。「あれはなんだ？」まともに息もできない。

アルファは目を見開いて立ちすくんでいた。「ジャイアントファーだ！ 森に住み、一匹で狩(か)りをする。どれほどどう猛な犬でもやつらに勝てる者はいない。オオカミでさえ怖(こわ)がる相手だ！」

運よく、獣(けもの)はラッキーとアルファには気づかなかった。ぎこちない動きで向きを変え、白い尾根(おね)のほうへ遠ざかっていく。

ラッキーははっと息をのんだ――デイジーと子犬たちが危ない！　さっと振(ふ)りかえり、アルファの目をまっすぐにみつめた。「計画とちがうことはわかってます。それでもデイジーを起こさなくてはいけません！　みんなが危ない！」

ラッキーは白い尾根(おね)のほうへ駆(か)けだそうとした。その瞬間、アルファが前にとびだし、オオカミのがっしりした体で行く手をさえぎった。

「ここを離れることは許されない」オオカミ犬はうなった。

17 森の獣

「どういう意味です？　なにをいってるんです！」

　ラッキーはアルファを押しのけて通ろうとしたが、前足でなぐりかかられそうになり、ぱっと身を引いた。「みんなを助けなきゃいけません！　わからないんですか？　なにをしてるんです」

　恐怖で心臓がどきどきいいはじめる。いまは一秒もむだにできないのだ。

　オオカミ犬は冷たい笑い声をひとつあげた。「今回の試験は、わたしが期待していた以上の成果をあげている。じきに、〈フィアース・ドッグ〉の子犬たちの本来の性質がみえてくるはずだ。やつらだけでこの危険に立ちむかわせてみればいい」

「そんな、ぼくは――」ラッキーはいいかけたが、アルファが激しくうなると、それ以上声が出せなくなった。

「〈街の犬〉よ、これは要求ではない。命令だ」アルファの黄色い瞳は、ラッキーではなく、茂みの中をつきすすんでいくジャイアントファーのうしろ姿に向けられていた。一瞬、その目が光る。「これであの子犬どもの本性がわかる」そういってラッキーをみた。「あいつらが残忍な姿をみせはしないかと心配なのか？」

ラッキーは体をぶるっと振ってアルファをにらみつけた。「ぼくが心配なのは、あの子たちの生死です」こんなに途方に暮れたのはいつぶりだろう。自分が子犬たちを助けたのは、目の前で殺されるのをただみているためだったのだろうか。

ジャイアントファーは足音を響かせながら白い尾根のほうへ走っていった。子犬たちの休んでいるふたつの岩にたどり着く前に、その陰から恐怖で目を見開いたデイジーが小さな顔をのぞかせた。獣は頭を左右にめぐらせながら、あたりの空気のにおいをかいでいる。ラッキーは、獣の大きな前足に生えたとがった爪に目を留めた。

デイジー、そいつを挑発するんじゃないぞ！　ラッキーは心の中で叫んだ。一瞬、空をみあげる。〈精霊たち〉のうち、デイジーたちを守ってくれるのはだれだろう？　ラッキーは声に出さずに祈った。〈精霊たち〉よ。〈昼の犬〉よ、〈夜の犬〉よ。〈水の犬〉よ、〈土の犬〉よ。どうかぼくの友だちをお守りください。どうか！

だしぬけに、グラントがデイジーのとなりで顔をのぞかせた。ジャイアントファーに向かってうなりながら、短い尾をまっすぐに立てる。

「下がってて！」デイジーは命令したが、子犬は聞く耳を持たず、その場から動こうとしない。そのすぐうしろで、リックとウィグルが身を寄せあっている。

遠くからそのようすを見守りながら、ラッキーはアルファに頼みこんだ。「みんなを助けなくちゃいけないんです！　あんな危険が迫っているのに放っておくわけにはいけません！」

「いいや、これでいい」アルファは挑むようなうなり声をあげた。「いったはずだ。これはあの残忍な子犬どもにとって必要な試験だ、と」

ジャイアントファーは数歩進んで立ちどまった。頭を低くし、ほこりっぽい土のにおいをかぐ。グラントのことは気にも留めていない。グラントは幼い高い声で吠えていた。

だしぬけに、獣はデイジーと子犬のほうへとびだした。犬たちはあわてて岩の陰に逃げ、身を寄せあってすくみあがった。獣が吠え、うしろ足で立ちあがる。グラントでさえきびすを返し、大急ぎで松の根元へ駆けていった。

ジャイアントファーは片方の前足をあげたが、犬たちになぐりかかるのではなく、岩の上におおいかぶさっている木の枝をさっと払った。ぱっと木の葉が舞う。つぎの瞬間、獣のとがった爪は黄色い樹皮にできたこぶのようなものに深々とつきささり、ふたたび現れたとき、その前足はこはく色にかがやく液体におおわれていた。獣は前足を口に押しこんでため息をつき、のどを鳴らしてがらがらというぞっとするような音を立てた。つぎの瞬間、ミツバチたちが嵐のような群れをなして獣の顔に襲いかかった。獣は首を振り、丸みを帯びた耳をぴくぴく動かした。前足に残るこはく色のジュースを最後の一滴までなめつくすと、ジャイアントファーはふたたび木に向かって前足を振りかざした。ミツバチは怒りくるい、羽をうならせて獣を取りかこんだ。

ラッキーはほっとして身ぶるいした。「あの獣のねらいは子犬たちじゃないんだ」ため息をつく。「みてください、デイジーたちには目もくれない。あの木には、なにか獣が好きなものがあったんでしょう。それに誘われてここへきたんです」

アルファは返事をせず、ジャイアントファーから視線をはなさなかった。

ラッキーは肩の力がぬけていった。きっとみんなだいじょうぶだ。デイジーと子犬たちが静かにしていれば、なにも……。

そのとき、ジャイアントファーのうしろにグラントが姿を現した。デイジーとリックとウィグルは岩陰で小さくなっている。

ラッキーはぞっとした——なにをするつもりだろう？

「グラント、下がって！」デイジーは、獣に向かっていこうとする子犬を叱りつけた。

「あんなやつ、こわくない！」グラントは胸を張って歩いていく。「大きくたってかまうもんか！」

「おろかな子犬め」アルファはうなった。

ラッキーは平静を保とうと必死になった。「おねがいです、アルファ。あの子たちには助けが必要なんです！　あの子はまだ幼い——自分がなにをすればいいかもわかってない。群れのおとなたちの助けが——あなたのようなおとなの助けが必要なんです」

アルファはその言葉をはねのけるように、ふいと鼻をあげた。「〈フィアース・ドッグ〉どもは、どうしようもない雑種ぞろいだ。はじめからそういっていただろう」アルファはラッキーの前に立ちはだかった。「最後まで見届けなくては」

デイジーはうしろに下がってちょうだいとグラントに頼みこんでいた。「相手を怒らせてるだけよ！」

「犬はぜったいに、てきからにげたりしないんだ！」グラントは吠えた。

「賢い犬は、引くべきときを知ってるの！」デイジーは叱りつけた。「あんなに大きな生き物に勝てるわけないわ――だれだってむりよ！」

「デイジーのいうとおりよ」リックが吠えた。「あの大きな体をみて！　あんたはおこらせてるだけじゃない！」

　デイジーの言葉を裏づけるかのように、ジャイアントファーはとうとうグラントのほうに向きなおり、ぎらぎらした目で子犬を見下ろした。

　うそだ。やめてくれ。ラッキーは駆けよろうとしたが、またしてもアルファがその行く手をふさいだ。首をのばさなければ、むこうのようすがみえない。

　ジャイアントファーはうしろ足で立ちあがった。前足で宙を切ると、爪がぎらっと光った。片方の前足は、いまもこはく色の液体にぬれている。大きな頭をそらせ、獣はおたけびをあげた。赤黒い口の中には、黄ばんだ長い牙がずらりと並んでいる。

　獣はグラントのほうへずしんと一歩踏み出した。子犬は身をすくませ、デイジーときょうだいが固まっているほうへあとずさっていった。犬たちは、岩壁に追いつめられた。

　ラッキーは恐怖で気分が悪くなった。胸の中では心臓がとどろくような音を立てている。

「おねがいです、アルファ！　あの子たちを助けなくては！　子犬たちを見捨てるつもりでも、デイジーは助けてください！　あの子はいつだって忠実な〈群れの犬〉でした。今回の任務だって文句ひとついわずに引きうけた。これまであなたたちのそばで一生懸命がんばってきた。こんな仕打ちはふさわしくありません！　あの子を見捨てるわけにはいかない！」

アルファは耳をまっすぐに起こして全身に緊張をみなぎらせ、すくみあがったデイジーと子犬たちのほうをじっとみていた。ジャイアントファーは犬たちの前でそびえるように立っていたが、突然、大きな前足で宙をなぐりながら前にとびだした。デイジーは短い吠え声をあげて子犬たちに体当たりし、転がるようにわきへよけた。四匹があわてて立ちあがったとき、ラッキーはデイジーの体から血のしずくがしたたっているのに気づいた。ジャイアントファーの爪をよけきることができなかったのだ。獣はふたたび大きく吠えた。その声にはよろこびがにじんでいた。

デイジーは必死であたりをみまわし、とうとう、ラッキーとアルファがいる場所に気づいた。

ラッキーは恥ずかしさで胃がちぢみあがり、アルファを押しのけて通ろうとした。あせりで声がかすれていた。「忠実な犬をわけもなく見殺しにすれば、群れはあなたのことをどう思うでしょう？」

オオカミ犬はぴくっと尾を動かした。

白い尾根のそばで、デイジーが絶望したように遠吠えをした。「たすけて！　逃げられないの！」

アルファの顔に、ある感情がよぎった――かすかな迷いが影を落とした。「いいだろう。わたしのするとおりにしろ」アルファは大きな身のこなしで獣のほうへ走っていき、ラッキーはそのすぐうしろについていった。

ラッキーはデイジーたちのそばまでくると、慎重になった。姿勢を低くして進む。そのとき、獣がさっと振りむいてラッキーをにらんだ。デイジーと子犬たちは岩壁のそばで震えながら、ラッキーたちに感謝してきゅうきゅう鳴いた。

アルファが一歩踏みだし、ラッキーと並んだ。まなざしは落ちつき、姿勢は静かな誇りに満ちていた。獣は鋭い目で群れのリーダーを品定めするようにみた。アルファは静かに立ち、動こうとも攻撃しようともしない。ラッキーは、その賢さをしぶしぶ認めた。オオカミ犬は、争いは望んでいないが引きさがるつもりもない、と無言で伝えているのだ。ゆっくりとたしかな足取りで、オオカミ犬はジャイアントファーを回りこみ、デイジーと子犬の前に立った。自分がこの犬たちを守るという意思をみせたのだ。ラッキーも近づき、アルファのとなりに立った。獣は目をそらさなかったが、近づいてくることもしなかった。ラッキーは、落ち着いた声でそっと話した。「デイジー、ぼくが合図を出したら、岩に沿って少しうしろへ下がってくれ。

あの獣から離れるんだ。みんなも同じようにするんだよ――ほんの少しだけ下がるんだ。いまじゃない」ラッキーは、ウィグルにいった。子犬は大急ぎで岩壁に沿って走ろうとしていたが、ぴたりと足を止めた。

「ラッキーにいわれるまで動いちゃだめ」デイジーはいいきかせた。リックはそのとなりに立ち、わかったというしるしにうなずいた。グラントでさえだまっておとなしくしていた。

「オメガとわたしも一歩だけ下がる」アルファは獣から目をはなさずにいった。「急に動いてあいつを驚かせるようなことはするな」

ラッキーはうなずいた。「合図をください」

獣はしばらくアルファとラッキーのあいだをにらんでいたが、急に片方の前足をあげた。

「いまだ！」アルファが鋭い声でいった。

「いいかい、ほんの少しだよ！」ラッキーは必死で声を抑えた。アルファとともに、ゆっくりと獣から遠ざかる。デイジーは二匹をまねて、すり足で岩壁に沿って進みはじめた。リックとウィグルもそれにならう。グラントは動こうとしない。根が生えたように立ちすくみ、緊張で全身を波打たせている。

獣は、あとずさるアルファとラッキーをみつめていた。岩のそばにいるほかの犬たちのことは忘れてしまったようにみえる。前足に鼻先を近づけ、少し残っていたこはく色の液体をきれいにしゃぶりとった。そしてつぎの瞬間、ずん、という音を響かせて前足を地に置いた。それから森のほうを振りかえり、ゆっくりと歩きはじめた。

「離れていくぞ！」ラッキーは声をひそめていった。緊張が一気に解けた。

アルファは用心深かった。「おまえの子犬どもがおかしな真似をしなければな……」

グラントが一歩踏みだし、吠えはじめた。「ここから出ていけ！　おまえなんか、犬にかなうわけないんだ！　おまえらはほんもののせんしにはかてないんだぞ！」

ラッキーは自分の目が信じられなかった。この子は、ジャイアントファーが退散したことを弱さの証だと考えたにちがいない。「グラント、やめろ！」叫んだが、子犬は耳をかそうとしなかった。

「もどってきたら痛い目にあわせてやるからな！」グラントは吠えた。

「口を閉じろ！」アルファがうなった。

獣がぴたりと足を止めた。くるっと振り向き、まっすぐにグラントをみすえたかと思うと、うしろ足で立ちあがり、爪をひらめかせて子犬に襲いかかってきた。獣の吠え声はとどろくように大きかった。奇妙な雷の音が世界中に響きわたっているようだった。ラッキーはグラントに駆けより、力ずくで獣から引きはなした。

「逃げるぞ！」ラッキーは吠えた。声の大きさを気にする余裕はない。「野営地まで走れ！急げ！」

「こっちだ！」アルファがデイジーに吠えた。デイジーは岩を回りこむオオカミ犬に続きながら、ちらっとうしろをみて、リックとウィグルがすぐうしろについてきていることをたしかめた。アルファたちは岩をあっちへこっちへと避けながら走り、曲がりくねった道をぬけて森へとびこんでいった。そこまでいけば、木の幹や緑のやぶに隠れることができる。

いっぽう、ラッキーは、アルファたちよりも大きく遅れていた。いやがるグラントをなかば押し、なかば引きずるように走らせ、とうとう口にくわえた。獣は前足を地についてふたたび吠え、首をひねりながらくちびるをめくりあげた。黄色っぽい牙からよだれがしたたり落ちる。ラッキーは恐怖で心臓が震えた。森は少しずつ近づいてくる。獣は足音を響かせながらだんだん距離を詰めてくる。ところが、追いかけてきたときと同じくらい急に、獣はぴたりと動きを止めた。ラッキーは思いきってうしろをみた。獣はしばらく空気のにおいをかいでいたかと思うと、どこかべつのほうへ歩いていった。

ラッキーは口にくわえていたグラントを地面に落とし、木の根元に体を投げだした。わき腹が大きく上下していた。険しい顔を子犬に向ける。「なにを考えてる？　自分で自分を殺すところだったじゃないか！　ほかの犬たちのことは？　みんながどうなるか気にしないのか？」

　グラントは悪びれるようすもなかった。「いじめっ子のことなんかこわくない！　てきからにげちゃだめなんだ！」

　ラッキーは、グラントのうなり声が以前より低くなっていることに気づいた。その目に浮かんだ残忍さはこれまでみられなかったものだ。日増しに子犬らしさが消えている――。

「きみのせいで全員が死んでたかもしれないんだぞ」ラッキーはいった。こんなことをいってきかせなくてはならないとは。「あんなのはむちゃだ。悪いやつらを前にしてもおびえないのはいいことだよ。だけど、けんかを売るのは賢くない。あの獣は、ぼくたちみんなを合わせたより大きい。あんなふうに向かっていくまえに、よく考えなくちゃいけない。デイジーになにも教わらなかったのかい？　いまのきみを誇りに思ってるとでも？」

　グラントはうつむいた。少なくとも、きまり悪そうにしてみせるくらいの分別はあるのだ。ラッキーの怒りは消えていった。どう説明すればいいのだろう？　グラントはアルファに操られているにすぎないということを――危険に足を踏みいれるのは、ただ、オオカミ犬がそう望んでいるからだということを。

ラッキーは草に頭を沈めて目を閉じ、アルファが正しかったのだろうかと考えた。子犬たちが群れにとどまる望みは残されていないだろう。

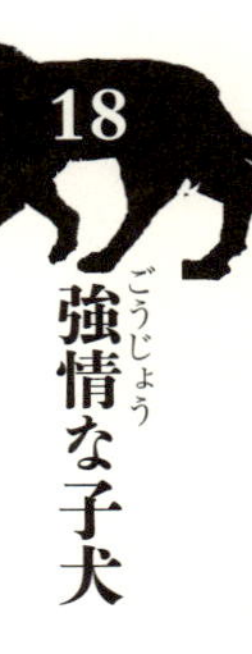

18 強情な子犬

翌日、〈太陽の犬〉が空の旅路のてっぺんにたどりつくころ、〈群れの犬〉たちは丘に近い草地に集まった。松の木と温まった土の甘いにおいが、おだやかなそよ風に乗ってただよってくる。ラッキーは、森のはしの岩場をちらっと振りかえった。グラントとリックとウィグルの姿を思いうかべる。いまは洞くつの真ん中で昼寝をしているところだ。ダートが子犬たちを見張っていた。ラッキーは、アルファがダートに〝猛犬ども〟をノーズとスカームに近づけるなと命じたのをききつけていた。この二匹は子犬用の寝床で休んでいる。たしかにグラントは向こうみずなまねをした。たしかに、その失敗から学ばなくてならない。それはラッキーにもわかる。だが、リックとウィグルまで同じようにとがめられる必要があるだろうか。不公平すぎるように思えた。

ラッキーは群れのほうを向いた。少し離れたところでは、スプリングが声をひそめてスナップと話していた。〝攻撃的〟や〝信用できない〟という言葉が切れ切れにきこえ、ラッキーはしっぽを垂れた。デイジーがそっと近づいてきた。ミッキーもそばにすわり、はげますようにうなずいてみせる。

群れの大半はアルファと同じ意見だろう――。ふと、スイートがこちらをみているのに気づいた。

だがスイートは、アルファが松の木立から現れるとラッキーから目をそらした。オオカミ犬は斜面をゆっくりとおりて犬たちのところへくると、その中央に陣取った。

「全員が試験の結果を気にしているにちがいない」オオカミ犬は、冷たい目で群れをみまわした。「中にはジャイアントファーのことをきいた者もいるだろう」

おびえたようなささやき声が広がった。

「ほんとうにジャイアントファーをみたんですか？」スプリングがたずねた。「ほんとうに存在するんですね？」

ムーンは立ちあがった。「どこにいるんです？」不安そうな視線を、うしろの岩場と洞くつの入り口に向ける。

「このあたりにはいない」アルファは母犬を安心させた。耳をかき、ざわめきがしずまるのを待つ。犬たちが静かになると、もういちど話をはじめた。「あの怪物をみつけたのは、デイジーと子犬たちのあとをつけているときだった。あいつらは木からエサをとるらしい」

「木を食べるんですか？」フィアリーが黒い顔にとまどったような表情を浮かべて問いかえした。「肉を好むのでは？」

「わたしがここにいるのは、ジャイアントファーの話をするためではない」アルファはいらだたしげにうなった。「あれは巨大な獣だった。獣はデイジーが子犬どもを休ませていた場所へ歩いていったが、犬には興味を示さなかった。そうだろう？」

　その問いはデイジーに向けられたものだった。デイジーは目を伏せてうなずいた。「そのとおりです。ジャイアントファーは、最初はあたしたちのことを無視してたの。木に近づきたいだけだった。じゃまをしなければなにもしてこなかったわ」

「それから、なにがあった？」アルファがたずねた。

　ラッキーは体をこわばらせた。これは不公平だ――一見、オオカミ犬の質問にはなんの悪意もなく警戒する必要はないように思える。だが実際は、子犬の不利になることをいわせようとデイジーを誘導している。ラッキーは今回もアルファの賢さに感心した――その手口を憎んでいたとしても。口をかたく閉じ、腹立たしげな吠え声をあげてしまわないように気をつけていた。

デイジーはちらっとラッキーをみた。不安そうに口をなめている。

「オメガをみても意味はないぞ」アルファがうなった。感情を抑えきれなかったようだ。あたりに視線を走らせ、自分が本心をのぞかせたことに気づいた犬がいないかたしかめた。深呼吸をひとつする。ふたたび話しはじめたとき、その声は落ちついていた。「群れの者たちに、ただ真実をいえばいい。それから、なにがあったのだ？」

デイジーは前足をみつめたまま答えた。「グラントが吠えはじめました。ジャイアントファーに挑もうとしてたわ」

いっせいに驚きの声があがった。

「軽はずみな行為だ」アルファはきっぱりといった。「生まれついての猛犬だけが、そのようなおろかな判断をする」

「卑しい犬の証ですね」ホワインはオオカミ犬にこびるように頭を下げた。

ラッキーはそれ以上きいていられずに口をはさんだ。「勇敢だったともいえます」アルファの言葉は事実だ――たしかに、グラントは軽はずみだった。それでも、たった一度の過ちだけで子犬たちを決めつけていいものだろうか。グラントとほかの子犬たちには学ぶ時間が必要なのだ。それだけのことだ。「あの子たちは、大きくなれば群れにとって重要な存在になります。侵入者たちから群れを守ってくれる。あの子たちの可能性に目を向けなくてはなりません」

アルファはうなった。「わが身を守ることと、争いを引きおこすこととは別問題だ。あの子犬どもは争いごとを望んでいた。そして、危険を切りぬけることができなかった！　とりわけ、あの生意気なグラントだ。あいつはどんどん成長し、たちの悪さをみせるようになっている。まともな頭を持った犬ならば、危険が去った直後にあんなケダモノを追いかけるようなまねはするまい」

「追いかけたですって？」スプリングが大声をあげた。

ラッキーはスプリングをにらみつけた。そのとなりに立っていたブルーノも目を見開いたが、口を閉じているだけの賢さはあった。

ベラが慎重にたずねた。「ほんとうにジャイアントファーは去ろうとしてたんですか？　もしかしたら――」

「去ろうとしていたのだ」アルファは鋭い口調でいった。オオカミ犬にまともににらみつけられ、デイジーは悲しげにうなずいた。

「わかったか？」アルファは続けた。「〈フィアース・ドッグ〉は信用できないのだ」

ラッキーは悔しさに体をこわばらせた。こんなのは不公平だ！　アルファに子犬たちを追いだす権利はない。そもそも、あの子たちを危険な目にあわせたのはアルファじゃないか――。ラッキーはすがるように犬たちをみまわし、味方になってくれる犬を探そうとした。スプリングは激しい怒りをあらわにし、スナップは悲しげに耳を垂れて肩を落としている。だが、怒りと落胆のどちらがましなのだろう？　どの犬も考えこんでいるようだった。マーサでさえ、なにを考えているのかわからない。その目はなにもみていないようだった。

アルファが立ちあがった。「問題は、〈フィアース・ドッグ〉たちをどうするべきかということだ。先へ進んであの子犬どもを荒野で置きざりにするべきか、あるいは――」オオカミらしい耳がぴくっと動く。「すべてを終わらせるか」

ラッキーは口をぽかんと開けた。

「まさか……子犬を殺すつもりではないでしょうね」ミッキーは悲鳴をあげた。

アルファは落ちつきはらい、悪びれたようすもなかった。「ただの選択肢だ」

「やるならすぐに」スナップがいった。「もう大きくなりはじめていますから」

「相手は子犬だぞ！」ラッキーは叫んだ。「子どもを傷つけようだなんて、なぜそんなことを思いつくんです？」

「そんなこと許すもんですか！」マーサが一歩踏みだした。ほかの犬たちがいいあらそっていたあいだも静かにしていたが、いま、その黒い顔は激しい感情でゆがんでいた。「わたしがあの子たちを連れてここを出ます。そうすればわずらわされることもないでしょう。でも、あの子たちを傷つけるつもりなら、わたしを倒してからにしてください！」

アルファはさっとマーサのほうを向いてうなり声をあげた。ミッキーはマーサに近づくと、下がっていろと伝えるためにその首をなめた。そして、アルファのほうを向いた。おだやかで落ちついた声だった。「あの子たちはわざと問題を起こしているわけじゃありません。きちんとしたふるまいができるように、わたしたちが気をつけてやりましょう。訓練をしてやればいいだけの話です」

「もう手遅れだ」フィアリーが吠えた。「あいつらの一匹はスカームを襲ったじゃないか。危うく殺されるところだった！」

「それは誤解だわ」マーサが吠えかえした。あいだにいた数匹の犬が、体の大きな二匹の争いに巻きこまれるのを避けようとあとずさった。「あの子は遊んでいたの。それだけよ」

「それに、失敗したのはグラントだけよ」デイジーが小さな声でいった。「ほかの二匹はおぎょうぎがいいわ――ちゃんと指示をきいてるもの」

ムーンが負けじと声をあげた。「殺すなんて残酷すぎるわ。わたしは置きざりにするほうに賛成よ」

スプリングは、垂れた長い耳を振った。「でも、きっと追いかけてくるわ。捕まえて復讐しようと追ってくるはずよ！」

復讐だって？　ラッキーは耳を振った。スプリングは、あの子犬たちにそんなことができると本気で考えているのだろうか。

「そのとおり」ホワインが震える声で賛成した。「厄介ごとはこれっきりでおしまいにしたほうがいい」

「あの子たちは厄介ごとなんかじゃない！」ラッキーは声を荒げた。「あの子たちは子犬だ！」「子犬を罠にかけるなんて」マーサは腹立たしげにいった。「許せない！」

そのとき、怒りにまかせた吠え声が群れの争いをさえぎった。犬たちは、驚いて口をつぐんだ。大またで二、三歩離れたところに、グラントとリックとウィグルが立っていた。

三匹のうしろではダートが震えている。「みんなの声をききつけて……なにが起こってるのか知りたがったんです。わたしには止められませんでした」

グラントは怒りもあらわに激しく吠えたてた。「おれたちをためすためだけに、あのケダモノをけしかけたのか？」アルファをにらみつける。「どうしてそんなことする？　生きたままたべられてたかもしれないのに！」

激しく吠える子犬を前にしても、アルファは微動だにしなかった。「静かにしろ！　ねんのため教えておいてやるが、わたしはこの群れの長だ。あの獣は計画に入っていなかった。だが、そうだ。わたしはあの機会を利用して、危機にひんしたおまえたちがどう動くのか観察しようとした。わたしはこの群れを守っている。そのような責任は重くのしかかってくるものだ。群れを守るためならどんなことでもしよう」

「グラント」ラッキーはおだやかに声をかけた。オオカミ犬のやり方には賛成できないが、どんなことをしてでもこの場を収めたかった。「きみならきっとわかってくれると思うけど――」

その言葉は、かん高い吠え声にさえぎられた。「どうしてあんなことできたの？」リックが、まっすぐにラッキーをみていた。「あたしたち、ラッキーのこと信じてたのに！」

小さなウィグルもラッキーをみつめていた。茶色い目をまん丸に見開き、短い尾は足のあいだにはさみこまれている、きょうだいたちとちがって、やっとききとれるくらいの小さな声だった。「ぼくたちのこと好きなんだって思ってた。ぼくたちの友だちだって思ってた」

ラッキーは罪悪感に心臓をねじられているような気分になった。「ぼくはきみたちの友だちだよ。まさかこんなことになるとは思ってもいなかったんだ」どんなに頭をひねっても、自分のしたことを正当化できる言葉はみつからなかった。この幼い犬たちを裏切っているつもりはなかったのだ――はじめからずっと。ただ、正しいことをしようとしていたに過ぎない。だが、この子たちの怒りはもっともだ。自分がアルファの計画を手伝っていたことは事実だ。子犬たちを失望させたことは事実だ。ラッキーは一歩踏みだし、視線をグラントからリック、リックからウィグルに移した。「ほんとうに悪かった」

ウィグルはメスのきょうだいの顔をみていった。「あの二ひきはぼくたちのことを助けてくれた。ラッキーとアルファは、あのけものをおいはらってくれた。それに、ラッキーとミッキーは、みすてられてたぼくたちをおせわしてくれた」

リックはウィグルをみつめ、それから首をかしげてラッキーのほうをみた。「じゃあ、ゆるしてあげる――そうよね、ウィグル？」

ウィグルは返事のかわりにラッキーにとびついた。ラッキーはかがみこんで子犬の耳をなめ、ミッキーは前に踏みだしてリックを呼びよせた。群れの犬たちはそのようすを見守っていた。

ラッキーのわき腹から緊張がぬけていった。子犬たちは自分を許してくれた。それも、群れの前でぼくを許してみせた。成長のしるしと、相手と調和する能力を、みんなに証明してみせたのだ。この群れに適していることを証明した。ベラの目に迷いが浮かぶのがわかった。スイートは考えこみながら前足で地面をたたいている。みんな、子犬たちのべつの一面に気づいたんだ——優しい一面を。

グラントだけがその場から動こうとせず、ほかの犬たちとは距離を置いていた。ラッキーは顔をあげ、険しい表情のグラントと目を合わせた。

「グラント、きみはどうだい？　ぼくを許してくれるかい？」

頼むからうなずいてくれ——。なんだっていいからこの場を切りぬけるんだ。

子犬はせいいっぱいまっすぐに立ち、胸を張った。「ぜったいにゆるさないぞ！　リックとウィグルはおくびょうものなんだ。だけどおれは、てきをみたらてきだってわかる。おれたちとちがう犬なんて、しんようできるもんか——森で暮らす犬なんか、あらっぽくてずるくて、プライドもないんだ。おまえなんかについてこなきゃよかった」グラントは小さくうなり、リックとウィグルに向きなおった。「おまえたち！　こんなとこ出ていくぞ！」

リックはグラントのほうへ一歩近づいたが、ためらっていた。ミッキーのほうを振りかえる。

ウィグルはラッキーのそばを離れようとしない。

グラントは大声で吠えた。「早くしろ！　おれたちはじゃまものなんだ。それに、こんなみすぼらしいむれ、おれたちにはふさわしくない。なかまをさがしにいこう――おれたちのいばしょをさがすんだ！」

集まっていた犬たちの上に、なにかの影が落ちた。ラッキーが急いで振りむくと、松の木立の下に、大きな黒い生き物の姿がみえた。なめらかな毛におおわれた顔の上で、黒い目がぎらぎらかがやいている。口のあいだには白い牙が光っていた。

残忍そうな声がきこえてきた。「探す必要はない……もう、わたしたちのほうでおまえたちをみつけたのだから」

囲まれた群れ

メスの〈フィアース・ドッグ〉は鼻面をあげ、〈野生の群れ〉を鋭い目でみおろした。つややかな毛皮が、引きしまった筋肉質の体の上で波打つように動いている。めまいがするような恐怖が、ラッキーの胃をちぢみあがらせた。あの犬は、ブレードという名の犬だ。どう猛な群れのアルファだ。基地で会ったときのことは覚えていた。怒りに満ちた吠え声と、犬たちへの容赦のない指示も覚えている。数歩離れたところでベラがおびえた声をあげた。「あの犬よ！　一度は振りきったのに、追いかけてきたんだわ。復讐するつもりよ！」

「めあてはぼくたちじゃない」ラッキーはウィグルを守ろうと鼻で引きよせ、自分のうしろにいかせると、子犬とブレードのあいだに立ちはだかった。

「あれ、なに？　なにがあったの？」ウィグルがたずね、ラッキーのうしろからのぞこうとした。

「じっとしておいで」ラッキーは小声でいいきかせた。ブレードから目をはなさない。なにが起こっているにせよ、いいことではない。

ブレードの両わきの長い草がふたつに分かれ、さらにたくさんの黒と茶色のまだらの顔がのぞいた。仲間の犬たちが松林のはしに沿って並んでいたのだ。〈フィアース・ドッグ〉がせいぞろいしている――！

最初に声をあげたのはダートだった。「囲まれてるわ！」

草地はパニックになった。ホワインはおびえて遠吠えをし、あとずさったはずみにブルーノにぶつかった。ブルーノはスナップにぶつかり、スナップはかん高い声で激しく吠えながら宙にはねあがった。スイートだけが、群れを守るように犬たちの正面へ回った。だが、そのわき腹は緊張で波打っている。スイートは遠吠えをした。

「位置につきなさい！」

ラッキーは身ぶるいした。〈フィアース・ドッグ〉たちは、ブレードのうしろに整然と並んでいた。三匹ずつ横に並んで列を作り、とがった耳は完ぺきに整列している。一分のすきもない。

ラッキーの群れの犬たちは、アルファをみて指示が下されるのを待った。アルファはためらっていた。ラッキーと同じく、ブレードのような指揮官を前にして不安になっているようにみえた。

ベラが前にとびだし、挑むように牙をむき出した。「みんな、ベータの声がきこえたでしょ！　列を作りなさいよ！　アルファとベータを前に通して、子犬たちを守らなくちゃ！」

群れが子犬たちの前でゆるやかな壁を作ったのをみて、ラッキーは誇らしさに胸がいっぱいになった。だが、ブルーノとホワインはおびえて取りみだし、指示をきいていなかった。ヒステリックに吠えながらやみくもに走りまわるばかりだ。二匹のパニックはほかの犬たちにもうつった。スプリングはせわしなく地面を引っかき、そのとなりではサンシャインがぶるぶる震えていた。アルファはスイートに近づこうとしたが、黄色い瞳がブレードをとらえた瞬間、凍りついたように足をとめた。ラッキーは、そのオオカミの顔に、おびえたような表情が一瞬よぎったのに気づいた。今度もアルファはおじけづくのだろうか――。黒い雲が現れたときのように？

「囲め！」ブレードが力強い声で叫んだ。〈フィアース・ドッグ〉たちはすぐに命令に従った。ふたてにわかれて走り、松の木立から草地へ流れこんでくる。

「野営地にはいかせない！」ベラが吠えた。勇敢にも、群れの正面に立つスイートと並び、そこから一歩も動こうとしなかった。

「わたしたちを倒せるものですか！」スイートも吠えた。

　ラッキーは〈フィアース・ドッグ〉たちが草地を行進してくるのを見守った。角ばった顔はぴたりと前を向き、口はしっかり閉じている。この犬たちは、基地の食糧を〈囚われの犬〉たちが盗んだときも、驚くほど統制の取れた攻撃をしかけてきた。その犬たちとこの森で戦うなら、パニックを起こして逃げまどっていては勝ち目はない。

　みんなの知恵をひとつにしなければ――それも、すぐに。

　アルファは肩をそびやかせ、黄色い目でラッキーのほうをみた。ぼくに責任を負わせる気なんだ――。子犬たちを野営地に連れてきたのは、たしかにぼくだ。ぼくが、ミッキーを説きふせて連れてきた。

「全員、静かにしろ！」アルファはオオカミの遠吠えをした。マーサはデイジーにつまずきかけ、デイジーは悲鳴をあげて身をよじり、その拍子にムーンにぶつかった。だが、犬たちの目に浮かんでいたおびえは少し消えていた。

　スイートがそっとムーンに近づいた。「急いで岩場にもどって。騒ぎがおさまるまで、ノーズとスカームを子犬用の寝床から出さないでちょうだい」ムーンは感謝をこめてすばやくうなずいた。フィアリーとちらっと目を合わせ、大きな歩幅で洞くつがあるほうへ走っていく。
〈フィアース・ドッグ〉たちは、いまも前進を続けていた。落ちついた歩みは完ぺきにそろい、まるで、黒と茶色の毛皮でできた壁が動いているようにみえた。〈野生の群れ〉の犬たちは逃げようとはしなかったが、態勢が整っていないことはラッキーにもわかった。ダートは両方の前足で頭を隠し、どうすることもできずにきゅうきゅう鳴いている。ブルーノはかん高い声で吠えていた。野営地のまわりの空気には、恐怖のにおいが立ちこめていた。

その悪臭に、ラッキーはめまいがした。

ウィグルは？　ウィグルはどこにいった？　ふと気づいて、ラッキーは胃が痛くなった。この混乱で子犬を見失ってしまった。幼い〈フィアース・ドッグ〉たちの姿が一匹もみあたらない。

ブレードが吠えた。「この雑種どもを抑えて、子犬たちをみつけなさい！」

抵抗するまもなく、整列していた〈フィアース・ドッグ〉たちは、今度は〈野生の群れ〉のまわりを回りながら犬たちを中に囲いこんでいった。

「顔を外に向けて！」スイートが吠えた。「敵から目をはなしちゃだめ！」〈野生の群れ〉は体をぶつけ合い、押し合いへしあいしながら、残忍な〈フィアース・ドッグ〉から少しでも遠ざかろうとしていた。ラッキーは、だれかに押しのけられ、また別のだれかに毛皮を軽くかまれた。だれもが恐怖にわれを忘れていた。

「落ちつけ！」アルファが遠吠えした。「さもないと、わたしがおまえたちののどをかみきるぞ！」

〈フィアース・ドッグ〉は、陣形を整え、ぴたりと止まった。ラッキーはあえぎながらまわりをみまわし、〈野生の群れ〉があっけなく制圧されてしまったことに驚いていた。円の中心に、小さく固まったリックとウィグルとグラントの姿がみえた。

ラッキーはほかの犬をかきわけて子犬たちのもとへいった。「みんなだいじょうぶかい？」声を張りあげなくては、仲間たちのすがるような鳴き声や吠え声や、〈フィアース・ドッグ〉があげる大声にかき消されてしまう。

ウィグルが体をすり寄せてきた。リックが返事をする。「だいじょうぶ。でも、なにがあったの？」

グラントはさっと身を引いてラッキーをにらみつけた。「なにがあったかおしえてやる。おれたちのむれが、むかえにきてくれたんだ。やっとこんなひどいとこを出られるぞ。うそつきたちとさよならできるんだ」

ラッキーはなぐられでもしたかのように顔をゆがめた。「グラント――」

グラントはそれには耳を貸さず、円を作った〈野生の犬〉たちのあいだに体をもぐりこませ、むりやりすりぬけた。ラッキーはそのあとを追った。追いついたとき、グラントはちょうど輪のふちにたどり着いたところだった。

「もどっておいで！」ラッキーは声を荒げ、グラントの前に回りこんだ。ふと顔をあげた瞬間、背中に冷たいものが走った。ラッキーを、見覚えのある残忍な目がみおろしていたのだ。

〈フィアース・ドッグ〉のベータだ。

「アルファ、いました！」ベータは叫んだ。「この雑種が連れてきました」

「よくやった、メース！」ブレードは吠えた。いまも、松の木立の小高くなった場所から、ふたつの群れを見下ろしている。

「なんなりとご指示を！」メースが吠え、くさい息がラッキーの顔にかかった。メースの体は前にみたときよりも筋張っていた。ほおの細さと、針金のように浮きあがった筋肉は、はじめて基地で会ったときにはなかった特徴だ。ニンゲンたちに毎日エサをもらう習慣がなくなったいま、メースはやせて腹を空かせていた――以前にもまして危険になったということだ。

ブレードが草地に駆けおりてきた。〈野生の群れ〉をにらみまわし、牙をかちかち鳴らしながらいった。「みすぼらしい雑種ども！　情けない負けっぷりね」ブレードがゆっくりと輪のまわりを歩きはじめると、ブルーノとダートは怖がってきゅうきゅう鳴いた。

　ラッキーは、ブレードが近づいてくると体が震えはじめた。うしろでなにかが動く気配がし、アルファがとなりに現れた。オオカミ犬は、群れが完全に敵のいいなりになったいまも、はた目には落ちつきはらっているようにみえた。それでも、息は乱れ、胸がせわしなく動いていた。

　アルファは、ブレードが近づいてくると身がまえ、そしてたずねた。「なぜここへきた？」うなり声は低く冷静で、卑屈でもなければ攻撃的でもなかった。

　ブレードは一歩近づき、アルファを上から下までながめまわした。背はアルファのほうが高いが、肩幅はブレードのほうが広く、なめらかな毛皮の上からも目にみえて筋肉が盛りあがっている。「おまえたちがわたしたちの子犬をさらったからだ」ブレードはうなった。

　ラッキーは、グラントが押しのけようとしてくるのを感じたが、絶対に動かなかった。自分が土に埋めた母犬のことが頭を離れないのだ。ぼくは、あの母犬が助けを求めて叫ぶのをきいた――。この犬たちに殺されたんだ。そう、自分にいいきかせる。恐怖で胃がかき回されているようだった。〈フィアース・ドッグ〉たちは、子犬をどうするつもりだろう？

　アルファはブレードから目をそらそうとしなかった。「われわれがさらったわけではない。

子犬たちが捨てられているのをオメガがみつけたのだ。そして、世話ができるようにここへ連れてきた。そちらの群れが基地を去ったと考えたらしい」

ブレードは黒い目をラッキーに向けた。「おまえはわたしたちの基地に勝手に入ってきた卑怯者！　なぜ子犬をさらっていった？」

ラッキーは足がふるえ、相手の目をみかえすだけでせいいっぱいだった。「争いごとを起こすつもりはなかった。あの子たちがおなかを空かせていたから、ぼくらは……いや、ぼくは……助けようとしただけなんだ」

「基地を捨てたわけではない！」ブレードが吠えた。「そして、あの子犬たちはこちらの群れのもの。わたしについてくるに決まっている」

ラッキーのうしろで、グラントは緊張を解いたようだった。はじめから〈フィアース・ドッグ〉たちがむかえにくることを期待していたのだろうか。ブレードにとびついていく。「おれはここです！」かん高い声で吠える。「むれのつとめとして、ほうこくします！」

ブレードは満足げにうなずいた。ラッキーは耳を垂れてそのようすを見守っていた。グラントはずっとこの瞬間を待っていたのだろうか。ラッキーにも〈野生の群れ〉にも、愛情はひとかけらも感じていなかったのだろうか。

ラッキーは、グラントがよろこんでこちらの群れを捨てたことでブレードが納得してくれればいいのだが、と考えていた。だが、その望みは薄い。ブレードは〝子犬たち〟といった——全員を取りかえそうとしている。

「ほかの二匹はどこだ？」ブレードがラッキーの恐れをみすかしたように吠えた。

円を組んだ犬たちのあいだから、低い吠え声がひとつあがった。群れのあいだから、マーサが優しい顔立ちの大きな頭をのぞかせた。「アルファ、子犬たちを連れていかせないでください！　守ってあげるとあの子たちに約束したんです！」

オオカミ犬はマーサを振りむき、厳しい目でにらみつけた。「わたしは群れにとって正しいことをする」そう答えると、ブレードに向きなおった。「全員連れていけ」

マーサは怒りをこめて吠えた。「あの犬に引きわたすなんて、どういうつもりです？　きっとひどい目にあわせるわ！　それがわからないんですか？」

ラッキーはなりゆきを見守りながら、めずらしくアルファに同情していた。アルファにどうすることができるだろう。これほど多くの〈フィアース・ドッグ〉に囲まれれば、挑発するようなまねはできない。

ブレードはマーサを無視してラッキーのほうを向いた。「おまえは運がいい。こちらの関心は子犬にしかないんだから。この機会を利用しておまえの舌をかみちぎってやってもよかったのよ、この雑種め。おまえには一杯食わされたことがある。それも、わたしたちの基地で！　今度じゃまをしてみなさい。そのときは覚悟するのよ」ブレードはくちびるをぐっとめくり上げ、おどすように白い牙をのぞかせた。「あとの二匹はどこにいる？　わたしの子犬たちをよこしなさい」

ラッキーはぴくりと耳を立てた。ブレードは、自分が子犬の母親だといいたいのだろうか？

アルファが目を鋭く細めた。「おまえの子どもならば、いっしょに連れていくべきだろう」

〈野生の犬〉たちのあいだに、賛成するようなざわめきが起こった。ラッキーは首をかしげた——ブレードが母親なら、ぼくたちが基地に埋めた犬はだれなんだ？

「そうよ。子犬は母犬といっしょにいなくてはいけないわ」ムーンは声をやわらげていった。

「それが自然よ」スナップが横からいった。「親子が離ればなれでいるなんてだめでしょ。犬は仲間といっしょにいるものなんだから」

スイートはいぶかしげにこの状況をみまもっていた。「母犬は死んだのでしょう？」

ぼくもそう思ってた——ラッキーはそう考えながら、ミッキーと目を合わせた。牧羊犬は不安そうに耳を寝かせ、ラッキーから子犬へ、子犬からブレードへと視線を移した。

だが、ほかの犬たちは、なんとしてでもこの騒ぎを終わらせたいと願っていた。ラッキーやスイートやベラが抱いているような疑問は頭に浮かびもしないのだ。

「子犬は母犬といるべきよ」スプリングが急いでいった。

「仲間といるのが」ブルーノもいった。「子犬たちにとっても一番いいことなんだ」

ラッキーは、うそをつくなとブレードに叫びたかったが、どうにか自分を抑えた。そんなことをしてなんになるだろう？〈野生の群れ〉の犬たちは、アルファが試験を与える前から子犬たちに不信感を抱いていた。そして、グラントはすでに群れをぬけた。〈フィアース・ドッグ〉たちに囲まれたいま、敵の要求に応える以外になにができるだろう。

ブレードの鋭い吠え声が宙を切りさいた。「わたしの子犬をよこしなさい！　考える時間はもう十分に与えた！」そういうなり、円になった犬たちを回りこみ、デイジーに襲いかかった。デイジーはふいをつかれ、身をかわそうとしたがまにあわなかった。

ブレードは大きな口でデイジーの首をくわえこんだ。小さな犬は凍りつき、敵のアルファにがっしりした前足で押さえこまれると、恐怖に目を見開いた。

「いますぐわたしの子犬をよこしなさい！」ブレードはデイジーをくわえたままうなった。首をひねってラッキーのほうをみたとき、耳のすぐ下にある白い牙の形のもようがあらわになった。ラッキーはそれをみて、死んだ子犬のことを思いだした。ミッキーとともに、母犬のそばに埋めた子犬のことだ。あの子犬にもこれと同じもようがあった――。

となりでミッキーがつぶやいた。「あの死んだ子犬は……ブレードの子だったにちがいない」

ラッキーはうなずいた。ゆっくりと、ことの真相がわかってきた。「たぶんブレードは、自分には世話をしてやる子犬が必要だと本能的に感じたんだろう――〈フィアース・ドッグ〉の子犬なら、だれでもよかったんだ」

ラッキーは敵のアルファをじっとみつめた。自分がいまみているのは、悲しみに混乱した母親なのだろうか。それなら、ブレードがこれほど無慈悲になる理由もわかる――あの犬は、〈野生の群れ〉に、世界中のなにより欲しいものを奪われたと考えているのだ。もしブレードがこれほど残忍な殺し屋でなかったなら、ラッキーも気の毒に思ったかもしれない。

ラッキーは、デイジーの悲鳴でわれに返った。ブレードがデイジーの首をくわえた口に力をこめたのだ。

アルファは群れに命じた。「子犬を渡せ！」

ブレードがうなずくと、〈野生の群れ〉を取り囲んでいた〈フィアース・ドッグ〉の一匹が、すきまを作るために用心深く一歩下がった。円の中心にいたブルーノとホワインとダートが下がると、あいだに隠れていたリックとウィグルが姿を現した。

「おまえたち、自分の群れに帰りなさい」アルファがいった。言葉は厳しかったが、声はおだやかだった。ラッキーは、アルファの声にかすかな後悔をききとったような気がした。

リックは〈野生の犬〉たちのあいだを通って、ブレードのすぐ手前で立ちどまった。頭をまっすぐに起こし、短い尾はぴんと立っている。ラッキーは誇らしさで胸がいっぱいになった。あれだけ短いあいだに、この子犬はたくさんのことを学び、大きく成長した。恐れを知らない勇敢な性格は、いずれ群れにとって大きな財産になったはずだった。だが、こうなったいまでは、リックは攻撃的で残忍な犬に育つしかない――アルファが恐れたような成長をとげるほかに道はない。

三匹ともこの群れに残ればりっぱな犬に育つはずだった。ラッキーにはその確信があった。グラントもそうだ……ラッキーは、つやのあるふわふわした毛並みの子犬をみた。グラントはリックのそばへ寄り、その鼻をなめた。リックは同じしぐさを返し、だれかを探すように集まった犬たちをみまわした。やがて、ラッキーの顔をみつけると、悲しげに目をしばたたかせた。

ウィグルだけは動こうとせずに、以前いた群れのもとへもどることを拒んでいた。マーサがそばへ寄ると、ウィグルは体を押しつけてきゅうきゅう鳴いた。「いきたくない。マーサとラッキーとミッキーとほかのみんなといっしょにいたい」

　マーサは群れをぐるりとみわたし、全員に語りかけた。「ほんとうにこんなことを許すつもりなの？　どうしてあんな猛犬たちに子犬を渡せるの？」

「ダガー！」メースが仲間を呼び、つぶれたような顔の薄茶の犬と並んで前に進みでた。〈野生の群れ〉の犬たちは、道を開けるためにうしろへ下がった。ウィグルは二匹に無言で両わきをはさまれると、しかたなく前に歩きはじめた。

　マーサは悲しげな声をひとつもらして顔をそむけ、犬たちの輪からぬけだした。見張り役の〈フィアース・ドッグ〉には目もくれず、そのそばを駆けぬけると、うなだれたまま草地を横切っていった。

〈フィアース・ドッグ〉たちは、ウィグルをきょうだいのそばへ連れていった。ウィグルは耳を垂れてリックにもたれかかった。「ほんとにいかなきゃだめ？」弱々しい声でいう。

　グラントはきょうだいを叱りつけた。「おれたちのなかまは、この強くてゆうかんなせんしたちなんだぞ。あんな、みすぼらしいちぐはぐのむれなんかじゃない。まぬけなジャイアントファーをこわがる犬なんか、なかまじゃない！」

　ブレードが耳をぴくっと動かし、物問いたげな視線をラッキーに投げた。ほかの〈フィアース・ドッグ〉たちは、ジャイアントファーにわざときかせるかのように、いっせいにうなり声をあげた。獣(けもの)を恐(おそ)れるようすはない。ラッキーはそれをみると不安になって尾(お)を垂れた。

ようやくブレードが口をはなした。デイジーはあわてて敵のアルファから離れ、ベラのそばへいって体を震(ふる)わせた。「出発の準備を！」ブレードが吠(ほ)え、〈フィアース・ドッグ〉たちは態勢を整えた。

「あたし、いきたくない」リックが鳴いた。

「ぼくもいやだ」ウィグルがいった。「ミッキー、ぼくたちを連れていかせないで！」

ミッキーは子犬に顔をよせ、あわれみのこもった小さな声でいった。「きみたちのことを忘れないよ」

ブレードはミッキーをにらみつけた。「もういちどむだ口をたたいたら、そののどをかみ切ってやる！」

ミッキーはたじろぎ、ラッキーはそのとなりで身がまえた。必要なら戦うつもりだ。ブレードが少しでもミッキーに触れれば、ぼくが相手になってやる——たとえそれが、ぼくの最後の戦いになってしまうとしても！

ブレードは鼻をあげ、円になった犬たちを挑(いど)むようににらんだ。それからさっと顔をそむけた。体に力をこめ、三角形の耳をまっすぐに立てる。〈フィアース・ドッグ〉たちは、松の木立のほうへ行進をはじめた――ブレードが先頭に立ち、メースが一番うしろを守る。子犬たちは真ん中でしっかり囲いこまれていた。

　ラッキーは根が生えたように立ちつくし、連れさられていく子犬たちをみつめていた。〈森の犬〉よ、あの子たちをお守りください――。まだあんなに幼くむじゃきだというのに、あんなに残忍な群れにくわわるのです。どうかあの子犬たちを危険な目にあわせないでください。〈太陽の犬〉は〈フィアース・ドッグ〉たちの上で移動を続け、地平線へおりてこようとしていた。ラッキーは澄んだ青空をみあげた。下界ではこれほどの混乱が起こっているというのに、どうして空はあんなにもおだやかなのだろう。小さなころ、嵐におびえたときのことを思いおこした。あのとき、自分ときょうだいは母犬のそばで震えていたものだった。雄々しい〈天空の犬〉のことを考えた。〈天空の犬〉たちは、〈精霊たち〉の中でも一番の力を誇るのではないのだろうか。

　ラッキーは、また祈った。おねがいです、強き〈天空の犬〉よ。小さな仲間たちをお守りください――。

　ウィグルは、犬たちをかきわけて群れのはしへ出てくると、最後にもういちど、悲しげな目でラッキーのほうをみた。ラッキーは首をかしげ、口の横から舌をのぞかせた。むりにでもしっぽを振ってみせる。明るくふるまうことで子犬をはげましたいと願っていた。長い旅が待ちうけている子犬に、少しでも元気を与えたかった。

遠吠えをしたり、顔をそむけたりしないように、残っていた気力を振りしぼらなくてはならなかった。ほんとうは、悲しみのあまり心臓がねじれるように痛んでいた。

20

二度目の挑戦

松の木立に立ちこめた厚い霧は草地にまでおりてきて、あたりを灰色にかすませていた。〈月の犬〉の光は霧をつらぬいたが、星はにごった闇に隠れてみえなかった。

ラッキーは松の木々に囲まれてすわり、ぼんやりと野営地のほうをながめながら、ぶるっと身ぶるいした。強くなった風が毛皮に鋭い牙を立てたのだ。それでもラッキーは、決して現れない子犬たちを待ちつづけていた。何度か、黒っぽい影が湖に沿って松林のほうへ駆けてくるのをみたような気がした。目のすみに、つやつやした毛皮がちらっと映ったような気がした。うれしそうなかん高い吠え声をきいたような気がしたり、土を踏むやわらかい足音をきいたような気がしたりするたびに、何度も耳をぴくっと動かした。

ラッキーはため息をつき、長い草に体を沈みこませた。もう子犬たちは遠くへいっただろう。仲間とともに、夜にそなえてどこかに身を落ちつけているころだろう。あんな残忍な犬たちとうまくやっていけるだろうか。グラントは自分で思っているより弱いのだ。リックは多くのことを学んだが、それでもまだまだ幼い。

　それに、かわいそうな小さなウィグル……。

　野営地は、〈フィアース・ドッグ〉たちが去ってから、ふしぎなほど静まりかえっていた。あれからミッキーが探しにいくと、マーサは子犬たちが寝ていた場所に打ちひしがれたようにすわっていた。フィアリーは猟犬たちを率いて狩りへいき、スプリングとダートとデイジーはパトロールへいった。犬たちは早い時間に獲物を食べた。ろくに言葉もかわさずに、慣習どおり序列にしたがって獲物を分けた。それがすむと、アルファは洞くつに下がってしまった。だれも〈グレイト・ハウル〉のことをいいださなかったので、ラッキーは内心ほっとしていた。あの儀式が群れの結束を強めることはわかっている。だが、この犬たちと、あんなふうになにかを分かちあう気にはなれない……いまはまだ。〈フィアース・ドッグ〉に子犬を引きわたしてしまうような犬とは――。ラッキーは、〈野生の群れ〉のうろたえ方を思いだし、にがにがしい気分になった。対する〈フィアース・ドッグ〉たちは、冷静で、しっかりまとまっていた。

　あの子たちをがっかりさせてしまった……。

　スイートの姿がみえるまえに、そのにおいがした。松の木立へ続く坂をのぼってきて、ラッキーのいる場所に近づいてくる。霧の中で、その姿は幽霊のようにみえた。ラッキーは胸が痛くなった。自分でもよくわからない複雑な感情がわきおこってくる。遠くの森をみたまま、スイートを振りむこうとはしなかった。

スイートは静かに駆けてくると、ラッキーのとなりにすわった。「また、もう少ししたらいなくなるつもりでしょう」

それは質問というより断定だった。ラッキーはなにもいわなかった。松の枝から、霧が白い渦を描きながらゆっくりと降りてくる。スイートはふたたび口を開いた。「結局、あなたは〈孤独の犬〉なのよ。街で出会ってからずっと、あなたはそうくりかえしてきた。よくわからないけど、あなたが群れにもどってきてしまうのは、ほかの犬への義務感からのような気がする。このあいだはベラとほかの〈囚われの犬〉のため。こんどは子犬たちのため。いま、あの子犬たちはいなくなったわ……」物思いに沈んだような声だった。「わかってるの。あなたは〈群れの犬〉ではない――ほんとうはちがう。またここを去ることになってもわたしは怒らない。こんどは理解する。あなたを許すわ」

ラッキーは耳をけいれんさせた。いらだちがさざ波のように背中を走った。「ぼくを許す？」ラッキーはうなった。「スイート、ずいぶん優しいんだな。ほんとうに思いやりがあるよ」横を向き、スイートの明るい目をとらえた。流れる霧の中で、その目はかがやいているようにみえた。

　スイートはたじろいだ。「ばかにしたつもりはなかったのよ。こう思っただけ……あなたは〈群れの犬〉にはなりたくないんだって。そうでしょう？」

「ぼくがどうしたいかなんてどうだっていいんだろ？　ぼくはあの子犬たちを助けたかった。それなのに、いま、あの子たちは残忍な〈フィアース・ドッグ〉といっしょにいる。あいつらに渡したりしたくなかった――だけど、渡した。それはなんのためだ？」

　ラッキーがにらみつけると、スイートは目をしばたたかせた。傷ついたような顔だった。

　ラッキーはいらいらして声を荒げた。「群れのためだろう！　たとえ、それが本能に逆らうことだったとしても。ブレードがデイジーになにをしたか、みただろう。それに、あの子たちはほんとうに小さいんだ。グラントがむちゃばかりすることも、リックがむこうみずなこともわかってる。だけど、まだほんの子犬なんだ」ラッキーは暗がりに視線をやった。だが、湖のほうからは、濃い霧が新たに流れはじめていた。

「あの子たちを手ばなしたことは辛かったと思う」スイートは小さな声でいった。「でも、〈フィアース・ドッグ〉のアルファは、自分は母親だといってたじゃない――自分の子を傷つけるはずないでしょう?」

ラッキーはだまりこんだ。テラスの下で死んでいた母犬の、かたくなった体を思いだす。また、白い牙のもようを持つ子犬のことが頭に浮かんだ。血がつながっているかどうかはわからないが、ブレードはあの子たちの世話をしてやると決めているようだった。それはいい兆しだ。それでも、なにかが引っかかる。なぜ〈フィアース・ドッグ〉たちは、一度あの子たちを見捨てたのだろう? どうしてあの母犬は死んだのだろう?

「スイート、ぼくにはわからないよ」口にできた言葉はそれだけだった。みぞおちがしめつけられるこの感じを、のどの奥が酸っぱくなるこの感じを、どう説明すればいいのだろう。

「あなたは、じきにいなくなるんでしょう?」スイートはまたしてもいった。「わたしは気にしないわ——ただ……いなくなる前に教えてほしいの。さよならをいう時間をもらえたらうれしいから」

ラッキーはかっとしてスイートに向きなおった。「いつぼくが群れを出ていくといった?」

スイートのほっそりした顔は霧になかば隠れていた。「ただ、こう思っただけよ……子犬たちがいなくなったのなら、あなたがここに残る理由があるかしらって」

「いわなきゃわからないのか? ぼくがここに残るのは、ぼくがいままでは〈群れの犬〉だからだよ。あれだけ証明してもまだ足りないのかい？　きみがぼくと口をきくなんてびっくりだ。オメガに話しかけるなんてベータの品位にかかわるんだろう？　こうして霧に隠れてるのは、ほかの犬にみられないためじゃないのか？」

　スイートの大きく見開いた目には驚きが浮かんでいた。「ラッキー、そんなふうにいわないで。あなたを怒らせるつもりは――」

　ラッキーは最後までいわせなかった。「それでも、怒らせてるんだ。きみの話しぶりじゃ、まるでぼくが、夜が明けるたびに気が変わってるみたいじゃないか。どんなことにも、どの犬にも、誠実に接していないみたいだ」ラッキーは耳をうしろにそらした。言葉があとからあとからあふれてくる。胸の中に苦しみと怒りがうずまいていた。グラントと、リックと、ウィグルのことを考えた。子犬たちを失った悲しみで心臓がずきずき痛んだ。

「群れのために行動できるってことを、ぼくは証明しなかったかい？　たとえそれが子犬たちを手ばなすことを意味していたのだとしても。ぼくは群れにとって正しいことをしようと努力してきた――だけど、きみはそれに気づきもしなかった！　今夜も、ぼくはすき間風の吹きぬける寝床で眠る。きみのような地位が上の犬たちに、ぼくがちっぽけな最下級の犬だということを示すためだけに。たとえ、ほかの生き方を知っていたとしても、ぼくはそこで眠るんだ。

ぼくは、罰せられることも、序列にしばられることもない生き方を知ってる。それでも、ぼくは〈群れの犬〉らしく生きていくよ――なぜって、それがいまのぼくなんだから」

「オメガの地位にいるのが楽ではないことは知ってるわ」スイートはささやくようにいった。優しい、なだめるような声だった。「でも、規律は大切なのよ――わたしたちを守ってくれるわ。規律がなければ、なにをすればいいかもわからないし、危険が迫ったときにどうふるまえばいいかもわからないでしょう？」

ラッキーは自分の耳が信じられなかった。ため息をつく。「アルファの規律に従って、群れがましな動きをしたとでもいうのかい？ そりゃあ、食べ物が十分にあって、みんながいわれたとおりに動いていたあいだは、なにもかもうまくいってたよ――だけど、〈フィアース・ドッグ〉が襲ってきたらどうなった？ 群れはばらばらになったじゃないか！ あんなにたくさんの規律があったのに、ろくに役に立たなかった」

「わかってたのよ！」スイートが声をあげた。とうとう怒りを隠しきれなくなっていた。「あなたはいつか群れに刃向かうんだってわかってた！」

二匹はにらみあった。世界は静けさを増していた。夜の空気の中で、風だけが鋭い音を立てて吹きすさび、土ぼこりのような霧を舞いあげ、吹き散らしていた。失望が波のように押しよせ、ラッキーの背中の毛を逆立たせた。ぼくが〈群れの犬〉だということを、スイートにはっきり証明しなくちゃいけない――！

頭の中で、ひとつの考えが形になりはじめた。丘のはしから身を乗りだし、下の草地をみわたす。厚い霧のところどころに、風が穴を開けていた。スプリングとダートが並んで歩き、野営地のまわりを調べているのがみえる。ちがう、あの二匹じゃない……。

長い草をかきわけながら歩くスナップがみえた。狩りから帰ってきたところだ。口にはイタチのぐったりした体をくわえている。

「スナップ！」ラッキーは声を張りあげた。

頑丈な体の猟犬は、耳をそばだて、霧の中に目をこらした。「オメガなの？」

ラッキーは一歩前に踏みだし、坂の上でまっすぐに立った。「〈街の犬〉のオメガは、猟犬スナップに挑戦する！」スイートがはっと立ちあがった。小さな顔に驚きの表情がよぎった。

ラッキーは深く息を吸った。「挑戦を受けるか？」

スナップはイタチを落とした。目は光を帯び、体には力がこもっていた。「受けて立つわ！」

この前の戦いの復讐をしたがっている――あのときぼくは、スナップを罠にかけて負かした。

ラッキーは緊張で震える体をしずめようとした。

ラッキーとスイートが丘のふもとに着くころには、群れの半数が草地に集まっていた。ムーンはノーズとスカームをあやし、フィアリーは守るように家族に寄りそっていた。なじみ深い顔が霧の中からつぎつぎに現れる。ミッキー、ブルーノ、スプリング、ダート。マーサの姿もあった。みんなと距離を置いて立ち、暗がりの中でぼんやりした影になっている。

アルファがゆっくりと歩いてきて、洞くつの入り口にすわった。無言でスイートにうなずく。

アルファがこの挑戦を認めたのは――ラッキーは考えた――ぼくが勝つわけがないと思っているからなんだ。だけどぼくは、勝てることを証明しなくちゃいけない。

スイートが近づいてきた。息が耳の毛を揺らす。「こんなこと、ほんとうに望んでるの?」

ラッキーは振りむき、スイートの目をみた。「ああ、ベータ。望んでる」

スイートは群れに向かって話しはじめた。「オメガがスナップに戦いを挑み、スナップが受けて立ったわ。オメガが勝てばスナップの上の位に昇格し、スナップが勝てば群れの序列に変化はありません」一歩うしろに下がり、声を張りあげる。「〈天空の犬〉たちが、二匹の戦いを見守ってくれますように! あなたたちの戦いが公平でありますように! 戦いの結果が〈精霊たち〉の祝福を受けますように。戦いが終われば、ふたたび仲間にもどりましょう。そして、力を合わせて群れを守りましょう! それをここに誓って……はじめ!」

たちまちスナップがとびかかり、ラッキーを押したおしてうしろ足にかみついた。ラッキーは声をあげ、スナップがうなりながらとびすさると、急いで体を引いた。毛を逆立て、牙をむき出してスナップに突進する。とびかかろうとしたが、相手のほうが早かった。身をかわしてラッキーのうしろに回りこみ、背中にのしかかりながら肩を深くかんだ。

ラッキーが遠吠えをして力まかせに振りはらうと、スナップは地面に投げだされた。両方の前足でその体を押さえつけ、むき出しになった腹にかみつこうとする。だがスナップは足の下からぬけだし、ラッキーは、相手のわき腹のはしに浅い傷をつけるのがせいいっぱいだった。スナップは霧の中へとびこみ、一瞬、姿がみえなくなった。ラッキーはとまどって目をしばたたかせた。

スナップの声がうしろからきこえてくる。「惜しかったわね、〈街の犬〉！」

ラッキーが襲いかかろうとすると、スナップはその下にとびこんできた。足を内側からつかみ、また思いきりかみつく。二匹はもつれあい、爪で引っかき、吠え、かんだ。

群れの犬たちは、戦う二匹に向かってくちぐちに吠えた。

「腹をねらえ！」ミッキーが叫ぶ。

「スナップ、がんばれ！」ホワインがきゃんきゃん鳴く。「そいつはただのオメガだ――やつつけてやれ!」

やがてスナップが息を切らせながら体をはなした。「あたしがもういちどかめば、あんたは死体になるわよ!」

「気が早いんだな」ラッキーは吠えかえした。「きみの体はぼくの半分じゃないか!」

「あたしの速さはあんたの二倍よ!」スナップはふたたび霧の中へ駆けこみ、視界から消えた。

ラッキーは目をこらしてうなった。ごわごわした毛に縁取られた輪郭しかみえない。

「それはどうかな」ラッキーは、残っていた力を振りしぼった。

勝たなくちゃいけないんだ――! これ以上オメガではいられない。みんなに、優秀な〈群れの犬〉だってことを証明しなくちゃいけない!

スナップにとびかかった。太く短い尾にかみつくふりをし、最後の瞬間にさっと向きを変え、大きく開けた口で首をねらう。スナップはきゃんと吠えて身をかわし、宙にとびあがると、ラッキーのうしろ足に襲いかかった。牙をふかぶかと肉につきたて、閉じた口に力をこめる。

全身に痛みが走り、ラッキーは遠吠えをした。傷口から血が噴きだす。血が毛皮にまとわりついてくるのがわかる。それでもスナップは口をはなそうとしない。ほかの犬たちは、あたりに立ちこめる熱い血のにおいに興奮して吠えたてた。

草地にうずまく霧が頭と目にまで入りこんできたかのように、ラッキーの視界がくもった。こめかみの脈の音がとどろくように大きくなり、さかんに吠える犬たちの声をかき消した。痛みはめまいがするほど強く、ラッキーはよろめいた。のどに吐き気がこみあげてくる。

「そこまで！」アルファが遠吠えした。群れのほうへ歩いてくるオオカミ犬のまわりで、霧が渦を巻いていた。「戦いはここまでだ。スナップはいまの地位を守りぬいた」

すぐにスナップはラッキーの足から口をはなして体を引いた。鋭い痛みが足を駆けぬけた――口をはなされたあとのほうが痛みは強くなった――が、気分が悪くなるようなめまいの波は引いていった。ラッキーは急いでかがみこんで傷をなめ、流れる血を止めようとした。

「だいじょうぶかい？」ミッキーがたずねる。

「痛むの？」ベラがためらいがちに近づいてきた。

「だいじょうぶだ」ラッキーはそう答えながら、しっぽをわき腹に巻きつけた。放っておいてほしかった。アルファはすでにむこうへ遠ざかっていく。ほかの犬たちにもむこうへいってほしかった。

スナップがしっぽを振りながら近づいてきた。「これでおあいこね」そういうと、親しみをこめてラッキーをなめた。敵意は完全に消えていた。

ラッキーは下を向いたまま、足を引きずって群れの犬たちのそばを通りすぎていった。毛皮がちくちくするような恥ずかしさのほうが、足のケガよりずっと苦痛だった――もっと、ずっと苦痛だった。

スイートが急いで追いかけてきた。「オメガ、話をさせて」しっぽを勢いよく振り、目を〈月の犬〉のように明るくかがやかせている。

ラッキーは、スイートが横に並ぶあいだも歩きつづけた。「どうして話しかけるんだ？」低い声でいった。「ぼくはいまもオメガだぞ」

「そのとおりよ。あなたは地位をあげようとしたわ。群れの掟に従って昇格しようとした――負けてしまったとしても、自分の地位を捨てようとはしていない。わからない？ それは、勝つことよりもずっと確かな証拠になるの。いまのあなたは群れの忠実な一員だわ！」耳をなめられると、胸の中がうずくように温かくなった。心を震わせるような幸福がわいてくる。そのとき、この暗闇のどこかにいるのだろう子犬たちのことが頭に浮かんだ。アルファの厳しい顔と、ホワインのばかにしたような笑みを思いだした。風が音を立てて草地を吹きぬけ、体から戦いの熱をうばっていく。冷気がじわじわと迫ってくる。あとになれば、凍えるような夜の空気がいっそう身に染みるだろう。ほかの犬たちは洞くつの中にぬくぬくおさまり、ラッキーはひとり、オメガに与えられた風の吹きつける寝床で眠る。

ラッキーは足を引きずりながら歩きつづけ、スイートには返事をしなかった。スイートは立ちどまり、ひとりであとに残された。ラッキーは足の痛みに顔をゆがめたが、歩く速度はゆるめなかった。風が近くの木々の葉をざわめかせ、ラッキーの毛皮をなでていった。震えながら洞くつの入り口にたどり着く。中に入る前に足を止め、肩ごしにうしろをみた。白い霧の壁のむこうに、スイートの影はみえない。

ラッキーは独りぼっちだった。

21 帰ってきた子犬

翌日の朝、ラッキーは前夜とは雰囲気の変わった草地に踏みだした。強い風に吹きはらわれ、霧はきれいに晴れていた。〈太陽の犬〉は、雲ひとつない空の上で明るくかがやいている。空気はすがすがしく澄んでいた。虫たちが長い草の中で羽音を立て、咲きほこる小さなピンクの花の上をとびまわっている。

ラッキーはうしろ足を慎重に伸ばした。スナップにかみつかれた部分はいまもずきずき痛む。少し前からアルファとスイートのために湿ったコケを集めていたせいで、痛みはさらにひどくなっていた。それでも、ひと晩のうちに、一番ひどい痛みは消えていた。ちょうど、あの霧のように。川に近づき、水をごくごく飲んだ。それから木陰にすわり、日の光が水面ではねるのをながめた。そのとき、洞くつからまずはスイートが、それからスプリングとダートが出てきて、緑地を歩いていくのがみえた。

森の中から大地を踏みしめる足音が近づいてきた。小枝が折れ、葉がつぶれる音がきこえる。立ちあがって振りむくと、ブルーノがいた。

「気分はどうだ？」がっしりした年長の犬はたずねた。

「だいじょうぶだ」ラッキーは答えながら、子犬たちのことを頭から押しやった。あの子たちはもういなくなった――それを受けいれなくてはならない。

「アルファが集合をかけた」ブルーノがいった。「くるか？」

木の枝にとまった鳥たちがさえずる声がきこえ、ラッキーはそちらに目を向けた。森へ分けいり、どこへ続いていようと川に沿って歩いていきたかった。

そんな生活は過去のものなんだ――。ラッキーは自分にいいきかせた。〈孤独の犬〉だったぼくの生活も、自由だったぼくの生活も……。

ラッキーは体を振ってブルーノと並び、二匹は草地へもどっていった。ほかの犬たちはすでに集まり、アルファと、そのとなりに立つスイートのまわりで円を作っていた。スイートは、ラッキーに合図を送るように、なめらかな毛におおわれた頭を下げてみせた。ラッキーとブルーノも群れに加わった。

アルファはすでに話をはじめていた。「群れの組織をよりよく整える必要がある。〈フィアース・ドッグ〉たちとのにらみ合いでは恥をさらしてしまった。規律正しく勇敢に動けたものは、ベータと」ちらっとスイートをみる。「ベラだけだった。この二匹は、必要なときに的確な指示を与えていた」

ベラは、めずらしく群れの長にほめられ、耳をぴくっと立てた。

ラッキーはただ見守っていた。いまの言葉でアルファは、自分が〈フィアース・ドッグ〉たちの前で適切にふるまえなかったことを認めたようなものだ。ラッキーは、オオカミ犬の前足の関節についた傷跡に視線をやった。

アルファは話を続けた。「ベータはそれぞれの位置につくよう指示を出したが、それに従うかわりにおまえたちはパニックを起こし、あわてふためいた」

ブルーノはうしろめたそうに頭を垂れ、ダートは小さく鳴いて足をもじもじ動かした。

アルファは耳をぴくりと動かした。「いまこの件についてとやかくいうことはよしておく。ただ、これだけはいっておく。今後われわれは、群れの組織をより強固にし、敵の攻撃によりすばやく反応できるよう努めなければならない。戦う者は前へいき、守る者はうしろへ下がる。わたしがみたいのはそのような動きだ。逃げだす者も、義務をおこたる者も必要ない！」

「群れは以前よりも大きくなりました」スイートがいった。「一部をのぞいて、犬たちには少し訓練が必要かもしれません」

アルファはうなずいた。「いい考えだ。危険を知らせるための態勢をさらに整え、群れの隊形もみなおそう。ベータをその責任者にする」

スイートはうなずき返した。

「そうなると、新たな問題が出てくる」オオカミ犬は立ちあがりながらいった。「〈フィアース・ドッグ〉たちはここへやってきた。ここをみつける術があったということだ。今回、むこうの目的は子犬を取りかえすことだけだったが、つぎもわれわれがそこまで幸運かどうかわからない」

「アルファ、なにをおっしゃりたいのですか？」ムーンがたずねた。

「ここを離れるときがきたのではないかといっているのだ」

「離れる？」スプリングが声をあげた。「でも、着いたばかりです！」

「ここは完ぺきな野営地よ」ベラもいった。「群れのみんなも居心地よく落ちついたわ。獲物もたっぷりいるし、洞くつが雨や風から守ってくれる」

「どこにいくの？」サンシャインが小さな声でたずねた。

「むかしの野営地へもどるのだ」アルファはいった。「あの黒い雲は消えた。もう安全にちがいない」

群れから、低い声、かん高い声、きゅうきゅう鳴く声がいっせいにあがった。

「でも、あそこはあんなに遠いのに！」サンシャインが情けない声を出した。「ここまでくるのはすごく大変だったわ」

「永遠に移動を続けるわけにはいきませんよ」ホワインもいった。「おれたちには、腰を落ちつけられるなわばりが必要です」

「前の野営地は基地に近いでしょう」ミッキーがいった。「ここより安全だという保証は？」

アルファは答えた。「むこうのほうが身を守るのに適している。この草地にいるわれわれは格好の標的だ。丘の上からはこちらをうかがうことができ、忍びよって奇襲をかけることもできる……」

「松の木立に見張り番を置けば別よね」ベラがいった。

デイジーは身ぶるいした。「でも、丘の上にいる犬はひとりぼっちになるわ。仲間はみんな下にいるんだもの。そんなの危険よ」急いで松林をみあげる。「警告を出したら、その犬がまっ先に殺されちゃう！」

ホワインとサンシャインは哀れっぽく鳴き、ダートはそのとおりだといいたげに吠えた。

「落ちつけ！」アルファはいらだたしげに前足で地面をたたいた。犬たちがしんと静かになると、ふたたび低い声で話しはじめた。「ここは危険だ――そのことは全員が知っている。以前の野営地のほうが防御に向いていた。たとえ、怒れる〈天空の犬〉と〈フィアース・ドッグ〉に近いとはいえ。だが、選択肢はほかにもある」口をつぐみ、全員がきいていることを確かめた。「反対側へ歩みを進め、あの白い尾根のむこうへいくのだ」

ラッキーは、数匹が体をこわばらせたのに気づいた。スイートでさえ驚いたようにアルファに向きなおり、その顔をじっとみつめていた。

「ジャイアントファーはどうするんです？」ブルーノが声をあげた。

「あの獣は危険ではなかった」アルファはいった。「襲ってきたのはあの子犬が挑発したからだ」

「あそこには仲間がいるかもしれません」ムーンがいった。「それも大勢！　群れになっているかもしれない！」

「ジャイアントファーは群れを作る生き物ではない――わたしの知っているかぎり、あいつらは独りで行動する」アルファはこういいながら、あてつけがましくラッキーのほうをみた。

ラッキーはオオカミ犬がいわんとしていることがわかった。どう思われようと、いまのぼくは〈群れの犬〉だ――。

ラッキーは白い尾根のようすを頭に思いえがいた。近づきがたい荒れた土地だった――干上がり、岩がごつごつし、生き物を拒む。ホワインやサンシャインのように体の小さな犬たちのことを考える――きっとあそこでは苦労するだろう。ノーズやスカームにいたってはいうまでもない。だが、おそらくアルファの言い分には一理ある。〈フィアース・ドッグ〉たちもあそこまでは追ってこないだろう。あの犬種のがっしりした頑丈な体は、岩場をのぼるのには向いていない。

「ぼくたちも、尾根のむこうの土地をちゃんとみてきたわけじゃない」ラッキーはいった。「すごく乾燥していたから、野営地を作るのは簡単じゃないかもしれない。だけど、アルファのいうとおりだと思う。あそこで別の群れが生活してるとは考えにくいよ。デイジー、きみはだれよりも尾根の近くまでいったんだ。どう思うかい？」

全員の視線が小さな犬に集まった。だが、デイジーが答えるより先に、サンシャインが大きな悲鳴をあげた。群れの犬たちがいっせいに振りむくと、サンシャインは松の木立のほうをみていた。耳をまっすぐに立てて凍りついている。「だれか近づいてる！」サンシャインは吠えた。「においがするもの」

「犬か？」ラッキーは丘の上に目を走らせた。サンシャインのいったとおりだった！　なにかが斜面の上で動いている。胃が痛むのを感じながら、一歩前に踏みだし、松の木々の下で揺れている草むらに目をこらした。すると、黒い毛の小さな動物がみえ――成犬にしては小さすぎる――、一気に全身の力がぬけた。なにか獲物にちがいない。

「そうよ、犬よ！」サンシャインが叫んだ。「でも、まだ……」

ミッキーが群れの円陣のすみで立ちあがった。ラッキーよりも松の木立に近い。「子犬だ！」声をあげる。

群れの犬たちが驚いて見守る前で、小さな犬は長い草のあいだからとびだし、大急ぎで丘をおりてきた。なかば走り、なかば転がるように坂をくだってくる。

リックだった！

ラッキーの心臓が激しく高鳴った。子犬は円になった群れのほうへ突進してくる。ラッキーは林に目をこらした。ほかのきょうだいたちはどこだろう？　どうしてリックだけなのだろう？

「あの子、ケガしてるわ！」マーサが叫んだ。

そのとおりだった。ラッキーは、つまずき、よろけながら駆けてくる子犬をみてぞっとした。

毛皮には無数の傷がつき、かなくさい血のにおいが、子犬のミルクのような甘いにおいとまざりあっている。リックは震える足で駆けよってくると、ミッキーの体に倒れこんだ。ミッキーは子犬の体を優しくなめてやった。マーサとラッキーが急いでそばへいく。

アルファは淡い色の目でこのようすを見守っていたが、リックにかけた声は驚くほど優しかった。「なにがあった?」

リックは息を切らしながら、いたわるようにまわりを囲むマーサとミッキーとラッキーから体をはなした。アルファのほうへ苦しげに数歩近づく。その体には、かまれたり引っかかれたりした跡が、数えきれないほどついていた。それでもリックはオオカミ犬と勇ましく向きあった。

「ブレードなの!」リックは叫んだ。「たびをしてたら、おそってきたの。ずっとこういってたわ。『おまえたちはほんとうの子どもじゃない! ほんとうの子どもじゃない!』って」リックは息を整えようとあえいだ。小さな胸はせわしなく上下し、全身が震えている。疲れきった体にむちを打ち、言葉を振りしぼるように出していた。「それから、ころしちゃったの!」

リックは遠吠えをした。「ウィグルをころしたの!」

ラッキーの息が止まった。一瞬、〈太陽の犬〉が消えてしまったように、世界は、黒く、氷のように冷たくなった。リックの声がきこえたが、なにもみえなかった。

そのとき、ほおが温かくなり、ラッキーは目を開けた。スイートがラッキーをなめていた。

「だいじょうぶ?」

ラッキーはゆっくりうなずいた。

「〈フィアース・ドッグ〉たちが、おまえのきょうだいを殺したのか?」アルファがたずねた。

「そうなの」リックはきゅうきゅう鳴いた。「ころしたのはブレードよ。グラントもころされそうになったけど、やめてくださいってたのんだの。ほんものの〈むれの犬〉になってみせますから、ってやくそくしてたわ。りっぱな犬になってみせます、って。そして、ブレードのおやくに立ちます、っていってた。ブレードをせっとくしたの。ウィグルのことはちっともかなしんでないみたいだった」

アルファは頭を低くしたが、それでも見下ろすような姿勢を変えようとはしなかった。「それで、おまえはどうやって逃げおおせた?」

リックは目を見開いてオオカミ犬をみあげた。「ブレードはあたしをつかまえて、かんだり引っかいたりしたの。そしたら、いつのまにかまわりが白くなった。ブレードにいたいことされたと思ったら、きゅうに、あたしの体はみえなくなったの! 白いくうきがなにもかもかくしちゃって、それで、なんとかにげられたの。あの白いもの、なんだったのかしら」

「霧だ」アルファはいった。

ラッキーはこのあたりをおおっていた濃い霧のことを思いだした。さっと上をみる。〈太陽の犬〉がラッキーをみおろしていた――雲ひとつ浮かんでいない。ふしぎに思って目を見張った。〈天空の犬〉たちよ、感謝します――。ぼくの祈りをききとどけてくださって、霧を送ってくださって。

リックはのどを鳴らした。「おいかけてくる音がきこえたの。あたしがにげたからすごくおこってた。だからあたし、はっぱと土を体にこすりつけてにおいをけしたわ――ミッキーがおしえてくれたから」そういって、感謝をこめて牧羊犬のほうをみた。ミッキーは子犬に一歩近づいた。

「ほんとうに勇敢だったね」ミッキーはいった。

「あたしのむれはここよ」リックはそういってラッキーのほうを向き、それからアルファをみた。「はじめからそうおもってたもの。あたしはあっちの〈むれの犬〉じゃない。あたしは〈フィアース・ドッグ〉じゃない。あたしのいばしょはここにしかないの。みんなのなかまになるためにはなんだってする」

ラッキーは誇らしさで胸がいっぱいになった。リックはすばらしい犬だ――忠実で、何度でも立ちなおる力がある。「アルファ、この子を置いてくれるでしょう？」

オオカミ犬はリックをみて、それから黄色い目をラッキーに向けた。「ほんとうにこの子犬を信用するのか？」

「群れの重要な一員になると思います」ラッキーはいった。「この子は仲間を傷つけたりしません。いつか、もちまえの勇敢さと情熱でぼくたち全員を守ってくれる日がくるかもしれない。仲間に加えてもあなたが恐れるようなことは起こりません」ラッキーはアルファの目をまっすぐにみて、首をかしげた。「あなたにもそれはおわかりでしょう？」

ほんとうは、リックを群れに入れてくださいと頼みこみたかった。吠えてでも、遠吠えをしてでも、このオオカミ犬を説得したかった。それでも、ラッキーは自分を抑えた。アルファ自身に結論を出させなくてはならない。

アルファは、いやがらせのためだけにリックを見捨てるくらいには、ぼくのことをきらってる――。

ラッキーは群れの犬たちをみまわした。リックをみるみんなの顔には優しさしか浮かんでいない。すべてはアルファ次第だ。

群れの長は鼻をあげ、松林のほうをみた。それから顔を反対側へ向け、洞くつと森の先にある白い尾根のほうをみた。

ふたたびアルファが口を開いたとき、その声にはうむをいわせない調子があった。「こうなっては野営地を移すほかはない。ほかに選択肢はないのだ。〈フィアース・ドッグ〉たちは、すぐにリックを追ってくるだろう。今日、出発だ」

「あたし、ここにのこっていいの？」リックは消えいりそうな声でいい、期待をこめて短いしっぽを振った。

「ああ、そうだ」アルファはいった。「おまえがオメガの保証したような犬になれるかどうかみることにしよう。群れには忠実な戦士が必要だ。勇敢で強い犬がほしい。とにかく、いまは休んで傷を洗いなさい。〈太陽の犬〉が湖に触れる前に出発しなくてはならない」

ブルーノとサンシャインはちらっと視線をかわし、ホワインは身ぶるいした。ラッキーにも、これからの旅がみんなにとって厳しいものになることはわかっていた。だが、どうしようもない――すでにアルファは心を決めた。マーサとミッキーはリックを連れていき、群れの犬たちは思い思いに散らばり、長旅にそなえて休んだり、ほんの短いあいだのすみかだった平和な草地に別れを告げたりしはじめた。

ラッキーの体から緊張が解けていった。リックはこの群れにいられるのだ。どんなことをしてでもあの子を守ろう――ラッキーは胸に誓った。たとえ自分の命を失うことになったとしても。

草地に残ったのはラッキーとアルファだけだった。ラッキーはオオカミ犬のほうを向いた。

「ありがとうございます。あの子があなたを失望させることはありません。ぼくもあなたを失望はさせない」

アルファの黄色と青の目にはなんの表情も浮かんでいなかった。「簡単なことではないぞ。〈フィアース・ドッグ〉を群れに置いておくというのはな。ブレードはまたあの子犬を探しにくるだろう」

「すぐに発てば、むこうに先んじることができます」ラッキーはいった。「それに、こちらにはさまざまな犬がいるという強みもある――〈囚われの犬〉と〈野生の犬〉、大きな犬と小さな犬。〈フィアース・ドッグ〉たちにはひとつの考え方しかありません――あの犬たちは、命令に従うことしか知らない」

アルファは片方の前足を伸ばし、傷の具合を調べた。「あいつらに必要なのはそれだけだからな」

ラッキーは体を振(ふ)った。「有利な点はほかにもあります。ぼくたちには技術と経験がある。ひとつになれば、賢(かしこ)いのはぼくたちのほうです。こっちには知恵(ちえ)とぬけ目なさという武器がある。それこそ、生きぬくために必要なものです」

「おまえが正しいことを祈(いの)ろう、〈街の犬〉よ」アルファはいった。「どこへいこうと、あの犬どもより一歩先んじていなければならないのだから」

ラッキーは、霧(きり)を運んできてくれた〈天空の犬〉たちのことを考えた。「〈精霊(せいれい)たち〉はぼくたちの味方です――はっきりとそう感じるのです。これからの長い旅のあいだ、〈精霊(せいれい)たち〉の助けが必要となるでしょう。ニンゲンたちが去ってから、世界は変わりました。もしかすると、ふたたびすべてが元にもどり、ニンゲンたちが帰ってくる日がくるのかもしれません。それとも、また別の〈大地のうなり〉が起こって、世界をさらに変えてしまうかもしれない。だけど、いまのところ、ぼくたちにできることはひとつです――前に進まなくては」

ラッキーとアルファは遠くの景色に目をやった。長く険しい旅を経てここへたどり着き、そして、いまはまた、別の旅を目前にひかえている。だが、少なくとも、群れはいまもひとつだ。少なくとも、リックはもどってきた。

そして、そこにどんな価値があるにせよ、アルファはラッキーを認めたようだった。

ここが、はじまりだった。

作者

エリン・ハンター

Erin Hunter

ふたりの女性作家、ケイト・ケアリーとチェリス・ボールドリーによるペンネーム。大自然に深い敬意を払いながら、動物たちの行動をもとに想像豊かな物語を生みだしている。おもな作品に「ウォーリアーズ」シリーズ（小峰書店）、「SEEKERS」シリーズ（未邦訳）などがある。

訳者

井上 里

いのうえ さと

1986年生まれ、早稲田大学第一文学部卒。訳書に『オリバーとさまよい島の冒険』（理論社）、『それでも、読書をやめない理由』『サリンジャーと過ごした日々』（ともに柏書房）などがある。

サバイバーズ 3
ひとすじの光

2015年6月24日　第1刷発行

作者　エリン・ハンター
訳者　井上 里
編集協力　市河紀子
発行者　小峰紀雄
発行所　株式会社 小峰書店
〒162-0066 東京都新宿区市谷台町4-15
電話 03-3357-3521
FAX 03-3357-1027
http://www.komineshoten.co.jp/
印刷所　株式会社 三秀舎
製本所　小高製本工業株式会社

NDC 933　358P　19cm　ISBN978-4-338-28803-3

丘
黒い雪の
つもる木立
〈フィアース・
ドッグ〉の基地
毒の川
荒野
街へ